공부할 권리

공부할 권리

품위 있는 삶을 위한
인문학 선언

정여울

민음사

고통에도 목적이 있다.
고통이 없다면 우리는
위험에 처하게 된다.
느낄 수 없는 것에 대해서는
돌보지도 않는다.

— 리베카 솔닛,
『멀고도 가까운』에서

왜, 공부할 권리인가?

어느 흥겨운 술자리가 끝난 후, 빗속에서 외로이 어정쩡하게 서 있는 저에게 누군가 말을 걸었습니다. 제 글을 무척 아껴 주시는 분이었지요. 그분은 무척 어색해하는 저의 어깨를 갑자기 와락 감싸더니, 우산을 씌워 주며 이렇게 말해 주었습니다. "당신 글을 보면서 생각했어요. 분명 이 사람에게는 누군가 지켜 주는 사람이 있다고. 맞죠? 그렇지 않고서는 그런 글을 쓸 수가 없어."

나보다 천 배는 자유로워 보이는 영혼을 지닌 그녀가 그런 말을 던질 줄은 몰랐습니다. 그것은 달콤하면서도 뜨끔한 칭찬이었습니다. 나도 모르는 마음의 비밀을 들킨 기분이었지요. 그녀가 속삭인 문장은 낱말 하나하나가 제 심장에 불화살이 되어 박혔습니다. 오랫동안 곱씹어 보았습니다. 과연 나를 지켜 주는 사람은 누구일까? 내가 그런 글을 쓸 수 있도록, 보이지 않는 곳에서 나를 지켜 주는 사람은 누구일까?

마음속에서 늘 애틋한 누군가를 떠올려 보았습니다. 물론 그도 내가 의식하지 못하는 순간에조차 나를 필사적으로 지켜 주고 있지만, 글을 쓸 때마다 나를 지켜 주는 수호천사는 특정 인물이 아니라는 생각이 들었습니다. 내가 이런 글을 쓸 수 있도록 늘 내 등짝을 떠미는 영혼의 바람은 바로 '내 안의 또 다른 나'가 아닐까 싶습니다.

그건 바로 아무리 힘든 일이 있어도, 아무리 바쁜 날에도 결코 멈출 수 없는 그 무엇이었습니다. 시험도 없고 자격증을 딸 일도 없는데, 하루도 빠짐없이 공부를 해야 한다고 믿는 나 자신이었습니다. 나를 지켜 주는 내 안의 수호천사는 교과서에도 안 나오고 문제집에도 없는, 그렇게 평생 답이 없는 인문학이라는 화두를 짊어지고 세상 모든 것과 목마른 대화를 꿈꾸는 '공부하는 나' 자신이었습니다. 그 친구가 저를 매순간 지켜 주고 채찍질하고 때로는 어깨를 토닥여 주기에, 나는 아직도 '나 자신으로 가는 길'을 포기하지 않고 묵묵히 걸어갈 수가 있었습니다. 나 자신으로 가는 길이 바로 저 멀리 뒤돌아 앉은 당신을 향해 가는 길임을, 저는 본능적으로 느낄 수가 있었습니다.

문학과 철학과 역사, 심리학이나 신화학을 공부할 때의 저는 살짝 미친 사람 같습니다. 누가 나를 감시하는 것도 아닌데 필사적으로 밑줄을 긋고 생각을 깨알같이 메모하느라 책들은 금방 지저분해집니다. 학창 시절에는 이렇게 성실하게 공부해 본 적이 없었습니다. 입시용 영어와 수학은 진심으로 원하는 공부가 아니었기 때문이지요. 그런데 인문학은 저를 한없이 모자란 사람으로 만듭니다. 어떤 책을 읽을 때마다, 예전에 내가 안다고 믿었던 지식이 와르르 무너지는 것을 깨닫기 때문입니다.

그런데 그 와르르 무너짐이 싫지 않습니다. 문자 중독은 행복한 중독이지요. 무언가를 읽어야만 저는 진정 살아 있습니다. 읽지 못하는 상황이 닥치면 금단현상을 겪는 사람처럼 안절부절 못합니다. 하지만 문자중독이 곧 공부중독은 아니지요. 결정적으로 공부가 나를 지켜 주는 것은 내가 자존감을 잃어 갈 때입니다.

내가 이 세상에서 정말 필요한 사람일까? 누군가에게 정말 도움이 되는 걸까? 스스로 질문하며 괴로워할 때마다, '공부하는 나'는 조금씩 다른 해답을 내놓습니다. 그 질문을 하는 너의 마음이 진실하다면, 너는 지금 꼭 겪어야 할 괴로움을 겪고 있는 것이라고. 너는 언제나 당연히 이 세상에 필요한 사람이 아니라, 네가 어떻게 살아가느냐에 따라 매순간 너의 필요를 스스로 증명할 뿐이라고. 내가 이런 글을 쓰는 것이 정말 누군가에게 도움이 되는 것일까를 끊임없이 질문하던 어느 날, 갑자기 머릿속에 '공부할 권리'라는 구절이 떠올랐습니다.

'공부할 권리'라는 화두가 마음속에 둥지를 튼 이후 제 마음속에는 어떤 확신이 생겼습니다. '공부할 권리'는 끊임없이 '공부하는 나'를 부추겼습니다. 이것 때문에 네가 사는 거잖아, 이것 때문에 네가 행복했잖아, 그럼 네가 느낀 그 행복을 다른 사람들에게 나눠 줘야지. 혼자만 느끼기엔 너무 아까운 행복이니! 공부하는 나, 항상 저를 지켜 주는 또 하나의 나는 저에게 그렇게 속삭입니다. 공부할 권리는, 그러니까 저에게 숨을 쉴 권리만큼이나 소중한, 자존감의 근거입니다.

이 책은 '나와 너, 그리고 우리의 존엄을 지켜 주는 것은 무엇인가?'를 고민해 온 제 오랜 공부의 결과물입니다. 나에게 공부란 주어진 아픔을 견디는 수동적인 무기가 아니라 현실에 맞서는 적극적이고 실질적인 무기입니다. 저는 공부할 권리를 지킴으로써 끝내 행복할 권리를, 더 깊이 세상을 사랑할 권리를 되찾았습니다. 공부란 나에게 결코 우호적이지 않은 이 차가운 세상을 포기하지 않고, 그럼에도 불구하고 계속 사랑하는 길이었습니다. 자격증과 스펙을 위한 쓸쓸한 공부가 아닌, 자유롭게 사고하고 행동할 권리를 되찾는 마음의 여정, 공부함으로써 더 많은 사람들과 '함께할 권리'를 되찾는 마음의 여정에 여러분을 초대하고 싶습니다.

2016년 3월,
또다시 봄이 오는 길목에서
정여울 쓰다

나는 누구에게 강요받으려고
태어나지 않았다.
나는 내 방식대로 살아가리라.
누가 가장 강한지는 두고 볼 일이다.
참다운 인간은 집단이
강요하는 대로 살지 않는다.

— 헨리 데이비드 소로,
『시민 불복종』에서

차례

왜, 공부할 권리인가?   5

1부   인간의 조건

영감의 원천 _____ 진정한 나를 상상하라   11

용기의 숭고함 _____ 일리아드, 우리 안의 영웅을 찾아서   29

슬퍼할 권리 _____ 안티고네, 위대한 죽음의 서사시   51

사랑할 권리 _____ 완벽한 프로메테우스, 불완전한 인간을 사랑하다   67

인간다운 삶 _____ 소로와 함께 걷는 마음의 오솔길   81

2부   창조의 불꽃

고독할 자유 _____ 소년은 자란다, 고독을 통해   99

작가의 탄생 _____ 고독할수록 나다워지는 사람들   117

나약할 권리 _____ 상처를 성찰로 이끄는 구원의 힘   135

내면의 황금 _____ 당신 안의 멘토, 당신 안의 현자를 찾아   151

3부   인생의 품격

열림과 트임   아름다움에 눈 뜨다   167

상처의 인식   돌이킬 수 없는 상처의 극복   179

나르시시즘의 역설   자기애의 극한까지 걸어간 리어 왕   189

작은 공동체   인간다움을 회복시키는 자아의 확장   199

4부   마음의 확장

분노할 권리   우리는 분노한다. 그러므로 존재한다   219

기억과 억압   콤플렉스 극복의 길은 공동체 회복에 있다   231

영혼의 대화   연대를 향한 의지   247

치유의 공동체   파괴가 아닌 성숙으로   267

5부   가치의 창조

정의(正義)의 정의(定義)   정의보다 정의감이 필요한 순간들   279

혁명의 꿈   무엇이 진짜 문제인가   293

공감의 글쓰기   당신의 심장에 가닿기 위해 오늘도 씁니다   307

질문의 시작   우리는 대답할 수 있는 질문만 듣는다   323

전일성의 회복   가장 아픈 그림자와 춤 추다   335

에필로그   공부, 나의 존엄을 지켜주는 최고의 멘토   343

인간의
조건

영감의 원천

용기의 숭고함

슬퍼할 권리

사랑할 권리

인간다운 삶

진정한 나를 상상하라

무의식, 문제 해결의 원천

제게 공부란 '과거와 현재의 문제를 깨닫고 미래의 삶을 설계하는 것'입니다. 그래서 좋은 책들을 만나면 꼭 과거의 나 자신에게 선물해 주고 싶어지지요. 그때 이 책을 읽었더라면 나는 좀 더 힘을 내서 내 문제를 적극적으로 해결할 수 있었을 텐데. 좋은 책을 읽을 때마다 저는 문제가 주는 고통에 짓눌려 문제의 핵심을 발견하지 못한 '나약한 나'를 발견합니다. 그리고 타임머신을 타고 그때의 나 자신에게로 다가가 지금의 나에게 용기를 주는 이 책을 선물해 주고 싶어집니다. 그래서 좋은 책들은 항상 '행복한 아쉬움'을 남깁니다. 10년 전에, 20년 전에 이 책을 알았더라면…….

요즘에도 그런 안타까움을 주는 책이 있습니다. 10년 전이라면 인생이 바뀌었을 것이고, 20년 전이라면 오히려 거부감을 느꼈을지도 모르겠습니다. 10년 전에는 인생에 대한 비관적인 상상으로 가득했기에 '열심히 사는 것' 외에는 아무런 희망이 없는 상태였지요. 어쩌면 열심히 살기만 하는 데 너무 지쳐 있었는지도 모릅니다. 타임머신이 있다면 그때의 나에게로 돌아가 이 책을 선물해 주고 싶습니다. 바로 『밀턴 에릭슨의 심리치유 수업』(밀턴 H 에릭슨, 시드니 로젠, 문희경 옮김)이라는 책입니다. 20년 전의 나는 심리학이나 최면요법에 전혀 관심이 없었고, 오히려 심리학으로 인간을 바꿀 수 있다는 생각 자체에 거부감을 갖고 있었기 때문에 밀턴 에릭슨(Milton H. Erickson)의 이야기가 제대로 들리지 않았을 것입니다. 10년 전의 나는 간절히 해답을 찾고 있었지요. 어떻게 해야 내 답답한 인생을 벗어날 수 있을까? 어떻게 하면 내 삶을 바꿀 수 있을까? 지금 이런 고민을 하고 있는 분들이라면 이 책이 많은 도움을 줄 수 있을 것 같습니다.

『멋진 신세계』의 작가 올더스 헉슬리뿐 아니라 인류학자 마거릿 미드 등 수많은 사람들이 정신적 지주로 여겼던 밀턴 에릭슨. 그는 최면을 신비의 영역에서 과학의 영역으로 옮겨 왔다고 평가받는 '에릭슨 테라피'로 유명합니다. 두 번에 걸친 심각한 소아마비를 자기최면과 무의식의 힘으로 이겨 낸 인간 승리의 모델이었지요. 최면요법의 대가로 알려졌지만 국내에서는 아직 생소한 심리학자 밀턴 에릭슨은 '무의식'을 어떤 이상적 징후의 원인이라기보다는 문제 해결의 원천으로 생각했습니다. 즉 어떤 첨단 심리학 이론이나 투약 처방보다도 환자의 무의식에서 가장 큰 잠재력을 발견할 수 있다고 믿었죠. 에릭

인간의 조건

슨에게 치료자의 역할은 상대를 고쳐 주겠다고 확신하는 것이 아니라 '당신 안에 이미 치유력이 있다.'고 알려 주는 것입니다. 무의식에 해답이 있다는 생각이 지금은 많이 대중화된 인식이지만, 그가 한참 활동하던 1950년대까지는 매우 생소한 사고였습니다.

에릭슨식 최면요법의 기본적인 아이디어는 환자의 가장 큰 걱정을 자신도 모르게 적극적으로 망각할 수 있도록 도와주는 것입니다. 무의식 깊은 곳에 숨어 있는 '나는 괜찮아질 것이다.'라는 긍정적 자기암시를 끌어내, 의식화되어 있는 불리한 정보는 망각하고 무의식에 잠재된 유리한 정보는 끄집어내는 것입니다. 그는 환자를 직접 보지 않고 환자의 이야기만 듣고도 증상을 치유했다고 합니다. 예컨대 환자의 머릿속에 가득 찬 '나는 왜 병이 낫지 않는 거지?'라는 비관적 생각을 망각하게 해서 환자 자신에게 이미 치유의 힘이 내재하고 있음을 일깨우는 것이지요.

동부의 어느 여의사가 내게 전화해서 "우리 아들은 하버드 대학 학생인데요, 여드름이 아주 심해요. 최면으로 치료해 주실 수 있을까요?"라고 물었다.

내가 말했다. "그래요. 그런데 굳이 나한테 데려올 필요가 있을까요? 크리스마스 휴가를 어떻게 보내실 계획입니까?"

"보통은 병원에 휴가를 내고 밸리에 가서 스키를 타요."

"음, 이빈 크리스마스 휴가에는 아드님을 데려가세요. 오두막을 하나 구해서 거기 있는 거울이란 거울은 모조리 없애세요. 식사도 안에서만 하고, 손거울은 핸드백 안주머니에 넣어 두고요."

그들은 스키를 타면서 휴가를 보냈고, 아들은 거울을 볼 수 없었다. 그리고 두 주 만에 여드름이 말끔히 사라졌다. 여드름은 거울을 다 없애면 치료할 수 있다. 얼굴에 뾰루지가 나거나 몸에 습진이 생겨도 같은 방법으로 없앨 수 있다.

— 밀턴 에릭슨, 『밀턴 에릭슨의 심리치유 수업』에서

확산적 사고와 수렴적 사고

끊임없이 자신의 능력을 시험하며 다양한 분야로 상상력을 확장하는 '확산적 사고(divergent thinking)'는 성인이 되면서 점점 퇴화합니다. 성인들은 점점 나는 원래 수학을 못해, 나는 원래 음치야, 이런 식으로 자신의 사고와 행동에 제약을 두는데, 이런 것이 바로 '수렴적 사고(convergent thinking)'입니다. 수렴적 사고에 길들어 버린 사람은 아무리 새롭고 다채로운 이야기를 들려줘도 자기가 원래 알고 있는 이야기나 지식의 패턴으로 모든 외부 정보를 환원시켜 버립니다. 반면 확산적 사고를 할 줄 아는 사람들은 아주 작은 나뭇가지가 결국 수천, 수만 개의 가지로 뻗어 나가듯, 처음에는 상상도 할 수 없었던 방향으로 자신의 상상력을 몰고 나갑니다.

우리는 의식을 스트레칭하여 무의식의 근육을 이완시켜야 합니다. 수렴적 사고가 우리 생각의 물꼬를 틀어막지 않도록 끊임없이

인간의 조건

> "인간은 자기가 상상한 모습대로 되고,
> 인간은 자기가 상상한 바로 그 사람이다."
>
> — 파라켈수스

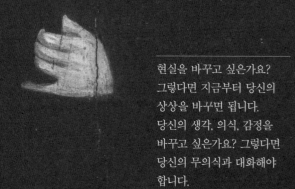

현실을 바꾸고 싶은가요?
그렇다면 지금부터 당신의
상상을 바꾸면 됩니다.
당신의 생각, 의식, 감정을
바꾸고 싶은가요? 그렇다면
당신의 무의식과 대화해야
합니다.

스스로를 부추겨야 합니다. 나는 몰라도 내 무의식은 알고 있어! 이런 식으로 말이지요. 저도 문제가 잘 풀리지 않을 때 이 방법을 자주 썼습니다. 나는 해결하지 못하지만 내 무의식이 해결해 줄 거야! 이런 식으로 내 안의 잠재력을 일단 한 번 믿어 보는 거죠. 내가 지금 이토록 고민하는 이 문제, 도저히 내 의식으로는 해결할 수 없는 이 문제도 무의식의 도움을 받으면 해결할 수 있다고 믿는 것이 치유의 시작입니다.

에릭슨은 천사 같은 얼굴을 하고 악마 같은 행동으로 간호사와 의사들을 괴롭히는 루스라는 말썽꾸러기 소녀를 이렇게 치유했다고 합니다. 병원의 온갖 기물을 파손하는 데 조금도 거리낌이 없는 악동 루스 앞에서 에릭슨은 일부러 침대보를 찢어발깁니다. 루스가 침대를 부술 때도 말리지 않고 오히려 에릭슨 자신이 더 신나서 침대를 와장창 부숩니다. 루스가 창문을 깰 때 옆에서 거들기도 합니다. "루스, 벽에서 증기난방 조절 장치를 뜯어내고 파이프를 비틀어 떼자." 에릭슨은 마치 미친 사람처럼 난방장치를 게걸스럽게 뜯어내고 파이프를 엉망으로 해체시켜 버립니다.

루스는 처음에는 계속 따라하다가 점점 의구심을 가지기 시작합니다. "이런 짓을 해도 정말 괜찮으세요, 에릭슨 선생님?" 에릭슨은 아무렇지도 않은 듯 신나서 소리쳤지요. "그럼! 재미있잖아. 아냐? 난 재밌는데." 에릭슨이 루스가 보는 앞에서 일부러 간호사의 옷을 찢어 버리자 그제야 루스는 정신을 차립니다. "에릭슨 선생님, 그런 짓 하면 못써요." 루스는 자신의 병실로 들어가 찢어진 침대보를 가져와 간호사를 덮어 주었다고 합니다. 물론 간호사들에게는 미리 말해 둔 연출 행위였지요. 에릭슨은 사실 루스의 모습을 있는 그대로 보여 준 것입니다. 네가 하는 행동이 남들에겐 이렇게 보인다고, 은유적으로 비춰 준 것이지요.

에릭슨은 환자가 지닌 관심의 초점을 다른 곳으로 유도함으로써 여러 명의 환자를 치료했습니다. 그는 15세기 화학자이자 의학자인 파라켈수스(Paracelsus)의 명언도 들려주지요. "인간은 자기가 상상한 모습대로 되고, 인간은 자기가 상상한 바로 그 사람이다." 이 말은 얼마나 희망적입니까. 현실을 바꾸고 싶은가요? 그렇다면 지금부터 당신의 상상을 바꾸면 됩니다. 당신의 생각, 의식, 감정을 바꾸고 싶은가요? 그렇다면 당신의 무의식과 대화해야 합니다. 밤에 꾸는 꿈, 낮에 꾸는 백일몽, 억눌린 모든 감정, 기억조차 나지 않는 그 모든 상처들과 대화를 시작해 봅니다. 난 안 될 거라는 식으로 스스로를 억누르는 나쁜 상상과 싸워야 합니다. 무의식은 의식을 향해 지금의 문제를 풀 수 있는 해답을 알려 줄 것입니다. 무의식은 '내가 아는 나'보다 훨씬 총명하고 지혜롭고 관대하니까요.

내 안에 울고 있는 재투성이 소녀

어른이 되어 다시 읽은 『신데렐라』 이야기에서 가장 충격적인 장면은 아버지가 딸의 진가를 정면으로 부정하는 장면이었습니다.

왕자가 유리 구두 한 짝을 가지고 다니며 구두에 꼭 맞는 발을 가진 여인을 찾았을 때, 신데렐라의 아버지는 자기 집을 찾아온 왕자에게 "저 아이는 분명히 당신이 찾는 여인이 아닐 것"이라고 말합니다. 그 것은 타인에게 "내 딸은 전혀 특별하지 않아요. 내 딸은 정말 별 볼 일 없는 아이지요!"라고 고백하는 것이나 다름없습니다. 신데렐라가 유일하게 기대고 싶었던 육친이 그녀의 존재를 부정한 것입니다. 신 데렐라의 아버지조차 자기 아이의 진가를 알아보지 못한 셈입니다. '재투성이 신데렐라'의 속뜻에는 부모조차 그 참된 가치를 알아보지 못하는 아이의 얄궂은 운명이 담겨 있는 것 아닐까요.

『신데렐라』를 다시 읽을 때마다, 내 안에도 여전히 재투성이 소 녀, 타인에게 내 진심을 이해받지 못하는 외로운 아이가 살고 있음 을 깨닫곤 합니다. 『라푼젤』을 다시 읽으며 가족이라는 단단한 울타 리 속에 갇혀 지냈던 어린 시절을 떠올리고, 『잠자는 숲 속의 공주』 를 다시 읽으며 어느 순간 성장을 멈춰 버린 채 내 안에 깊이 칩거 하던 사춘기 시절을 떠올려 보죠. 심리학자이자 사제였던 오이겐 드 레버만(Eugen Drewerman)은 『어른을 위한 그림 동화 심리 읽기』(김태희 옮김)에서 어른들이 동화 속 주인공을 통해 어린 시절보다 오히려 더 깊은 공감을 느끼는 까닭을 알려 줍니다.

드레버만은 그림동화에서 인간 정신의 원형적 체험을 발견해 냅 니다. 재투성이 신데렐라에게서는 누구에게도 환영받지 못한 아이 를, 하지만 그럼에도 불구하고 자존감을 잃지 않는 강인한 영혼을 읽어내지요. 또 '잠자는 숲 속의 공주'로 잘 알려진 '가시장미 공주'

나는 『신데렐라』를 다시 읽을 때마다 내 안에도 여전히
'재투성이 소녀, 타인에게 내 진심을 이해받지 못하는 외로운
아이'가 살고 있음을 깨닫곤 합니다.

신데렐라의 아버지는 자기 집을 찾아온 왕자에게
"저 아이는 분명히 당신이 찾는 여인이 아닐 것"이라고
말합니다. 단 하나밖에 없는 육친이 그녀의 존재를 부정한
것입니다. 신데렐라의 아버지조차도 자기 아이의 진가를
알아보지 못한 셈입니다. '재투성이 신데렐라'의 속뜻에는
'부모조차도 그 참된 가치를 알아보지 못하는 아이'라는
얄궂은 운명이 담겨 있는 것 아닐까요?

에게서는 아버지의 독단으로 인해 가시울타리에 갇혀 스스로 시간을 멈춰 버린 한 소녀의 영혼을 읽어 냅니다. 그는 동화 속에서 계모나 마녀로 나타나는 존재가 실은 '진짜 어머니'를 에둘러 말하는 것이라고 주장하지요. 생모를 향해 직접적으로 분노를 표출할 수는 없으니 신데렐라의 계모나 라푼젤의 마녀 등을 통해 부모와의 갈등을 상징적으로 표현하는 서사라는 것입니다.

드레버만은 겉으로는 늘 쾌활한 척하지만 속으로는 항상 뼈아픈 고독과 싸우는 여성들에게서 신데렐라를 발견하고, 자식을 위해 헌신한 어머니를 돌보며 결혼이나 독립은 꿈도 꾸지 못하고 홀로 늙어 가는 여성들에게서 라푼젤을 발견합니다. 이렇게 동화를 통해 현대인의 심리적 갈등을 비춰 봄으로써 우리는 자신의 진짜 문제를 정확히 진단하고 현실을 바꿔 나갈 힘을 발견해 낼 수 있습니다.

『신데렐라』를 조금 다른 각도에서 바라보면 항상 완벽한 세계에서 안전하게만 살아오던 왕자의 성장기이기도 합니다. 왕자는 신데렐라가 재투성이일 때는 알아보지 못합니다. 그녀의 화려한 외모만을 기억하기 때문이지요. 신발에 맞는 여자를 찾아야 한다는 것도 교조주의적 태도라고 볼 수 있습니다. 계모는 여왕이 되면 걸을 필요가 없다며 딸들의 발꿈치와 발가락을 억지로 잘라 내서라도 왕자의 신발에 끼워맞추려 합니다.

왕자는 처음에는 그녀들의 '피 묻은 신발'에 숨겨진 진실을 알아보지 못합니다. 신발에 억지로 발을 맞추는 여자들이 '진실한 배필'이 아니라는 것을 깨닫게 되면서 비로소 자신의 경직된 발상의 허

인간의 조건

위를 알게 되지요. 왕자는 아름다운 여인의 외모가 아니라 파티에서 자신과 눈을 맞추며 환하게 웃음 짓던 그 여인의 미소를 찾아야 했던 것입니다. 재투성이로 둘러싸인 한 여인의 내면을 알아보는 것, 재투성이의 외모 속에 숨겨진 한 인간의 진실을 알아보는 힘이야말로 사랑에 빠진 인간에게 꼭 필요한 영혼의 눈입니다.

> 외부에서 강요하는 굴욕과 자기 운명에 대한 내적 신뢰 사이의 대조, 숙명적 불행과 마음속 깊은 곳의 동경 사이의 대조가 재투성이라는 인물의 씨알이다. 강렬한 인상을 주지 못하고 아무것도 가진 것이 없어서 그저 조용히 입을 다물고 언제나 겸손을 연습해야 하는 잿빛 쥐에 가까운 운명. 사실 그렇게 행동한다, 겉으로는, 남들이 보기에는. 그러나 재 아래, 겉보기에는 모조리 타 버린 삶의 검댕 아래, 이와는 전혀 다른 삶, 참된 삶을 향한 내밀한 갈망이 꺼지지 않는 불씨처럼 이글거리고 있다. 재투성이는 어떠한 환멸이라도 참고 견디는 오랜 기다림이고, 어떠한 굴욕도 견디어 내는 불굴의 자존심이며, 외부적 결핍에도 불구하고 포기하지 않는 끈질기고 참을성 있는 희망이다.
>
> ─오이겐 드레버만, 『어른을 위한 그림 동화 심리 읽기』에서

신데렐라 이야기에는 남들이 아무리 자신의 가치를 부정해도 속으로는 그들보다 훨씬 높은 자존감으로 무장한 채 '나의 진가를 알아주는 사람'을 기다리는 인간의 불굴의 투쟁이 담겨 있습니다. 신데

영감의 원천

렐라는 남들이 아무리 자신을 초라하게 볼지라도 자신의 위대함을 끝내 믿는 인간의 신비를 증언합니다. '재투성이'는 "보이지 않는 곳에 묻혀 있는 아직 발견되지 않은 인간의 위엄을 표현하는 동화 언어"이고, "자신의 유래를 알지 못하면서도 절실하게 미래를 갈망하는 은밀한 귀족의 굴복하지 않음을 표현하는 암호"지요.

누구나 한 번쯤 나는 환영받지 못하는 인간이라는 생각에 빠져들 수 있습니다. 오히려 늘 환영받는 아이로 자란 사람들이 인생의 장애물 앞에서 어쩔 줄 모릅니다. 고통에 대한 예방주사가 접종되어 있지 않은 것이죠. 저는 인생의 맷집을 키우고 고통의 면역력을 키우는 것이 동화의 힘이라고 믿습니다.

누구나 삶이 부당하다고 느낄 때가 있지요. 재투성이 모티프는 바로 그런 삶에 대한 원초적인 불만에 호소합니다. 나는 혹시 진정으로 내게 주어진 숨은 운명을 아직 발견하지 못한 재투성이가 아닐까? 풍부한 재능과 소질을 타고났는데도 환경이 좋지 않아 그 빛을 보지 못하는 것은 아닐까? 동화는 처세술이나 성공 신화를 말하는 것이 아닙니다. 누구나 노력하면 재벌이나 유명 스타가 될 수 있다는 식의 교훈을 끌어내려고 하면 안 됩니다. 그런 의미에서 신데렐라를 재벌가와의 결혼에 성공한 야심녀로 이해하면 곤란하지요.

『신데렐라』는 내게 없는 보물이나 생명수를 찾아 멀리 떠나는 이야기가 아니라 잿더미에 파묻혀 누구도 알아보지 못했던 나의 진짜 운명을 되찾는 이야기입니다. 역경을 딛고 누구도 기대하지 않았던 멋진 꿈을 되찾는 동화 속의 주인공들은 모든 희망이 사라진 것처럼

인간의 조건

신데렐라는 남들이 아무리 자신을 초라하게
볼지라도, 자신의 위대함을 끝내 믿는
인간의 신비를 증언합니다.

'재투성이'는 "보이지 않는 곳에
묻혀 있는 아직 발견되지 않은
인간의 위엄을 표현하는 동화
언어"이고, "자신의 유래를 알지
못하면서도 절실하게 미래를
갈망하는 은밀한 귀족의 굴복하지
않음을 표현하는 암호"이지요.

보이는 순간에도 우리에게 속삭입니다. 아직은 끝이 아니라고. 당신이 끝이라고 생각하는 순간만이 진짜 끝이라고. 그 끝을 선택하는 결정권은 오직 우리 자신에게 있다고.

용기의 숭고함

일리아드, 우리 안의 영웅을 찾아서

우정의 놀라운 힘

누군가 당신에게 가장 부족한 것이 무엇이냐고 물어본다면 저는 주저없이 '용기'라고 대답할 것 같습니다. 가장 가지려고 노력하는 것이 무엇이냐고 물어도, 저는 다른 수많은 탐나는 것들 중 용기를 택하고 싶습니다. 용기는 저에게 다른 것들과 비교 불가능한 가치입니다. 두려움 때문에 나서지 못했던 그 수많은 순간들, 용기를 내지 못해 솔직해질 수 없었던 그 수많은 시간들이 아직도 제 발목을 잡으니까요. 그때 용기를 냈다면 내 삶은 달라지지 않았을까 하는 생각에 잠 못 이루는 밤이 많습니다.

그래서일까요. 작은 용기가 삶을 바꾸는 모든 순간들에 저는 뭉클해집니다. 아기가 처음으로 세상을 향한 발걸음을 내딛는 순간, 아기의 그 복잡하고 미묘한 표정을 보신 적 있는지요. 아기도 두려움 우리 뒤에 뭐가 남았는가?
든든한 성채라도 서 있는가?
아니다. 여기가 우리 죽을 자리다.
우리밖에 없다. 구원의 빛은 싸움에 있다.
　　—호메로스, 『일리아드』에서

을 느낍니다. 넘어지면 어쩌나, 이번에도 안 되면 어쩌나, 고민하는 아기의 표정이 보름달처럼 환한 미소로 바뀌는 순간. 아기는 세상에 첫 발자국을 뗍니다. 우리가 용기를 내 세상 속으로 다가가는 순간은 그렇게 아기의 첫 걸음마를 닮았습니다. 우리가 살아가면서 내 삶을 바꾸고 싶다고 느끼는 순간, 가장 필요한 것은 자본이나 연줄이 아니라 나 자신의 용기입니다.

호메로스가 노래한 불멸의 고전 『일리아드』(천병희 옮김)를 저는 용기란 무엇인가를 증언하는 이야기로 읽어 보려 합니다. 『일리아드』는 수많은 전쟁 영웅들이 죽음 앞에서 얼마나 커다란 고통에 맞서 저마다 지닌 최고의 모습으로 용기를 끌어내는지, 또 얼마나 비겁하게 자신의 운명으로부터 도망치려 하는지, 그들이 과연 무엇을 지켜내기 위해 죽음까지 불사하는지 생각해 보게 만드는 이야기입니다. 이 수많은 전사(戰士)들의 이야기들 중 저는 특히 세 사람의 용기에 주목해 보려 합니다. 아킬레우스와 헥토르, 그리고 헥토르의 아버지 프리아모스의 용기지요. 그들은 저마다 매우 다른 모습으로 삶에서 가장 소중한 가치를 지켜내기 위해 싸웁니다.

아킬레우스는 『일리아드』 초반부에서는 그리 멋있어 보이지 않습니다. 오히려 자신의 명예가 손상되었다는 이유로 한참이나 전쟁을 거부하는 '토라진 남자'로 나오지요. 사실 아킬레우스가 지켜 온 가치는 용기보다는 '명예'였습니다. 그는 자신이 아끼던 아름다운 여인 브리세이스를 아가멤논에게 빼앗겼다는 이유로 전쟁에 참전하지 않습니다. 막사에 틀어박혀 누구의 설득도 들으려 하지 않지요. 강

용기의 숭고함

력한 그리스군은 아킬레우스의 부재로 인해 휘청거립니다. 이때 트로이의 왕자 헥토르가 나타나 전세를 크게 역전시킵니다. 아킬레우스는 자신의 부재로 인해 전세가 불리해졌음을 알면서도 마음을 바꾸려 하지 않습니다. 게다가 마치 마마보이처럼 어머니 테티스에게 이 모든 일을 제우스에게 알려 달라며 칭얼거리기까지 합니다.

> 방금 전령들이 와서 브리세우스의 딸을, 아카이오이족의 아들들이 제게 준 소녀를 제 막사에서 데려갔어요. 그러니 어머니! 가능하시다면 이 아들을 도와주세요. 어머니께서 일찍이 말과 행동으로 제우스의 마음을 즐겁게 해드린 적이 있다면 지금 올림포스로 가서 제우스께 간청해 보세요.
>
> — 호메로스, 『일리아드』에서.

천하의 아킬레우스가 지금 어머니 테티스를 졸라 제우스에게 부탁해서 내 여자를 되찾아 달라고 떼를 쓰고 있는 것입니다. 아킬레우스는 『일리아드』에서 처음부터 멋진 영웅이라기보다는 점점 성장하는 영웅의 내면을 보여 준다는 점에서 매력적입니다. '아킬레스건'이라는 단어의 유래에서 알 수 있듯 그의 치명적인 결점은 발뒤꿈치였다고들 말하지요. 하지만 『일리아드』를 보면 그의 진정한 아킬레스건은 형제처럼 동고동락하며 자라난 죽마고우인 파트로클로스였던 것 같습니다. 전쟁에 참여하지 않고 칩거하고 있는 아킬레우스의 답답한 모습을 보다 못한 친구 파트로클로스가 아킬레우스의 무장을 입고 출전한 것입니다. 파트로클로스는 기대 이상으로 잘 싸워 트로이의 영웅 사르페돈을 죽이는 등 혁혁한 공을 세웠지만 결국 트로이의 왕자 용감한 헥토르의 손에 죽고 맙니다.

아킬레우스는 자신의 얼굴에 흙먼지를 뿌리며 통곡하고, 먼지더미 속에 큰대자로 드러누워 제 손으로 머리를 쥐어뜯으며 괴로워합니다. 식음을 전폐하고 차라리 죽어 버릴까 생각해 보기도 합니다. 자신을 위해 달려와 준 어머니 테티스 앞에서 아킬레우스는 격하게 분노합니다. "당장이라도 죽고 싶어요! 전우가 죽는데도 도와주지 못했으니 말예요. 그는 제 도움이 필요했는데도 저는 그를 파멸에서 구하지 못했어요."

아킬레우스를 다시 일어서게 한 것은 전우에 대한 미안함, 가장 소중한 친구를 사지에 몰아넣고 자신은 아무것도 하지 않은 죄책감이었습니다. 아킬레우스의 마음은 이제 아가멤논을 향한 치욕과 분노가 아니라 적장 헥토르를 향한 복수심으로 가득 찹니다. 아킬레우스가 '그리스의 방패'였다면, 헥토르는 '트로이의 모든 것'이었지요. 아킬레우스는 트로이 사람들이 통곡하며 바라보는 가운데 헥토르를 보란 듯이 죽입니다. 아킬레우스는 헥토르의 시체를 전차에 매달아 질질 끌고 다니며 승리를 만끽합니다.

헥토르의 아름다운 얼굴이 땅바닥에 질질 끌리며 모욕당하는 것을 바라본 트로이 사람들의 가슴에는 분노가 차오릅니다. 그러나 트로이의 굴욕이 아킬레우스에게는 빛나는 승리였습니다. 그 전쟁의 잔인한 이분법 속에서 아킬레우스는 복수의 칼날을 거두지 않지요.

그전에는 타고난 힘으로 세상을 정복했지만 이제는 자기만의 동기와 열정이 생긴 것입니다. 아킬레우스는 친구를 위해, 그와의 우정과 의리를 지키기 위해 자신의 오랜 태만과 허무주의를 극복합니다. 그리고 이제는 '그리스의 전쟁'을 넘어 '나의 전쟁'을 치르기를 원합니다. 친구의 죽음을 통해 아킬레우스는 분명 영적으로 성장한 것입니다.

용기, 지극한 사랑의 다른 이름

아킬레우스는 자신의 능력과 신의 가호를 모두 갖춘, 그야말로 완벽한 존재입니다. 하지만 그 또한 어이없게도 트로이에서 가장 비겁한 남자인 파리스의 화살에 스러지고 말지요. 이것은 전쟁의 역설이기도 하고 인생의 아이러니이기도 합니다. 항상 가장 강한 사람이 승리하는 것이 아니지요. 파리스는 헥토르와 아킬레우스처럼 모두의 존경을 받을 만한 영웅은 아니지만 뜻밖에 최후의 승자가 됩니다. 메넬라오스의 부인 헬레네를 유혹해 트로이로 끌고 와 버린 파리스는 온 가족의 골칫덩이이자 만백성의 분노가 집중되는 대상이기도 했습니다. 그의 부적절한 사랑 때문에 결국 트로이전쟁이 일어났으니 말입니다. 게다가 트로이아인들이 목숨을 걸고 싸우는 동안 파리스가 아무것도 하지 않는 모습을 보며 헥토르는 분노합니다. 누구에게나 따스하고 친절했던 헥토르가 유일하게 분노를 터뜨리는 사람이 바로 동생 파리스입니다.

인간의 조건

"가증스러운 파리스여, 외모만 멀쩡하지 계집에 미친 유혹자여! 너는 차라리 태어나지 말았거나 장가들기 전에 죽었어야 해." 매번 목숨 걸고 싸우는 것을 주저하지 않는 헥토르에 비하면 파리스의 변명은 누추하기만 하지요. 파리스는 슬픔을 감당할 수가 없어서 방 안에 자신을 가두어 버렸다는 식의 얼토당토않은 변명을 늘어놓으며 전쟁터에 나가는 일을 차일피일 미루기만 합니다. 그토록 멋진 형 밑에 이토록 비겁한 아우가 있다는 것을 세상 사람들도 의아해합니다. 헥토르는 파리스를 꾸짖습니다. 너의 비겁함은 백성들에게는 고통이요, 적에게는 기쁨이요, 너 자신에게는 굴욕일 뿐이라고. 어서 가서 적군의 수장 메넬라오스와 용감히 맞서 싸우라고.

파리스는 드디어 용기를 냅니다. 아프로디테의 축복으로 어렵사리 얻어 낸 헬레나와 자신의 사랑만은 비방하지 말아달라고 부탁합니다. 그에게는 이 불같은 사랑이 마지막 남은 자존심이었으니까요.

"지금 내가 싸우기를 진심으로 원하신다면 다른 트로이아인들과 아카이오이족을 모두 앉히시고, 그 한가운데서 아레스의 사랑을 받는 메넬라오스와 내가 헬레네와 그녀의 모든 보물을 걸고 싸우게 하시오."

파리스에게 어떻게 이런 용기가 갑자기 나왔을까요? 모두 물러나게 하고 헬레네라는 한 여자 때문에 철천지원수가 된 바로 그 메넬라오스와 일대일로 맞붙겠다는 것입니다. 사실 파리스는 비겁하

용기의 숭고함

기는 했지만 명예를 모른척할 수 있는 위인은 아니었습니다. 파리스도 잃어버린 명예를 되찾고 싶었습니다. 물론 결과는 처참했지요. 파리스는 메넬라오스의 손에 죽을 뻔했지만 이번에도 여신 아프로디테의 도움으로 기사회생합니다.

제우스는 아킬레우스를 돌보고 아프로디테는 파리스를 돌보는데, 헥토르는 오직 자신의 힘으로 싸워야 했지요. 아폴론은 헥토르를 돕고 싶어 했지만 제우스의 명령으로 제지당합니다. 용장은 지장을 당해내지 못하고, 지장은 덕장을 이기지 못하며, 덕장은 복장을 못 이긴다는 말이 있지요. 그러니까 아킬레우스가 용장(勇將)이라면, 파리스는 복장(福將)이고 헥토르는 덕장(德將)이 아닐까 싶습니다. 승리의 여신은 가장 연약한 파리스에게 미소를 지어 주었으니까요.

헥토르가 죽자 트로이 전체가 깊은 슬픔에 빠집니다. 헥토르가 죽은 것만으로도 이제 다시는 태양이 뜨지 않는 것처럼 고통스러운데, 아킬레우스가 헥토르의 시신을 모욕하며 시체를 트로이에 돌려주지 않자 트로이의 왕 프리아모스는 깊은 근심에 빠집니다. 헥토르의 시신을 돌려받는 것은 단지 한 개인의 장례 문제가 아니라 트로이 전체의 명운이 걸린 일이기도 했습니다.

그러나 프리아모스는 거창한 대의를 주절거리지 않습니다. 수레 가득 온갖 보물을 싣고 가서 아킬레우스 앞에 겸허하게 간청합니다. 한 나라의 왕이 적군의 장수에게, 그것도 자신의 가장 사랑하는 아들을 죽인 남자 앞에서 무릎을 꿇는 것이 어찌 쉬운 일이겠습니까. 하지만 프리아모스는 명예보다도 사랑을 중시하는 사람이었습니다.

인간의 조건

아니, 무엇이 진짜 명예인지 알았던 사람이지요. 아들에 대한 절절한 사랑으로 그는 왕의 체면까지 벗어던진 것입니다.

"신과 같은 아킬레우스여, 그대의 아버지를 생각하시오! 나와 동년배이며 슬픈 노령의 문턱에 서 있는 그대의 아버지를. [……] 그래도 그분은 그대가 살아 있다는 소식을 들으면 마음속으로 기뻐하며 날이면 날마다 사랑하는 아들이 트로이아에서 돌아오는 것을 보게 되기를 고대하고 있을 것이오. 하나 나는 참으로 불행한 사람이오. 드넓은 트로이아에서 나는 가장 훌륭한 아들들을 낳았건만 그중 한 명도 안 남았으니 말이오. [……] 혼자 남아서 도성과 백성들을 지키던 헥토르도 조국을 위해 싸우다가 얼마 전에 그대의 손에 죽었소. 그래서 나는 그 애 때문에, 그대에게서 그 애를 돌려받고자 헤아릴 수 없는 몸값을 가지고 지금 아카이오이족의 함선들을 찾아온 것이오. 아킬레우스여! 신을 두려워하고 그대의 아버지를 생각하여 나를 동정하시오. 나는 그분보다 더 동정받아 마땅하오. 나는 세상의 어떤 사람도 차마 못한 짓을 하고 있지 않소! 내 자식들을 죽인 사람의 얼굴에 손을 내밀고 있으니 말이오."

—호메로스, 『일리아드』에서

무쇠 같은 심장을 가진 아킬레우스의 가슴에도 어느덧 눈물이 차오릅니다. 무려 쉰 명의 아들을 모조리 전쟁에서 잃은 아버지라니, 프리아모스의 가슴은 천 갈래 만 갈래로 찢어지고 있었지요. 자기

용기의 숭고함

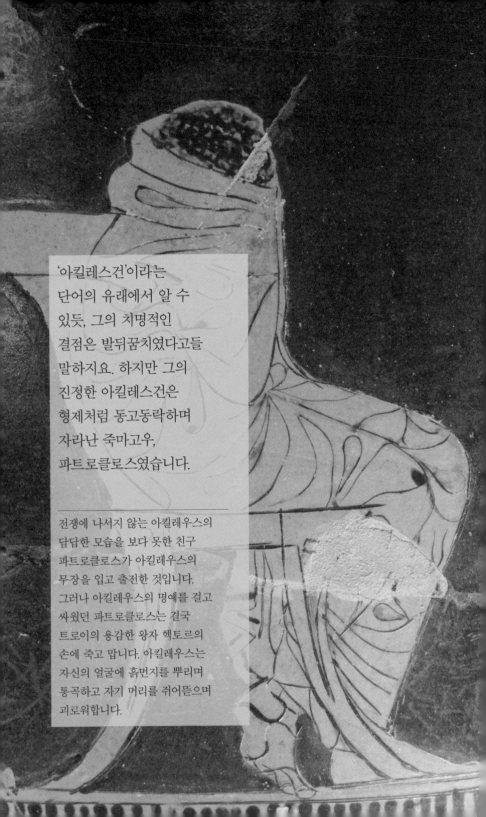

'아킬레스건'이라는 단어의 유래에서 알 수 있듯, 그의 치명적인 결점은 발뒤꿈치였다고들 말하지요. 하지만 그의 진정한 아킬레스건은 형제처럼 동고동락하며 자라난 죽마고우, 파트로클로스였습니다.

전쟁에 나서지 않는 아킬레우스의 답답한 모습을 보다 못한 친구 파트로클로스가 아킬레우스의 무장을 입고 출전한 것입니다. 그러나 아킬레우스의 명예를 걸고 싸웠던 파트로클로스는 결국 트로이의 용감한 왕자 헥토르의 손에 죽고 맙니다. 아킬레우스는 자신의 얼굴에 흙먼지를 뿌리며 통곡하고 자기 머리를 쥐어뜯으며 괴로워합니다.

아킬레우스는 『일리아드』에서 처음부터 멋진
영웅이라기보다는 점점 성장하는 영웅의 내면을 보여
준다는 점에서 매력적입니다.

아킬레우스를 다시 일어서게 한 것은
전우에 대한 미안함, 가장 소중한
친구를 사지에 몰아넣고 자신은 아무
것도 하지 않은 죄책감이었습니다.
아킬레우스는 결국 트로이 사람들이
통곡하며 바라보는 가운데 헥토르를
보란 듯이 죽입니다.

사식을 죽인 사람의 면전에서 가련하게 손을 내밀고 있는 늙은 프리아모스를 바라보며 아킬레우스는 꺼이꺼이 울기 시작합니다. 아킬레우스는 그리운 친구 파트로클로스를 위해, 사랑하는 아버지 펠레우스를 위해, 그리고 아마도 단명할 것임에 분명한 자신의 운명을 위해 울었습니다. 프리아모스는 아킬레우스의 발 앞에 쓰러져 그토록 사랑하던 아들 헥토르를 위해 통곡했습니다.

아군의 수장과 적군의 왕이 한데 모여 서로의 운명을 한탄하며 통곡하는 장면을 그려 내다니, 호메로스의 붓끝에는 지상에는 없는 뜨거운 노래의 날개가 달린 것 같습니다. 그는 전쟁이라는 증오의 칼날 뒤에 숨은 더 높은 차원의 인류애, 그러니까 적군과 아군의 차원을 넘어 존재하는 인간을 향한 깊은 연민의 소중함을 그려 냈습니다.

마침내 아킬레우스는 프리아모스의 용기 앞에 손을 들고 맙니다. 아킬레우스는 프리아모스에게 헥토르의 시체를 넘겨 주며 헥토르의 장례 기간 동안에는 전쟁을 멈출 것을 약속합니다. 아킬레우스가 진정 멋진 남자가 되는 순간입니다. 분노를 내려놓고 타인의 아픔에 공감하는 뜨거운 심장을 가진 진짜 어른이 되는 순간이지요. 트로이의 심장이자 트로이의 가장 쓰라린 아픔이었던 헥토르, 그의 장례식 동안 그 지긋지긋한 전쟁의 불꽃마저 사그라듭니다.

늙고 지친 프리아모스를 움직인 것은 지극한 슬픔, 그리고 아들과 조국을 향한 지극한 사랑이었습니다. 용기는 꼭 창을 들고 앞으로 나서서 적군을 찌르는 식의 육체적 행위가 아님을 프리아모스는 몸소 보여 줍니다. 그의 용기는 자비와 이해, 공감에 뿌리를 둔 '사랑'의 다른 이름이었지요. 용기의 최고봉은 역시 지극한 사랑이 아닐까요.

가장 인간적인 아름다움

헥토르의 용기가 곧 그 자신을 죽일 치명적인 무기가 될 수도 있다는 것을 아내 안드로마케는 알고 있었습니다. 부부간의 정이 더없이 깊었던 두 사람 사이에는 사랑 이상의 이해와 연대가 있었지요. 안드로마케는 운명은 물론 신들에게까지 맞서 싸우고도 남을 헥토르의 용기를 원망합니다. 사랑하지만 원망하고, 존경하지만 안쓰러워합니다. 저 험난한 전쟁의 불꽃 속에 남편을 잃을까 두렵기 때문입니다.

"당신은 이상한 분이세요. 당신의 그 용기가 당신을 죽일 거예요. 당신은 어린 자식과 머지 않아 과부가 될 이 불행한 아내가 가엾지도 않은가 봐요." 안드로마케의 아버지는 물론 일곱 오라비가 모두 아킬레우스의 손에 죽어 버렸기에, 저 천하무적 아킬레우스에게 남편마저 잃을 것이 두려웠던 것입니다. "그러니 헥토르여! 당신이야말로 내게는 아버지요 존경스러운 어머니며 오라비이기도 해요. 제발 당신의 자식을 고아로, 당신의 아내를 과부로 만들지 마세요." 안드로마케는 사랑으로 남편을 붙들려 합니다.

용기의 숭고함

헥토르도 아내를 사랑했지만 그에게 사랑과 용기는 양립할 수 있는 것이 아니었습니다. 어쩌면 헥토르에게는 사랑마저 용기의 일부였을지도 모릅니다. 그의 용기 또한 가족에 대한 사랑, 조국에 대한 사랑, 운명에 대한 사랑에서 나왔기 때문입니다.

내가 만일 겁쟁이마냥 싸움터에서 물러선다면 트로이아인들과 옷자락을 끄는 트로이아 여인들을 볼 낯이 없을 것이오. 그리고 내 마음도 이를 용납하지 않소. 나는 언제나 용감하게 선두 대열에 서서 싸우며 아버지의 위대한 명성과 나 자신의 명성을 지키도록 배웠기 때문이오.

나는 물론 마음속으로 잘 알고 있소. 언젠가는 신성한 일리오스와 훌륭한 물푸레나무 창의 프리아모스와 그의 백성들이 멸망할 날이 오리라는 것을. 당신은 아르고스에 살면서 다른 여인의 명령에 따라 베를 짜고, 마음이 내키지 않더라도 멧세이스나 휘페레이아 샘에서 물을 길어 나를 것이며, 심한 강압이 그대를 억누를 것이오. 그때는 당신이 눈물을 흘리는 것을 보고 누군가가 말하겠지요. '저 여자가 헥토르의 아내야. 사람들이 일리오스를 둘러싸고 싸울 때 그는 말을 길들이는 트로이아인들 중에서도 으뜸가는 전사였었지.' [……] 당신이 끌려가며 울부짖는 소리를 듣기 전에 쌓아 올린 흙더미가 죽은 나를 덮어 주었으면!

—호메로스, 『일리아드』에서

인간의 조건

아킬레우스는 아들을 죽인 자신에게
간청하는 프리아모스에게 헥토르의 시체를
넘겨 주며, 헥토르의 장례 기간 동안에는
전쟁을 멈출 것을 약속합니다.

프리아모스는 아킬레우스의 발 앞에
쓰러져 그토록 사랑하던 아들 헥토르를
위해 통곡했습니다. 아군의 수장과 적군의
왕이 한데 모여 서로의 운명을 한탄하며
통곡하는 장면을 그려내다니, 호메로스의
붓끝에는 지상에는 없는 뜨거운 노래의
날개가 달린 것 같습니다.

헥토르는 자신이 죽은 뒤 트로이의 백성들이 겪을 고난과 아내 안드로마케가 겪게 될 온갖 모욕과 비탄을 상상만 해도 심장이 으스러지는 것 같습니다. 이미 세상을 떠나 버렸을 자신이 트로이와 아내와 아들과 모든 사랑하는 사람들을 구해 줄 수 없다는 생각을 하니 더욱 가슴이 찢어집니다. 아내가 적군에게 끌려가며 울부짖는 소리를 듣기 전에 차라리 죽고 싶은 심정입니다. 하지만 그는 묵묵히 적장 아킬레우스를 향해 나아갑니다. 그는 도망쳐서 가족을 지키는 쉬운 길을 택하지 않고 더욱 어렵고 힘들며 비참한 길을 택합니다. 그는 역사에 남기 위해서가 아니라, 사람으로 태어나 지켜야 할 가장 소중한 가치가 무엇인지를 질문하고 거기에 답하려 했던 것이 아닐까요.

헥토르는 살며 사랑하며 싸웁니다. 그의 삶이 싸움이며, 그의 싸움이 사랑입니다. 그래서 그는 그 어느 것도 떼어 놓고 생각할 수가 없습니다. 아내는 뒤늦게 그것을 이해합니다. 트로이아의 모든 이들이 헥토르가 죽고 나서야 그 죽음의 의미를 이해합니다. 헥토르의 죽음에 슬퍼하는 여인들의 울음은 그가 보여 준 용기가 얼마나 위대했는지를 증언합니다. 헥토르의 머리를 두 손으로 붙들고 안드로마케는 통곡합니다.

"낭군이여! 당신은 아직 젊은데 목숨을 버리고 나를 당신 집에 과부로 남겨 놓으시는군요. 불운한 당신과 나 사이에 태어난 자식은 아직 어린아이에 불과해요. 나는 그 애가 자라서 어른이

인간의 조건

되리라고는 생각지 않아요. 그 전에 이 도시가 완전히 파괴될 테
니까요. [……] 헥토르여! 당신은 부모님에게 말할 수 없는 비탄과
슬픔을 주셨어요. 하지만 누구보다도 내게 쓰라린 고통이 남게 될
거예요. 당신은 죽을 때 침상에서 나를 향해 손을 내밀지도 않았
고, 내가 밤낮으로 눈물을 흘리며 두고두고 마음속에 간직할 지혜
로운 말 한마디도 해 주지 않았으니까요."

— 호메로스, 『일리아드』에서

헥토르는 저에게 끊임없이 영감을 주는 사람입니다. 그가 아킬
레우스처럼 요정 테티스의 아들이 아니고, 헤라클레스처럼 제우스
의 피가 섞인 신의 혈통이 아니라는 점이 더욱 감동을 줍니다. 헥토
르는 그저 인간이었습니다. 아킬레우스가 틈만 나면 어머니 테티스
를 통해 제우스에게 이거 해 달라 저거 해 달라 요구하는 동안 그는
다만 묵묵히 전쟁을 준비하고, 전사들을 격려하고, 전투에 임합니
다. 헥토르에게 남아 있는 길은 두 가지뿐이었습니다. 가족들을 데
리고 도망치거나 죽음에 이르기까지 싸우거나. 사랑하는 아내와 갓
난아이가 눈에 밟혔지만 그는 설사 이 전쟁에서 패하더라도, 사랑하
는 부모님의 눈앞에서 죽어 가더라도, 자신이 끝까지 싸우다 죽은
용감한 아들이자 아버지이자 남편이자 트로이아인의 한 사람으로
남기를 바랐던 것입니다.

『일리아드』를 읽으며 의아하면서도 더욱 감동적이던 대목은 작
가 호메로스의 태도입니다. 호메로스의 조국은 그리스였지만 그는

용기의 숭고함

『일리아드』를 읽으며 의아하면서도
더욱 감동적이었던 대목은 작가
호메로스의 태도입니다.

호메로스의 조국은 그리스였지만,
그는 자기 나라의 편에 서서 전쟁을 그리지 않습니다.
그가 아킬레우스의 최후나 파리스의 최후가 아닌
'헥토르의 장례식'으로 이 거대한 이야기를 끝맺는 이유는
무엇일까요? 호메로스는 전쟁이 옳다고 말하고 있는 것이
아니라, 어느 편이 더 낫다고 말하고 있는 것이 아니라,
전쟁이 우리에게 가장 소중한 것을 빼앗아간 후 남기는
헤아릴 수 없는 슬픔을 그리고 싶었던 것입니다.

자기 나라 편에 서서 전쟁을 그리지 않습니다. 그가 아킬레우스의 최후나 파리스의 최후가 아닌 '헥토르의 장례식'으로 이 거대한 이야기를 끝맺는 이유는 무엇일까요? 그는 어느 편이 더 낫다고 말하는 것이 아니라, 전쟁이 우리에게 가장 소중한 것을 빼앗은 후 남기는 헤아릴 수 없는 슬픔을 그리고 싶었던 것입니다. 헥토르를 잃고 목놓아 우는 트로이 사람들의 눈물은 사랑하는 사람을 잃고 우는 것밖에는 할 수 없는 우리 모두의 눈물을 닮았습니다.

신들도 흉내 낼 수 없는 용기

친구의 죽음으로 인한 분노와 복수심으로 창을 든 아킬레우스, 아들의 시신을 되찾기 위해 늙고 지친 몸을 이끌고 혼자 적진으로 뛰어든 프리아모스, 사랑하는 조국과 트로이아인들을 위해 자신이 가진 모든 것을 버린 헥토르. 각자의 나라와 저마다 사랑하는 가족들과 자신의 명예를 지키기 위해 목숨 걸고 싸웠던 그 모든 전사들이 우리 모두의 이야기 『일리아드』의 주인공들입니다. 헥토르의 용기에 대해 토론할 수 있다면 우리는 왠지 밤을 샐 수도 있을 것 같습니다. 항상 신들의 가호를 받아 믿는 구석이 있어 보이는 아킬레우스와 달리 헥토르는 기댈 데가 없습니다. 모두들 그에게 기대기만 할 뿐 그가 기댈 사람은 세상에 없습니다.

헥토르는 운명이나 신을 믿는 것이 아니라 자신의 믿음을 믿었

인간의 조건

습니다. 자신의 사랑을 믿었습니다. 사랑하는 사람을 위해 무한히 강해지는 사람들이 있지요. 믿고 있는 신념을 위해 잠재된 모든 힘을 끌어내는 사람들이 있지요. 헥토르의 용기는 우리가 꿈꾸는 세상을 향해 내딛을 수 있는 용기의 첫걸음이자 극한을 보여 줍니다. 사랑하는 것들을 지키기 위해 자신의 안위를 포기하는 것에서 시작하여, 사랑하는 그 모든 것들을 지키기 위해 어떤 퇴로도 마련하지 않습니다. 헥토르의 싸움은 항상 첫 싸움이자 마지막 싸움입니다. 후회 없이 최선을 다하고 어디로도 도망치려 하지 않기 때문입니다.

헥토르의 용기는 자꾸만 내 삶은 무엇인가, 내 용기는 왜 이토록 작고 보잘것없는가를 생각하게 만듭니다. 타인의 삶에 영감을 주는 용기인 것입니다. 그것은 가장 따라 하기 어려운 용기임과 동시에 우리가 진심으로 배우고 싶은 가장 아름다운 용기입니다. 헥토르의 용기는 무엇을 갖거나 정복하기 위한 용기가 아니라 '사랑하는 것을 지키기 위한 용기'이기 때문입니다. 내가 용기를 냄으로써 명예나 체면이나 지위나 영토를 얻을 수 있기 때문이 아닙니다. 내가 용기를 냄으로써 그저 '내가 사랑하는 존재들'을 지키는 것이 유일한 목적인 용기입니다. 헥토르의 용기는 신들도 흉내 낼 수 없는 인간의 용기, 죽을 수밖에 없는 인간이 낼 수 있는 가장 눈부신 용기입니다. 강한 자가 자신의 힘을 굳건하게 믿고 내는 용기가 아니라, 약한 자가 자신이 가진 줄도 몰랐던 숨은 힘을 모두 끌어내 마침내 스스로 최후까지 사랑의 불길로 타오르는 용기입니다.

지나치게 용감한 남편을 둔 아내의 심정은
어땠을까요? 그의 용기가 곧 그 자신을 죽일
치명적인 무기가 될 수도 있다는 것을, 헥토르의
아내 안드로마케는 알고 있었습니다.

"당신은 이상한 분이세요. 당신의 그
용기가 당신을 죽일 거예요. 당신은 어린
자식과 머지 않아 과부가 될 이 불행한
아내가 가엾지도 않은가 봐요."

슬퍼할 권리

안티고네, 위대한 죽음의 서사시

함께할 권리

현대인은 슬픔을 겉으로 드러내는 것을 극도로 꺼립니다. 슬픔을 솔직하게 표현하는 것은 왠지 촌스러운 일이 되어 버렸지요. 슬픔 따윈 절대로 내색하지 않는 냉정한 사람이 세련된 인간으로 평가받는 분위기에 저는 아직 적응하지 못했습니다. 슬픔은 숨겨야 할 금기가 아니라 인생의 가장 중요한 통과의례라 믿기 때문입니다. 슬픔을 절제하는 것과 슬픔 자체로부터 도피하는 것은 전혀 다릅니다. 뭐든지 '빨리빨리'를 외치는 사회에서 이제는 슬픔마저 빨리 스쳐 지나가야만 하는 귀찮은 정류장쯤으로 치부되지요. 현대인은 슬픔을 짓누르거나 슬픔으로부터 도망침으로써 슬픔 자체와 대화하는 법을 망각합니다.

특히 사랑하는 사람을 잃은 슬픔은 존재를 뒤흔드는 무서운 파괴력을 가지고 있습니다. 가족이나 연인은 물론 친구나 지인에 이르기까지 우리는 죽음을 경험하지 않고서는 진정한 어른이 될 수 없습니다. 사랑하는 이를 잃어버린 후 느끼는 엄청난 슬픔은 우리가 반드시 온몸으로 통과해야만 하는, 생의 가장 어둡고 깊은 동굴입니다.

슬픔을 극복하고 슬픔으로부터 해방되어 일상으로 복귀하는 것을 목적으로 하는 정신분석조차도 슬픔을 제거해야 할 대상으로, 치료해야 할 질병으로 생각합니다. 이러한 생각의 밑바탕에는 슬픔은 쓸모없는 감정이라는 효율적 사고방식이 자리 잡고 있지요. 그러나 정말 슬픔은 아무것도 할 수 없을까요? 슬픔은 무기력한 감정일까요? 슬픔마저 효율성의 관점으로 접근하는 현대인에게 사랑하는 이를 잃은 슬픔의 힘으로 왕권마저 뒤흔든 한 여인의 외로운 투쟁은 여전히 눈부시게 다가옵니다. 바로 기원전 5세기 소포클레스의 비극『안티고네』(강대진 옮김)입니다.

『안티고네』는 무엇보다 슬픔의 무서운 파괴력에 대한 이야기입니다. 또한 '백성의 의무'가 아니라 '인간의 의무'를 선택한 자유로운 영혼의 위대한 승리를 그린 이야기이지요. 사랑하는 이의 죽음을 슬퍼할 권리를 지킴으로써 독재자의 철통같은 권력마저 뒤흔든 숨은 혁명가의 이야기이기도 합니다.

결국 안티고네의 외삼촌 크레온이 왕위를 차지하게 됩니다. 크레온은 자신의 편이던 에테오클레스만 성대하게 장례를 치러 주고, 자신의 편이 아니던 폴리네이케스는 들판에 내던져 짐승들의 밥이 되도록 하라고 명령합니다. 이제 독재자 크레온의 세상이 온 것이지요. 당시 죄인의 시체를 묻어 주는 일은 불법이었고, 반역자의 죽음을 슬퍼하는 것은 곧 나도 반역자임을 자처하는 셈이었습니다.

안티고네는 이 사실을 알고 있었지만 사랑하는 오빠가 허허벌판에서 까마귀와 온갖 짐승들의 밥이 되는 처참한 광경을 바라보고만 있을 수는 없었습니다. 마침내 이스메네는 오빠의 죽음을 외면하여 '살아남는 길'을 택하고, 안티고네는 사랑하는 이의 죽음을 '슬퍼하는 길'을 택합니다. 안티고네는 오빠 폴리네이케스를 고이 묻어 주려다가 크레온에게 들켜 감옥에 갇히고 맙니다. 안티고네는 오빠의 시체를 고이 장사 지내는 순간 죽음을 예감했을 것입니다.

안티고네는 크레온이 처형하기 전에 스스로 목을 매 죽고 맙니다. 여기서부터 엄청난 반전이 일어납니다. 그녀를 사랑한 크레온의 아들 하이몬도 칼로 자신의 배를 찔러 죽고 만 것입니다. 이 사실을 안 크레온의 아내 에우리디케도 자신의 침대에서 자살하고 맙니다. 아무것도 가진 것 없는 한 소녀 안티고네의 투쟁이 강력한 독재자의 얼어붙은 심장을 녹여 버리고, 독재의 광풍에 신음하고 있는 한 나라의 침묵을 깨뜨린 것이지요.

안티고네의 눈앞에는 항상 행복의 기회가 있었습니다. 그녀는 테베의 공주로 태어나 부족한 것 없이 자랐고, 오이디푸스가 두 눈을 찔러 장님이 되었을 때도 테베에 머물며 공주의 자리를 지킬 기회가 있었습니다. 하지만 그녀는 늘 '행복할 권리'보다 사랑하는 사람과 '함께할 권리'를 택합니다. 눈먼 아비와 천하를 떠돌며 그녀는 어떤 세상을 본 것일까요? 함께 오이디푸스를 돌봤지만 테베로 돌

슬퍼할 권리

니키포로스 리트라스,
『폴뤼네이케스의 시체 앞에 선 안티고네』
(1865)

『안티고네』는 무엇보다도 슬픔의 무서운
파괴력에 대한 이야기입니다. 또한
'백성의 의무'가 아니라 '인간의 의무'를
선택한 자유로운 영혼의 위대한 승리를
그린 이야기이며, 사랑하는 이의 죽음을
슬퍼할 권리를 지킴으로써 독재자의
철통같은 권력마저 뒤흔든 숨은 혁명가의
이야기이기도 합니다.

모두들 행복할 권리를 말할 때,
안티고네는 불행할 권리를 지키려 합니다.

안티고네는 늘 '행복할 권리'보다도
사랑하는 사람과 '함께할 권리'를
택합니다. 눈먼 아비와 천하를 떠돌며
그녀는 어떤 세상을 본 것일까요? 테베로
돌아온 후 '살아남을 권리'를 택한 동생
이스메네와 달리, 안티고네는 죽음을
불사해서라도 지켜야만 하는 그 무엇을
고민했습니다.

아온 후 '살아남을 권리'를 택한 이스메네와 달리, 안티고네는 죽음을 불사해서라도 지켜야만 하는 그 무엇을 고민했습니다.

모두들 행복할 권리를 말할 때 안티고네는 불행할 권리를 지키려 합니다. 행복하기 위해 사랑하는 사람의 죽음을 외면해야 한다면 차라리 기꺼이 불행을 택하겠다는 것. 그녀는 단지 삶보다 명예로운 죽음을 선택한 것이 아니라, 더 나은 삶이 무엇인가라는 질문을 온 세상에 던진 채 홀로 죽어 갑니다.

그러나 알고 보니 그녀는 혼자가 아니었습니다. 독재자가 되어 버린 아버지의 독단을 가로막으려 한 하이몬은 단지 사랑 때문만이 아니라 아버지의 행동은 옳지 않다는 생각 때문에 괴로워했습니다. 그는 모든 방법을 써서 아버지를 설득해 보려고 했지만 그 어떤 논리도 통하지 않았습니다. 그래서 스스로 목숨을 끊어 자신의 옳음과 안티고네의 무죄를 증언하려 했던 것입니다.

안티고네의 죽음은 독재에 신음하는 테베 전체를 향한 거대한 물음표가 되어 '살아남은 자들'에게 던져집니다. 하이몬이 그녀를 뒤따른 것은 단지 연인으로서의 결단이 아니라 테베 시민으로서의 결단이기도 했습니다. 독재자가 되어 버린 아버지, 크레온을 향한 저항이야말로 하이몬과 안티고네의 강력한 공통분모였습니다. 비극은 여기서 끝나지 않습니다. 아들 하이몬을 잃고 망연자실한 에우리디케가 남편 크레온을 홀로 남겨 둔 채 자살해 버리자, 이제 크레온은 이 거대한 왕국에서 혼자 남게 된 것 같은 뼈아픈 고독을 느꼈을 것입니다. 무소불위의 권력을 가졌지만 사랑하는 사람이 모두 죽어 버린 세상에서 그는 어떤 행복을 바랄 수 있겠습니까.

버려진 것들을 향한 사랑

크레온은 폴리네이케스의 주검을 단지 '시체'(물건)로 취급했습니다. 하지만 안티고네에게 그의 주검은 사랑하는 가족과 함께한 어린 시절, 그리고 그녀가 살아 있다는 사실 자체를 증언하는 생생한 증거였습니다. 크레온은 왕에게 반항하는 인물의 시체를 모욕함으로써 백성들에게 공포심을 조장하려 했지만, 어린 조카이자 미래의 며느리가 될 한 소녀의 난데없는 저항을 만나 자신의 통치 이념에 치명상을 입습니다. 크레온은 살아 있는 내내 고독했을 것입니다. 사랑하는 사람들이 모두 죽어 버린 폐허 위에서, 그는 모든 것을 가졌지만 아무것도 느낄 수 없는 자가 되어 평생 고통받지 않았을까요.

또한 시체 매장을 금지하는 것은 고대 그리스인들의 장례 문화에 비춰 볼 때 엄청난 문화적 충격이었을 것입니다. 고대 그리스인들에게 장례는 죽은 자가 망각의 강을 무사히 건너갈 수 있도록 산 자가 도와주는 공동체 전체의 오랜 약속이었습니다. 장례는 죽은 자만을 위하는 것이 아니라 살아남은 자를 위한 집단적 의례였습니다. 무사히 장례를 치러 주지 않으면 망자는 떠돌이 영혼이 되어 살아남은 이들을 괴롭히는 유령이 된다고 믿었기 때문입니다.

사실 장례 문화 자체가 살아남은 사람들을 위한 것이기도 하다

현대인은 슬픔을 겉으로 드러내는 것을
극도로 꺼립니다. 슬픔을 솔직하게 표현하는
것은 왠지 촌스러운 일이 되어 버렸지요.

슬픔 따윈 절대로 내색하지 않는 냉정한 사람이
세련된 인간으로 평가 받는 분위기에 저는
아직 적응하지 못했습니다. 슬픔은 숨겨야 할
금기가 아니라 인생의 가장 중요한 통과의례라
믿기 때문입니다. 슬픔을 절제하는 것과 슬픔
자체로부터 도피하는 것은 전혀 다릅니다.

는 점을 우리는 체험으로 알고 있습니다. 우리는 죽음의 의례를 통해 죽음의 고통을 씻어내고, 미래의 자신의 죽음을 상상하고, 살아남은 자로서의 죄책감과 앞으로 살아갈 날들에 대한 회한에 잠기는 것입니다. 신화적 세계관을 견지했던 그리스인들에게 크레온의 독단적인 장례 금지는 엄청난 공포로 다가왔을 것입니다. 안티고네는 바로 이 '죽음의 의례'를 지켜 냄으로써 그리스인들의 잃어버린 긍지를 되찾았습니다. 신화적 세계관은 인간의 힘으로 모든 것을 결정해서는 안 된다는 겸허한 믿음을 바탕으로 합니다. 즉 죽은 자를 존중하고, 죽은 자의 갈 길을 상상하며 애도하는 산 자의 의례는 국왕이라도 어찌할 수 없는 '신과의 약속'이었습니다. 신화적 세계관은 인간들끼리의 피투성이 싸움에 휘말려 인간이 스스로의 이성을 잃지 않도록 제어하는 사회적 완충장치이기도 했습니다.

안티고네의 평생은 '버려진 것들을 향한 무한한 사랑'으로 점철됩니다. 가족과 테베뿐 아니라 자기 자신까지 버리려 했던 아버지 오이디푸스를 향한 사랑, 왕권을 쟁취하기 위해 처참하게 죽은 후 장례를 거부당함으로써 두 번 죽은 것이나 마찬가지인 오빠를 향한 사랑, 그리고 백성의 의무를 다하기에 앞서 자신이 한 사람의 '인간'임을 잊지 않으려 했던 안티고네 스스로의 운명에 대한 사랑. 그녀는 버려진 것들을 향한 무한한 사랑으로 영원히 버려질 위기에 처했던 공동체의 가치를 눈부시게 복원해 냅니다.

안티고네는 사랑하는 이를 잃은 슬픔을 향해 온몸을 던짐으로써 그녀 스스로가 또 하나의 거대한 슬픔의 심연이 됩니다. 그녀

슬퍼할 권리

의 슬픔은 이제 그녀의 외로운 투쟁에 동감은 하지만 독재자의 권력이 두려워 동참하지 못했던 모든 '살아남은 자의 슬픔'으로 확대되지요. 그녀는 그렇게 머나먼 '죽은 자의 세계'와 '살아남은 자의 세계'을 이어 주는 아름다운 메신저가 됩니다. 오빠의 장례를 치러 주는 것은 단지 죽은 사람 하나를 애도하는 개인적인 행위에 그치는 것이 아닙니다. 그녀는 망자의 죽음을 모독함으로써 살아남은 자의 삶을 모독한 왕에게, 한 개인을 모독하면서 테베 전체의 문화적 신념을 모독한 독재자의 폭력에 저항한 것입니다. 이 세상 모든 버려진 것들을 향한 사랑, 그것이 안티고네로 하여금 '백성의 의무'보다 '사랑하는 이의 죽음을 슬퍼할 권리'를 선택하게 만든 영혼의 불꽃이 아니었을까요.

고통으로부터의 도피

여기저기서 힐링 열풍이 거센 요즘, 이 요란한 힐링 열풍에는 뭔가 불편한 광기가 스며 있습니다. 그 불편함의 정체는 뭘까요? 아픔에 대한 성급한 알레르기 반응이 아닐까요? 아픈 것은 '정상적인 것'이 아니라는 듯한 조바심, 아픔은 무조건 제거해야 할 대상이라 믿는 조급증. 아픔의 의미를 곱씹어 보기도 전에 아픔을 무차별적으로 퇴치하려는 성급한 통제의 욕망이 불편하게 느껴지는 것 같습니다. 통증은 공포를 자아내지만 분명 우리에게 어떤 절박한 메시지

60

를 전달합니다. 그 통증의 메시지를 우선 가만히 들어 보는 일이 우리에게 필요한 것은 아닐까요?

의학은 고통을 치유해 오기도 했지만 의학에 대한 지나친 기대가 고통에 대처하는 면역력을 떨어뜨린 측면도 있지요. 견딤의 가치는 퇴색하고, 효과 빠른 진통제의 중독성은 커집니다. 작은 고통에도 쉽게 건강염려증에 시달리고, 과잉 진료의 폐해도 급증하게 되었습니다. 우리가 쉽고 빠른 진통제만 찾다가 놓치는 건 뭘까요? 바로 고뇌하고 진통하는 능력입니다. 현대인은 아픔에서 도망치느라 아픔이 가르쳐 주는 진실을 외면해 온 것은 아닐지 생각해 보게 됩니다.

도스토예프스키의 『죄와 벌』에서는 고통의 의미를 꿰뚫어보는 자의 명대사가 있지요. 포르피리가 사람을 둘이나 죽인 라스콜리니코프에게 자수를 권하자, 라스콜리니코프는 그를 시험합니다. 만약 내가 자수하지 않고 도망쳐 버린다면 당신은 어쩔 거냐고. 포르피리는 확신하지요. 당신은 결코 도망치지 않는다고. "왜냐하면 괴로움이란 위대한 것이니까요." "괴로움에는 사상이 있으니까요." 이것은 라스콜리니코프를 향한 것이기도 하지만 독자를 향한 메시지이기도 합니다. 고통을 묘사하는 모든 문학 작품은 속삭이지요. 고통으로부터 도망치지 말고 고통 속에서 의미를 찾으라고. 고통을 마음 깊이 받아들임으로써 무의식이 의식에게 보내는 무언의 메시지를 읽어 내라고.

여러분은 천년은 족히 되었을 나무 그늘 아래 물끄러미 앉아 쉬어 본 적이 있으신지요. 나무등걸은 두 팔로 다 안을 수도 없이 우

슬퍼할 권리

도스토예프스키의 『죄와 벌』에서는
고통의 의미를 꿰뚫어보는 자의
명대사가 있지요.

"왜냐하면 괴로움이란 위대한
것이니까요.""괴로움에는 사상이
있으니까요." 고통을 묘사하는 모든
문학 작품은 속삭이지요. 고통으로부터
도망치지 말고 고통 속에서 의미를
찾으라고. 고통을 마음 깊이
받아들임으로써 무의식이 의식에게
보내는 무언의 메시지를 읽어내라고.

람하고, 가지는 축축 늘어져 거대한 커튼처럼 하늘과 땅을 동시에 드리우는 믿음직한 나무. 그런 나무 그늘에 앉아 등허리를 기대면 내가 얼마나 자그마한 존재인지를 깨닫게 됩니다. 내가 작기 때문에 하찮게 느껴지는 것이 아니라, 내가 작음을 정직하게 깨닫기에 비로소 겸허해지는 그런 시간이지요. 절망의 문턱에 다다를 때마다 저는 그런 천년 고목 같은 스승들의 도움을 받았습니다. 아직 대지에 제대로 뿌리박지 못한 갈 곳 잃은 묘목 같은 나는 여전히 그런 스승을 기다리고, 꿈꾸고, 의지합니다. 여러분들도 제가 의지한 그 든든한 버팀목들에 함께 의지하실 수 있도록, 그분들에게 찾아가는 마음의 주소를 알려 드리려고 합니다.

그 첫 번째 스승은 바로 카를 구스타프 융(Carl Gustav Jung)입니다. 『무엇이 개인을 이렇게 만드는가』(김세영 옮김)에서 융은 현대 문명의 가장 고질적인 문제로 '악(惡)으로부터의 도피'를 꼽았습니다. 각종 대재앙이 닥칠 때마다 현대인들은 편리한 대증요법(對症療法: 겉으로 드러난 병의 증상에 대응하여 처치하는 치료법)으로 순간의 고통을 망각하며 악에 대한 깊이 있는 성찰을 피해 왔다는 것입니다. 도저히 극복할 수 없는 악과 만났을 때 우리는 더 이상 악으로부터 도망칠 것이 아니라 악의 뿌리를 탐구해야 합니다.

자본주의 문명은 악에 대한 성찰 자체를 가로막음으로써 악을 치유할 기회조차 놓쳐 왔습니다. 융은 개인이야말로 사회의 구조적 병폐를 치유할 수 있는 최고의 주체라고 보았습니다. 겨우 한 사람이기 때문에 아무 힘이 없는 것이 아니라, 한 사람 한 사람의 통렬한 반성과 냉철한 비판이 모여 세상을 좀 더 낫게 할 수 있다고 본 것이 지요. 엄청나게 소란스럽지만 어쩔 수 없이 무기력한 익명의 대중성 뒤로 숨는 것이 아니라, 저마다 싸워야 할 악의 뿌리를 향해 '내가 할 수 있는 일'을 찾아 전력투구할 때 구원은 시작될 수 있습니다.

에픽테토스의 지혜

노예로 태어나 온갖 고난을 겪었지만 끝내 위대한 철학자가 된 에픽테토스는 『엥케이리디온』에서 '나에게 달린 것'과 '나에게 달려 있지 않은 것'을 구분하는 지혜를 강조합니다. 국적, 부모, 인종, 외모, 평판, 재산 같은 것들은 나에게 달려 있지 않은 것인데, 사람들은 이런 것들에 골몰하느라 진정 나에게 달려 있는 것에 마음 쏟을 기회를 잃어버린다는 것입니다.

그렇다면 진실로 나에게 달려 있는 것들은 무엇일까요? 지혜, 신념, 우정, 용기, 희망처럼 아무도 방해할 수 없는 내면의 가치들입니다. 제우스가 나타나 호통을 치더라도 결코 훼방 놓을 수 없는 나만의 과업이 바로 나에게 달려 있는 것입니다. 생존경쟁에 시달리며 자기과시와 자기 보존 욕구에 찌들어 버린 현대인들은 외모와 학벌, 재테크 같은 '우리에게 달려 있지 않은 것'에 골몰하느라 배려와 공감, 이해와 공존 같은 '우리에게 달려 있는 것'을 외면하기 쉽지요.

우리는 위기에 처했을 때야 비로소 명징하게 깨닫습니다. 어떤 영광도 인기도 명예도 재산도 지금 우리가 함께하고 있다는 것만큼 소중하지는 않다는 것을. 바꾸기 어려운 외부의 상황에만 비난의 화살을 돌릴 것이 아니라 지금 당장 바꿀 수 있는 나 자신의 실천을 모색하는 것. 이렇듯 나로부터 시작되는 자발적 윤리가 구원의 희망이 됩니다. 나에게 달려 있지 않은 것에 신경 쓰느라 진정 나에게 달려 있는 것을 등한시하는 문화는 결코 서로의 다름을 끌어안고 앞으로 나아갈 수가 없지요. 에픽테토스는 사랑 또한 그 기준으로 갈라 보았습니다. 인간의 참된 가치는 얼마나 사랑을 받았느냐에 달린 것이 아니라 얼마나 사랑을 베풀었는지에 따라 판가름 난다고.

때로는 슬픔 속으로 온몸을 던져 슬픔과 사투를 벌여 마침내 슬픔과 더불어 살아가는 길을 발견해야 합니다. 융은 이렇게 말했지요. 아픈 상처를 지닌 사람만이 또 다른 아픔을 가진 이를 치유할 수 있다고. 우리의 아픔은 피해야 할 대상이 아니라 아직 실낱같이 남아 있는 희망의 뜨거운 증거일 것입니다. 충격으로부터 격리하는 것이 유일한 해법은 아닙니다. 차라리 마음껏 괴로워하고 아파하고 슬퍼하는 서로를 지켜보고 어루만져 주는 것, 나아가 '우리에게 아직 달려 있는 것'이 무엇인지를 직시하는 냉철한 이성이야말로 구원의 가능성이 아닐까요. 비리와 부패에 찌든 사회에서는 나에게 달려 있는 것조차 내 소관이 아니라며 회피하는 사람들로 넘쳐납니다. 우리에게 달려 있지 않은 것조차 끝내 '우리에게 달려 있는 것'으로 만드는 용기와 공감의 힘이야말로 구원의 마지막 희망입니다.

저는 1차 세계대전에서
아들을 잃은 고통을
조각상으로 표현한 케테
콜비츠의 작품에서,
시공간을 뛰어넘는
고통의 강렬한 메시지를
읽었습니다.

그녀가 견딘 고통을 고스란히 담아낸
조각들을 통해 한 사람의 영혼과
온전히 만난 느낌을 받습니다. 때로
고통은 존재를 파괴하는 듯하지만
존재의 진정한 내면을 되찾게 해주는
힘이 되지요.

사랑할 권리

완벽한 프로메테우스,
불완전한 인간을 사랑하다

변호사 vs. 변호인

영화 「변호인」에서 '변호사'가 아니라 '변호인'이라는 단어를 선택한 것이 이 작품을 더욱 빛내 준다는 생각을 했습니다. 이 영화는 성공만을 꿈꾸던 한 법조인이 직업 변호사에서 정의의 수호자로서의 변호인으로 변모하는 이야기로 다가오지요. 변호사라는 단어에는 직업의 냄새가 강하게 묻어 있고, 변호인이라는 단어에는 인간적 책임의 뉘앙스가 더욱 강하게 묻어납니다.

주인공은 성공을 위해 물불을 가리지 않는 직업적인 '변호사'였습니다. 그러다 누구의 보호도 받지 못한 채 억울하게 죄를 짊어지고 살아가게 된 한 젊은이의 아픔에 공감하는 과정을 통해 진정한 변호인으로 거듭납니다. 타인의 아픔을 통해 이 사회의 심각한 부조리를 인식하고 변호사로서의 이익을 포기하고 변호인으로서의 책무를 다하기로 결심한 것이지요. 이런 인간적 고뇌의 과정이야말로 한 개인의 내면에서 정의가 탄생하는 순간이 아닐까요? 그에게 정의는 교과서나 모범적 인물을 통해 주어진 규범이 아니라 자신의 힘겨운 삶을 통해 오직 싸워야만 쟁취할 수 있는 '창조적 윤리'였습니다.

영화 속 주인공 송우석 변호사(송강호)는 학연이나 지연 하나 없이 오직 실력 하나로 버텨 온 자신의 인생에 대해 커다란 자부심을 갖고 있었습니다. 하지만 그를 오랫동안 괴롭혀 온 트라우마가 하나 있었지요. 그것은 바로 밥값조차 아껴야 했던 가난한 고시생 시절에 돼지국밥집을 꾸려 가며 홀로 아들을 키우는 순애(김영애)의 눈을 속이고 무전취식을 한 기억이었습니다. 그는 좀 더 쉬운 길을 향한 유혹 때문에 '일반적인 정의'를 어김으로써 정의에 대한 자신의 감각이 얼마나 허약한 것이었는가를 깨닫게 됩니다. 가난과 배고픔에 고통받던 그는 우격다짐으로 돼지국밥을 목구멍에 밀어 넣습니다. 하지만 도망치듯 음식점을 나와 정신없이 도주한 다음 그의 목구멍에서는 자신의 부도덕함을 상기시키는 토사물이 쏟아져 버립니다. 그의 의식은 잠시 실수를 저질러 부정을 용인했지만 신체는 '정의롭지 못한 의식'의 결정을 온몸으로 거부한 것입니다.

조건 없는 사랑만이 정의를 이룬다

남의 물건을 훔쳐서는 안 된다든가 타인의 신체에 상해를 입혀서는 안 된다는 식의 일견 당연해 보이는 윤리들. 실은 인류의 역사가 시작된 이래 끊임없이 위협받은 가치였습니다. 정의를 힘겹게 지키려는 사람들도 많지만 정의로운 삶보다 효율적인 삶을 선택하는 사람들이 더 많기 때문이지요. 정의의 실현은 매우 복잡한 가치관들끼리의 상호 투쟁을 통해 가까스로 이루어집니다. 누구도 '한 줌의 정의'를 실천하기 위해 때로는 자신의 인생 전체를 걸 만큼 힘겨운 투쟁이 필요하다는 것을 제대로 설명해 주지 않습니다.

그리스인들은 신화를 통해 이 '정의를 실현하는 영웅의 고통'을 생생하게 증언했지요. 『사슬에 묶인 프로메테우스』(아이스킬로스, 김종환 옮김)는 인류에게 상상력과 도구를 쓰는 힘, 의학과 수학은 물론 예술을 창조하는 힘, 무엇보다도 '불'을 선물한 프로메테우스의 힘겨운 투쟁을 통해 정의 실현의 어려움을 이야기합니다.

정의가 실현되기 이전에 가장 많이 일어나는 일은 바로 '불의(不義)'의 사건입니다. 진정한 정의가 실현되기에 앞서 일어나는 사건은 참을 수 없는 불의인 경우가 많지요. 사람들은 프로메테우스가 인간에게 불을 가져다주었다는 것은 알고 있지만, 제우스가 고의로 불을 숨겼다는 사실에 대해서는 별 관심이 없습니다. 하지만 "제우스가 불을 숨겼다."는 단순한 문장 속에는 엄청난 폭력과 압제, 불의와 억압의 상처가 아로새겨져 있지요.

제우스는 인간에게 불을 줌으로써 문명을 창조하는 능력을 선물하고 싶지 않았습니다. 인간에게 불을 주었을 때 그것을 얼마나 다채롭게 활용하여 자신의 유일무이한 독재 권력을 위협할지 알 수

사랑할 권리

프로메테우스의 진정한
영웅성은
그가 제우스의 형벌을
두려워하지 않고 인간에게 불을
가져다주는 용기를 가졌다는
것에 그치지 않습니다. 얼마나
고통스러운 상황에 처할지 알고
있으면서도, 인간에게 어떤
보상도 바랄 수 없다는 것을
알면서도, 프로메테우스는 그
길을 택했던 것입니다. 그 용기의
밑바닥에 깔린 것은 인간에
대한 무한한 사랑이었습니다.

얀 코시에르,
「불을 훔치는 프로메테우스」
(1637)

없었기 때문입니다. 제우스는 '불'이라는 문명 창조의 도구를 독점함으로써 인간에게서 '신을 닮아 갈 기회'를 빼앗아 버린 것입니다. 이에 비해 프로메테우스는 인간을 압제하여 군림하는 것이 아니라 인간의 상상력을 해방시켜 인간 스스로 자신들의 운명을 개척하기를 바랐습니다. 제우스의 키워드가 '압제'였다면 프로메테우스의 키워드는 '자치(自治)'였던 것입니다.

제우스는 세상을 창조하는 힘의 원천인 불을 숨김으로써 인간의 자율성을 가로막으려 했고, 프로메테우스는 인간에게 '스스로 생각하는 능력'과 '스스로 문명을 창조하는 능력'을 줌으로써 미래를 예측할 수 없는 인간의 결점을 스스로 극복하기를 바랐지요. 프로메테우스는 올리브 가지를 꺾어 태양 마차에 다가가서는 그 타오르는 불꽃에 나뭇가지를 내밀어 불씨를 점화했고, 지상으로 내려와 이 불씨를 인간들에게 전달해 주었습니다.

이에 대해 제우스는 진노합니다. 타이르고 회유하기보다는 난데없이 인간 세상에 번개를 내리꽂는 식의 폭력적인 방식으로 문제를 해결하는 제우스는 독재자의 전형입니다. 자신의 권력을 위협하는 혁명가 프로메테우스의 반란을 좌시할 수 없었던 제우스는 프로메테우스에게 영원히 끝나지 않는 형벌을 내리고 맙니다. 날마다 독수리에게 간을 파 먹히고는 그다음 날에 다시 새살이 돋아나는 형벌이라니, 그 참혹함은 상상을 초월합니다.

프로메테우스의 진정한 영웅성은 그가 제우스의 형벌을 두려워하지 않고 인간에게 불을 가져다주는 용기를 가졌다는 것에 그치지

사랑할 권리

않습니다. 프로메테우스는 모든 것을 예측할 수 있는 예지력을 지닌 신이었지요. 그는 자신의 불행조차 이미 예감하고 있었던 것입니다. 얼마나 고통스러운 상황에 처할지 알면서도, 인간에게 어떤 보상도 바랄 수 없다는 것을 알면서도 프로메테우스는 그 길을 택한 것입니다. 그 용기의 밑바닥에 깔린 것은 인간에 대한 무한한 사랑이었습니다. 그 조건 없는 사랑이 없었더라면 프로메테우스는 그 끔찍한 형벌을 견뎌 낼 수 없었을 것입니다. 프로메테우스의 정의는 바로 인간에 대한 조건 없는 사랑과 독재에 대한 저항에서 우러나왔습니다.

프로메테우스의 정의로움

왜 진실을 지키기 위해 싸우는 사람들은 오히려 더 큰 고통을 감내해야 할까요? 세상은 왜 나쁜 사람들이 늘 이기는 것처럼 보일까요? 저는 아이스킬로스의 『사슬에 묶인 프로메테우스』 속에서 답을 찾았습니다. 예전에는 너무나 비장해서 불편한 이야기 혹은 주인공이 견디고 있는 참혹한 고통이 안쓰러워 차라리 외면하고 싶은 이야기로 다가왔습니다. 하지만 왜 진실을 지키기 위해 싸우는 사람들은 이토록 고통받는가 하는 물음을 갖고 다시 읽으니 비로소 프로메테우스의 이야기가 얼마나 아름다운지 알 것 같았지요.

이 이야기는 가장 윤리적인 존재가 가장 참혹하게 고통받는 이 세상의 은유로 다가옵니다. 진실을 먼저 깨달은 사람이 필연적으로 감내해야 할 고통에 대한 이야기입니다. 프로메테우스라는 이름은 '먼저 깨달은 자'라는 멋진 뜻을 품고 있지요. 그는 남보다 먼저 생각 하여 먼저 깨어난 자, 지금은 눈에 보이지 않지만 언젠가는 세상의 빛이 될 진실을 미리 알고 그것을 지키기 위해 투쟁하는 자입니다.

모든 것을 남보다 먼저 아는 프로메테우스는 인간에게 불(火)은 물론 문명을 창조할 수 있는 모든 능력, 즉 예술과 학문을 창조할 수 있는 힘까지 줌으로써 제우스로부터 고통받으리라는 걸 알고 있었 습니다. 끊임없이 새살이 돋아나는 간, 쉴 새 없이 독수리에게 간을 쪼아 먹히는 고통, 그 어떤 힘으로도 끊을 수 없는 쇠사슬. 프로메테 우스는 자신의 처참한 운명을 미리 알고 있으면서도 인간에게 자신 이 줄 수 있는 모든 것을 주었습니다.

프로메테우스는 또한 불보다 훨씬 중요한 것들을 우리에게 주었 지요. 바로 무엇이 옳고 그른지 분간할 수 있는 이성입니다. 이성은 어느 날 갑자기 벼락처럼 주어지는 것이 아니라 끊임없이 고뇌하고 성찰로써만 빛을 발합니다. 이성의 밑바닥에는 공정함을 향한 감수 성이 놓여 있습니다. 자신의 이익만을 좇지 않고 좀 더 많은 사람들 이 덜 고통스러우며, 고통받는 이들이 희망을 버리지 않도록 자신의 힘을 더 좋은 쪽으로 쓸 줄 아는 감수성을 발휘해야 하지요.

왜 세상은 거짓된 사람들이 훨씬 자주, 그것도 화끈하게 승리하 는 것처럼 보일까요? 왜 세상은 위험한 진실보다는 안전한 거짓의 편에 서라고 충동질하는 것일까요? 제우스는 자신에게 복종하는 인 간을 원했고, 프로메테우스는 힘들더라도 제 머리로 생각하는 인간,

사랑할 권리

토머스 콜,
「사슬에 묶인 프로메테우스」
(1847)

왜 진실을 말하는 사람들이 이토록 고통을
받을까요? 세상은 왜 위험한 진실보다는
안전한 거짓의 편에 서라고 충동질할까요?
제우스는 자신에게 복종하는 인간을
원했고, 프로메테우스는 힘들더라도 제
머리로 생각하는 인간, 자유의지를 가진
인간을 원했습니다. 제우스는 모든 독재자의
은유이며, 프로메테우스는 자유의지를 지니고
신에게조차 반항하며 묵묵히 진실을 위해
싸우는 혁명가의 은유가 아닐까요?

자유의지를 가진 인간을 원했습니다. 제우스는 모든 독재자의 은유이며, 프로메테우스는 자유의지를 지니고 신에게조차 반항하며 묵묵히 진실을 위해 싸우는 혁명가의 은유가 아닐까요. 제우스는 인간을 제 입맛대로 길들여 지배하고 싶어 했고, 프로메테우스는 등불 하나 없이 험난한 세상을 헤쳐 나가야 할 인간을 동등한 인격으로서 사랑했던 것입니다.

이 이야기에는 프로메테우스만큼이나 소중한 인물들이 있습니다. 바로 코러스입니다. 그녀들은 속삭이지요. "프로메테우스, 당신의 이야기를 들으러 우리는 아늑한 신들의 세상을 버리고 이 참혹한 형극의 땅으로 내려왔다." 지금 당장 프로메테우스가 될 능력이 없는 저는 바로 이런 코러스가 되고 싶습니다. 진실의 편에 서서 진실이 외롭지 않게 진실을 위해 싸우는 프로메테우스의 어깨를 뒤에서 가만히 쓸어 주는. 진실의 가녀린 목소리가 세상 속으로 더 잘 울려 퍼질 수 있도록, 고독한 진실의 따스한 울림통이 되고 싶습니다.

개인과 공동체의 정의는 충돌하는가

안티고네가 오빠의 장례를 금지당한 상황에서 느낀 절망 또한 무엇이 정의로운 삶인가를 고통스럽게 질문하게 만드는 대목입니다. 안티고네는 처음에는 그저 절망에 빠집니다. 사랑하는 오빠들이 모두 죽어 버린 것도 기막힐 노릇인데, 그중 한 사람은 장례도 치르지 못한 채 까마귀 밥으로 내던져진 것입니다. 게다가 크레온 왕은 만약 폴리네이케스에게 동정심을 보이거나 장례를 치러 주는 사람은 사형에 처한다는 엄포를 놓은 상태였습니다. 짐승들이 오빠의 살을 뜯어먹는다는 생각을 하면, 게다가 장례를 치르지 못한 오빠의 가여운 영혼이 구천을 떠도는 길 잃은 혼령이 된다는 생각을 하면, 안티고네는 잠을 이룰 수가 없습니다.

안티고네는 크레온의 '불의' 앞에서 어떻게 하면 자신만의 '정의'를 실현할 수 있을까 결정해야 했습니다. 시민의 책무를 선택한다면 어쩔 수 없이 왕의 명령을 따라야 했지요. 하지만 인간의 정의를 선택한다면 장례도 치르지 못한 채 들판에 내동댕이쳐진 오빠의 죽음을 슬퍼할 권리조차 빼앗아갈 만한 권력은 세상 어디에도 없었습니다.

안티고네는 장례라는 형식에 집착한 것이 아니라 '사랑하는 이의 죽음을 애도할 권리'를 쟁취하기 위해 자신의 목숨까지 걸었지요. 그녀 또한 죽음이 두려웠지만 사랑하는 오빠가 들판에서 홀로 뒹굴고 있는 참혹한 정경을 도저히 묵과할 수 없었습니다. 안티고네는 공주로서의 편안한 삶을 누릴 수도 있었지만 테베를 떠나 저주받은 오이디푸스의 길잡이를 자청했고, 이제 오빠의 장례를 몰래 치러 줌으로써 죽은 폴리네이케스의 길잡이가 되려 합니다. 진노한 크레온은 자신의 며느리가 될 안티고네조차도 용서해 주지 않습니다. 권력의 달콤한 맛을 알아 버린 그는 자신의 절대권력 앞에 어떤 다른 정의도 용납하지 않았던 것이지요.

안티고네는 크레온의 부하들이 자신을 죽이기 전에 자결을 택합니다. 사랑하는 존재를 잃은 슬픔에 자신을 내던짐으로써 안티고 네는 자신이 추구하는 정의를 온몸으로 실현합니다. 어떤 권력도 누군가를 사랑할 권리를 빼앗을 수는 없다는 것, 어떤 권력도 사랑하는 존재를 잃은 슬픔마저 삭제할 수 없다는 것. 그 슬픔으로의 침잠이 안티고네의 정의였으며, 목숨을 바쳐서라도 싸워 이겨내야만 하는 가치였습니다.

크레온의 공포정치로 인해 침묵하고 있던 여론이 들끓기 시작합니다. 테베 사람들의 가슴에 안티고네는 잃어버린 사랑과 슬픔과 자유를 향한 그리움의 불꽃을 지피고 떠난 것입니다. 크레온은 스스로 테베를 정복한 줄 알았겠지요. 하지만 이제 사랑하는 사람들을 모두 잃은 채 텅 빈 권력의 주인이 됨으로써 테베에서 가장 불행한 인간이 되고 말았습니다. 안티고네의 죽음은 단지 한 인간의 사라짐을 넘어 테베의 가장 소중한 가치의 죽음이었으니까요. 안티고네는 자신을 용서하지 않겠다는 크레온의 무서운 얼굴 앞에서도 이렇게 말할 줄 아는 사람이었습니다. "우리는 서로 미워하기 위해서가 아니라 서로 사랑하기 위해 태어났어요."

그토록 단순한 열정과 무구한 사랑이 그녀를 정의의 천사로 만든 것입니다. 이렇듯 한 사람의 정의는 수많은 사람들의 '길들어 버린 침묵'을 깨뜨리는 기폭제가 됩니다. 모두들 생존경쟁의 중요성을 말하는 현대사회에서 정의는 성공보다 덜 매력적으로 보일지도 모릅니다. 하지만 저마다의 자리에서 이 세상 모든 불의와 오늘도 싸우고 있는 수많은 '안티고네들'은 우리에게 속삭입니다. 정의보다 더 큰 권력은, 정의보다 더 깊은 행복은 어디에도 존재하지 않는다고.

사적 분노에서 공적 정의로

영화 「변호인」에서 송우석은 천신만고 끝에 변호사로 성공한 후 금의환향하듯 순애의 돼지국밥집으로 돌아와 자신의 죄를 용서받습니다. 그는 7년 전 자신의 죄를 끊임없이 상기하고 그 피해자에게 진심으로 사죄함으로써 한 인간으로서의 정의, 즉 개인의 정의를 회복하지요. 그런데 사적 정의가 완성되었다고 해서 그것이 곧바로 공적 정의로 확장되지는 않습니다. 그는 이제 돈을 버는 일이라면 물불을 가리지 않는 속물 변호사가 된 참이었지요. 송우석은 민주화 운동에 헌신하는 학생과 인권 변호사들을 이해하지 못했으며 '공적 정의'를 얻기 위해 자신의 인생까지 저당 잡히는 사람들의 용기를 만용으로 치부합니다.

"부산에도 광주민중항쟁 같은 상황이 재발하지 않도록" 민주화 운동의 가능성을 뿌리부터 잘라 버리기 위해 대학생들의 평범한 야학 활동까지 무서운 조직사건으로 둔갑시킨 군사정권. 그 강력한 국가권력 앞에서 진우(임시완)를 비롯한 어린 대학생들은 엄청난 고문 끝에 없는 죄도 날조해야 하는 참혹한 상황에 처합니다. 순애가 실종된 아들 진우를 찾기 위해 시체검시소까지 뒤졌다는 사실을 알게 된 송우석은 그제야 자신의 신념이 잘못되었다는 것을 깨닫습니다.

"당신의 소중한 돈을 지키드립니다. 세금 전문 변호사 송우석이!" 이 대사가 '변호사'로서의 송우석을 가장 잘 그려 낸 반면, 다음 대사는 '변호인'으로서의 송우석을 가장 잘 보여 줍니다. "이런 게 어딨어요? 이러면 안 되잖아요! 할게요! 변호인, 하겠습니더!"

정의는 어느 날 갑자기 이식될 수 있는 것이 아닙니다. 불의와의 끊임없는 결투를 통해서만 정의로움의 감각은 단단히 담금질 됩니다. 정의감은 정의와는 다릅니다. 정의감이 있어도 정의를 실천하지 않는다면 결과적으로 불의에 타협하는 상황으로 치닫고 말지요. 정의감을 간직하기만 할 것이 아니라 새로운 정의를 실천하기 위해서는 때로 자신의 모든 것을 걸어야 할 만큼 고통스러운 과정을 견뎌야 합니다. 그러나 이 과정이 외롭고 아프기만 한 것은 아닙니다. 영화의 피날레에서는 송변 스스로도 예측하지 못했던 뜻밖의 지원군들이 나타나 그의 외로운 정의의 불꽃을 거대한 '연대의 힘'으로 바꾸어 놓지요. 이제 스스로 정의의 불꽃을 찾아 나선 송변이 민주화 운동을 하다 감옥에 갇힐 위기에 처하자 수많은 변호사들이 이 한 사람의 '정의로운 피고'를 위해 집단적으로 '변호인'을 자청한 것입니다. 이 영화는 변호사와 변호인의 차이를, 정의감과 정의의 차이를 눈부시게 증언합니다. 우리는 한 변호인의 아름다운 성장기를 통해 배웁니다. 불의와 싸우지 않는 정의감이란 연료 없는 불꽃만큼이나 공허하다는 것을.

인간의 조건

소로와 함께 걷는 마음의 오솔길

마루야마 겐지의 호통

『인생 따위 엿이나 먹어라』라는 도발적인 제목으로 독자들을 기
함하게 했던 마루야마 겐지가 얼마 전 또 하나의 파격적인 책을 냈
습니다.『시골은 그런 것이 아니다』(고재운 옮김)는 책 제목만으로 작
가는 독자의 가슴을 뜨끔하게 합니다. '그런 것'에는 시골을 향한 도
시인의 모든 로망이 꿈틀거립니다. 시골에 가면 이 상처받은 마음이
치유되겠지, 시골에 가면 지금보다 훨씬 조용할 거야, 시골은 공기도
맑고, 살기도 좋을 테지, 시골에는 인정과 온기 넘쳐흐르겠지…….
도시인의 환상 속에 비친 시골은 일단 도시보다는 평화롭고 아름다
우며 자유롭기 이를 데 없습니다. 무려 40년간이나 시골에 살며 작
가이자 농부로 살아온 마루야마 겐지는 도시인이 시골을 향해 투
사하는 모든 장밋빛 환상들을 잔인하게 짓뭉개 버립니다. 그런데 그

나만의 속도, 나만의 깊이를 찾아
떠나는 마음 여행, 누구도 나를
추월할 수 없는 삶의 방식이 있다.
천천히 걷는 것이다.

— 헨리 데이비드 소로, 『월든』에서

냉혹한 일갈 뒤에는 엄청난 블랙 유머와 인간을 향한 진정한 배려가 살아 숨 쉬고 있습니다.

"어떻게든 되는 시골 생활은 없다. 어딜 가든 삶은 따라온다." "풍경이 아름답다는 건 환경이 열악하다는 뜻이다. 자연의 성깔을 알아야 한다." "텃밭 가꾸기도 벅차다. 농부가 괜히 있는 게 아니다. 구급차 기다리다 숨 끊어진다." 여기까지만 읽어도 시골의 삶은 낭만적인 전원교향곡이 아니라 스파르타식 자기 단련이라는 것을 알 것만 같습니다. "고독은 시골에도 따라온다. 외로움 피하려다 골병든다." "시골은 그런 것이 아니다. 고요해서 더 시끄럽다. 윗사람이라면 껌뻑 죽는다. 다른 목소리를 냈다간 왕따당한다." 이런 대목을 읽으면 시골에 가서 진정한 나 자신을 찾아야겠다는 당찬 포부가 와르르 무너집니다.

하긴 도시에서 찾지 못하는 자존감이 시골 가면 저절로 찾아질까요. 도시에서도 견디지 못하는 이 지독한 외로움이 시골 간다고 씻은 듯 사라지겠습니까. "깡촌에서 살인 사건이 벌어진다. 시골로 이주하는 범죄자들. 가능한 한 큰 개를 길러라. 수제 창을 준비해라. 군침을 흘리며 당신을 노리고 있다." 이 대목에 다다르면 '언젠가는 시골에 가서 텃밭을 가꾸며 평화롭게 살아야지'라는 막연한 꿈마저 산산이 박살 나 버립니다. 아, 죽창을 만들어 맨몸으로 강도와 싸울 정도로 단단한 각오가 아니라면, 진정으로 내 한 목숨 건사할 도량이 없다면 시골은커녕 1박 2일 캠핑조차 어려운 것이 아니었던가. 주로 퇴직의 순간이 되어서야 '슬로 라이프'를 꿈꾸며 진정한 자아를 찾는다

인간다운 삶

는 부푼 꿈을 안고 귀농을 준비하는 사람들에게, 마루야마 겐지는 묻습니다. "당신은 진정 홀로서기를 한 사람입니까?" 당신은 이 세상에 태어나 한 번만이라도 완전한 홀로서기를 해본 적이 있습니까?

당신은 진정 홀로서기를 한 사람입니까? [……] 부모에게 의존하고, 학력에 의존하고, 직장에 의존하고, 사회에 의존하고, 국가에 의존하고, 가정에 의존하고, 술에 의존하고, 경제적 번영의 시대에 의존하면서 이럭저럭 수십 년을 살아오지 않았습니까? 사실 당신은 자신에게서, 세상으로부터 도피하고 또 도피해 온 것은 아닐까요.

—마루야마 겐지, 『시골은 그런 것이 아니다』에서

그는 40년이나 시골 생활의 산전수전을 겪어 왔습니다. 지금까지 시골에서 일어나는 거의 모든 응급 상황을 낱낱이 경험한 사람으로서 퇴직을 기회로 귀농을 준비하는 '시골 생활 초보'들에게 '그렇게 낭만적인 환상을 품고 오는 것이라면 지금까지보다 더 쓰디쓴 실패를 경험할 것'이라고 경고하고 있는 것입니다. 귀농이 도시인의 로망으로 떠오르기 전에 주변 사람들의 만류를 뿌리치고 홀로 월든 호수의 야생적 은둔 생활을 택한 헨리 데이비드 소로(Henry David Thoreau) 또한 마찬가지의 준엄함으로 도시인에게 묻습니다. 당신은 진정 그 누구의 도움 없이도 오직 자연만을 벗 삼아 홀로 설 준비가 되어 있느냐고.

고독을 견딜 수 있는가

『월든』(헨리 데이비드 소로, 홍지수 옮김)에서 소로는 '전쟁터로 나가는 것'보다 '야생의 은둔'을 택하는 것이 훨씬 커다란 용기를 필요로 한다고 이야기합니다. 지금 이 삶이 싫어서 전쟁터를 택하는 사람은 용감한 영웅이 아니라 자신을 찾는 일을 포기한 비겁한 자라고 말합니다. "자신을 찾는 데 실패한 패배자와 자신으로부터 벗어나려는 도망자들이나 전쟁에 가담한다. 비겁한 자들이나 자기 자신에게서 달아나 징집에 응한다. 지금 당장 가장 먼 서쪽 끝을 향해 출발하라." 행복을 향한 지름길은 없습니다. 불만과 트집을 일삼으면 아무것도 진정으로 경험할 수 없게 됩니다. "삶을 회피하거나 욕설을 퍼붓지 말자. 삶보다 더 보잘것없는 것은 바로 우리 자신이다. 우리가 가장 부자일 때 삶은 가장 가난해 보인다. 트집을 잡으려 드는 사람은 천국에 대해서도 흠을 잡는다."

힐링이나 자기계발에 마음을 쏟느니 우리 주변의 가난과 비천함 속으로 눈을 돌리는 것이 낫습니다. '어둠의 세계'야말로 세상의 진실에 눈뜨게 해 주는 진정한 스승이므로. "자기계발을 하겠다고 온갖 것에 솔깃하지 마라. 모두 소용없는 짓이다. 우리 주위에 드리우는 가난과 비천함의 그림자들은 천지 만물을 보는 우리의 시야를 넓혀 준다."

정작 살아 있을 때는 인정받지 못했던 헨리 데이비드 소로는 이제 미국 문학의 르네상스를 이끈 영웅이 되었고, 랄프 왈도 에머슨

인간다운 삶

과 함께 미국 문학의 대부로 우뚝 섰습니다. 귀농의 바이블처럼 읽히고 있는 『월든』은 사실 촌철살인의 꾸지람들로 가득합니다. 이 책은 따뜻하고 보송보송한 치유의 울림이 아닙니다. '이제 제발 칭얼거림은 뚝 그치고 용감하게 삶에 맞서라! 아니면 모두 끝장이다!'라는 통한의 절규에 가깝습니다.

『월든』은 단지 자연 속으로 돌아가라는 단순한 전언으로 요약되지 않습니다. 이 책이 품고 있는 뼈아픈 질문은 모든 걸 버리고 귀농할 수 있느냐라기보다 '누구도 찾아오지 않는 고독 속에서 평생을 견딜 수 있는가?'가 아닐까 싶습니다. 모두 반대해도 오직 당신 스스로 결심한 바로 그 길을 향해 홀로 걸어갈 수 있는가? 『월든』을 읽다 보면 가슴속에서 황량한 사막의 모래바람이 이는 것 같습니다. 작가는 기나긴 여정을 통해 결국 이것을 묻는 것이 아닐까요. 누구도 널 지지해 주지 않고, 누구도 널 살갑게 여기지 않고, 누구도 널 도와주지 않아도, 네가 원하는 단 하나의 그 길을 걸어갈 수 있냐고. 그럴 각오가 되어 있다면 월든이든 알라스카든 제주도든 그 어디든 떠나 보라고.

오래전 읽었던 『월든』을 다시 펼쳐 읽어 보니, 그때는 눈에 띄지 않았던 문장들이 책갈피 위에서 투명한 이슬처럼 반짝입니다. 소로는 망치로 못 하나를 박더라도 생애 최고의 작품을 만드는 심정으로 최선을 다해야 한다고 말합니다. "시상(詩想)이 떠오르게 할 정도로 훌륭한 작품을 만들자. 그렇게 해야, 오직 그렇게 할 때만 신이 우리를 도우리라. 우리가 박아 넣은 못은 하나하나 이 우주라는 거대한 기계가 작동하는 데 필요한 부품이어야 한다. 그러니 작업을 중단하지 말자." 이런 각오로 세상과 만난다면, 이런 태도로 내가 사랑하는 일에 집중할 수 있다면, 삶은 매순간 또 다른 축복으로 빛나지 않을까요.

『월든』을 읽다 보면 늘 당연하다고 여겼던 자연의 24시간이 낯설게 다가옵니다. 소로는 아침에 눈을 뜰 때 그저 사무적인 절차에 따라 눈을 뜨는 것이 아니라, 우리를 버리지 않는 새벽을 간절히 기다리는 마음으로 눈을 떠 보라고 조언해 줍니다. 새벽이 우리를 저버리지 않았다는 것, 어김없이 오늘도 새벽이 와 주었다는 사실 자체에 감사하는 삶이란 얼마나 겸허하고 경이로울까요.

소로는 우리가 '하우스푸어'가 될 것을 미리 예상이라도 했다는 듯 집이라는 괴물에 잡아먹히지 않도록 조심할 것을 충고합니다. 그는 이미 알고 있었습니다. 빚에 쪼들려 가며 집을 사고 나면 우리는 집의 노예가 되어 버린다는 것을. 여기가 아니다 싶으면 바로 떠날 수 있어야 하는데 '내 집'이라는 감옥에 갇혀 옴짝달싹 못 하게 되지요. 그는 전화도 기차도 없던 시절의 옛사람들이 우리보다 훨씬 빈곤했지만 내면은 더할 나위 없이 풍요로웠다고 지적합니다. 우리가 진정 되찾아야 할 삶의 기술은 더 예쁜 옷과 멋진 집과 좋은 기계를 만드는 것이 아닙니다. 빈사 직전에 도달한 우리 자신의 권태로운 일상을 탈피하여 각자가 '내 마음의 월든'을 만드는 기술이 필요합니다. 타인의 철학이 아니라 나만의 철학을 가꿀 시간을 갖고, 타인에게 진 빚을 갚느라 골몰할 것이 아니라 바로 나 자신의 내면을

　　　　　　　　　　　　　　　　　인간다운 삶

풍요롭게 가꿀 자연의 속삭임에 귀 기울여야 하지 않을까요.

원시시대 인간의 삶은 소박하고 진솔했으며 자연 속에 잠시 머무는 여행자의 여정을 의미했다. 그 시대의 인간은 허기를 채우고 단잠을 잔 후 원기를 회복하면 다시 길 떠날 준비를 했다. 천막 생활을 하면서 계곡을 누비고 평원을 가로지르고 산 정상에 올랐다. 그러나 보라. 인간은 자기가 사용하는 도구의 도구가 되어 버렸다. [……] 우리는 이제 더 이상 야영을 하면서 밤하늘을 보지 않으며 땅 위에 정착하고 하늘을 잊어버렸다. 최고의 예술 작품은 속세의 굴레에서 해방되고자 하는 인간의 투쟁을 표현한다. 그러나 우리는 기교를 부려 속세의 굴레를 더 안락하게 만들고 보다 고결한 형태의 삶은 완전히 잊어버린다.

— 헨리 데이비드 소로, 『월든』에서

시민 불복종의 메시지

『월든』이 때로는 문학의 언어로, 때로는 철학의 언어로 '완전한 자아의 독립'을 이야기하고 있다면, 『시민 불복종』(홍지수 옮김)은 은유와 상징을 내려놓고 다소 사회학적인 시선으로 개인의 독립을 이야기하고 있습니다. 『월든』이 자연과 나의 관계를 재정립하는 에세이라면, 『시민 불복종』은 국가와 나의 관계를 재정립하는 선언문입

인간의 조건

니다.

그가 말하는 '시민의 불복종(Civil Disobedience)'이란 궁극적으로 통치하지 않는 정부를 지향합니다. 즉 자유로운 인간들의 자발적인 공동체를 있는 그대로 인정하는 정부입니다. 그런 정부가 가능하기 위해 우선 개인이 지금 바로 시작할 수 있는 일은 우리가 당연하다고 생각했던 것들, 예를 들어 세금을 낸다든지 투표를 한다든지 등의 아주 기초적인 '시민'으로서의 행위에 의문을 제기하는 것입니다.

시민의 의무로서 '인두세'를 내야 했던 소로는 자신이 왜 세금을 내야 하는지 납득할 수도, 인정할 수도 없었기에 6년 동안 세금을 내지 않습니다. 그로 인해 감옥에 갇히게 되는데, 소로는 세금을 내지 않아 감옥에 갇혀 있는 동안이 오히려 그 어느 때보다 자유로웠다고 고백합니다. 세금을 내지 않으면서 "나는 당신들이 억지로 정한 시민이라는 틀에 얽매이지 않겠다."고 주장하는 고도의 지적 일탈에 관계자들은 당혹스러움을 금치 못합니다. 일단 가둬 놓고 보자, 감옥에 가두면 얌전해지겠지, 이런 공포 전략도 통하질 않았지요. 소로는 잃을 것이 없었기 때문입니다. 소로는 감옥에 갇힌다고 해서 두려움을 느끼며 자신이 잘못했다고 인정하는 나약한 소시민이 아니었습니다. 그 행동은 "나는 인간으로 태어났지 시민이나 국민으로 태어난 것이 아니다."라는 증명이기도 했습니다.

『시민 불복종』은 이렇게 시작됩니다. "'최선의 정부는 최소 정부'라는 금언을 나는 진정으로 믿는다. [……] 궁극적으로는 통치하지 않는 정부가 최선의 정부가 되리라 믿는다." 궁극적으로 그가 원했

인간다운 삶

오래전에 읽었던 『월든』을 다시 펼쳐 읽어 보니,
그때는 잘 눈에 띄지 않았던 문장들이 책갈피
위에서 투명한 이슬처럼 반짝입니다.

"계절이 변하고 밤낮이 바뀌고 해가 지고
달도 지고 마침내 지구마저 저물어도 그 길은
우리를 내면의 세계로 인도해 준다."

"자기계발을 하겠다고 온갖 것에 솔깃하지
마라. 모두 소용없는 짓이다. 우리 주위에
드리우는 가난과 비천함의 그림자들은
천지만물을 보는 우리의 시야를 넓혀 준다."

던 것은 '우리가 내는 세금이 전쟁과 폭력과 강자의 배를 불리는 데 쓰인다면 과연 그 세금을 낼 필요가 있는가?'라고 질문하는 사람들이 더 많아지는 것입니다. 단지 국가의 부당한 명령 때문에 엄청난 세금을 감내하며, 전쟁에 나오라고 하면 아들과 남편을 내주고, 인명을 살상할 무기를 만드는 데 세금을 꼬박꼬박 내는 시민들의 무기력과 무감각을 참을 수 없었던 것입니다.

술자리에서는 노예제가 폐지되어야 한다고 핏대를 올리면서도 막상 투표나 전쟁 같은 '시민의 의무'가 목을 죄어 오면 결국 노예제를 잔존시키는 데 복무하는 사람들의 무책임한 행동을 더 이상 참을 수 없었던 것입니다. "지조와 주관을 가진 진정한 인간은 정녕 없는가! 우리나라의 통계 수치에는 오류가 있다. 통계상 인구는 많으나 인간다운 인간은 천 제곱마일에 한 명도 찾기 힘들다."

헨리 데이비드 소로는 감옥에서의 경험을 통해 한 사람의 시민이 부당한 정부의 요구에 저항하는 일이 얼마나 어려운지, 하지만 그 일이 얼마나 가치 있는지를 깨달았습니다. 그는 말합니다. 단 한 사람의 시민이라도 부당하게 감금하는 정부 아래에서 정의로운 사람이 있어야 할 장소는 바로 감옥이라고. 자유롭게 희망을 잃지 않은 사람들이 머물 수 있는 유일한 장소는 감옥이라고. 한 표를 행사할 때 단순히 종이쪽지를 던지지 말고 자신의 모든 영향력을 온전히 한 표에 담아 던지라고. 소수가 온 힘을 다해 저항하면 다수는 당해내지 못한다고.

만약 천 명의 시민이 올해 세금을 납부하지 않는다면 주정부가

인간다운 삶

그 세금으로 무고한 피를 흘리고 폭력을 행사하는 것을 막게 될지도 모른다고. 가장 순수한 권리를 주장하는 사람들은 부패한 정부에게 가장 위협적인 존재이고, 보통 그들은 재산 축적에 많은 시간을 투자하지 않는다고. 부자는 자신을 부유하게 만들어 주는 제도에 동조하기 마련이니. 삶의 '수단'이 증가하는 만큼 진정한 삶을 누릴 기회는 줄어들기에.

나는 6년 동안 인두세를 납부하지 않았다. 이로 인해 하룻밤 동안 수감된 적이 있다. 감방 안에서 나는 이삼 피트 두께의 돌 벽과 나무와 쇠로 된 1피트 두께의 문, 겨우 빛을 통과시키는 창살을 우두커니 서서 바라보면서, 나를 고깃덩이 다루듯 감금한 정부의 우매함에 기가 막혔다. [……] 나는 정작 감옥에 갇힌 사람은 마을 사람들이고 나만이 유일하게 세금을 내고 감옥 바깥에 있는 자유인이라는 느낌이 들었다. [……] 나는 누구에게 강요받으려고 태어나지 않았다. 나는 내 방식대로 살아가리라. 누가 가장 강한지는 두고 볼 일이다. [……] 참다운 인간은 집단이 강요하는 대로 살지 않는다.

— 헨리 데이비드 소로, 『시민 불복종』에서

소로는 자신이 자발적으로 날인하지 않은 어떤 조직 사회의 구성원으로도 간주되기를 원하지 않았습니다. 우리는 국민의 의무를 요구받기 이전에 우선 스스로 '인간다운 삶'이 무엇인지를 되물어야

인간의 조건

합니다. 우리는 국민으로 태어난 것이 아니라 인간으로 태어났기에.

소로가 개탄했던 19세기 미국 사회보다 문명의 달콤함에 더욱 깊이 중독된 21세기의 도시인들이 더욱 『월든』에 깊은 감동을 받는 이유는 그때보다 더 처절하게, 그때보다 더욱 뼈아프게 우리는 문명의 맹독에 온몸을 담가 보았기 때문입니다. 갑을 관계의 폭력성에 길들여 버린 현대인들은 나 혼자서 무엇을 바꾸겠나, 나 혼자 싸워 봐야 뭐 하나, 하는 패배주의에 젖어 있습니다. 소로가 다시 태어난다면 그때보다 훨씬 신랄한 논조로 분노에 차서 '자신이 얼마나 부자인지 모르고 늘 결핍을 주장하는 현대인들'에게 일침을 가할 것 같습니다.

오두막 한 채와 검은 빵, 물만으로 이루어진 소박한 삶에서 위대한 사상을 길어 올린 소로의 서릿발처럼 차가운 일갈이 귓가에 들리는 듯합니다. 옷장에 옷을 쌓아 놓고도 입고 나갈 옷이 없다고 투덜거리고, 냉장고에 음식을 잔뜩 쟁여 놓고도 먹을 게 없다고 칭얼대는 우리의 진짜 문제는 무엇일까요? 우리의 진짜 문제는 궁핍이 아니라 과잉입니다. 단 하루만이라도 텔레비전을 끄고, 인터넷을 멀리하고, 스마트폰을 집에 두고 나무가 울창한 숲길을 찾아 떠나 보면 어떨까요. 동네 뒷산도 좋고, 봄꽃 흐드러진 명산도 좋습니다. 그곳에 우리가 버려두고 온 가장 야생적인 자아가 있습니다. 그 어떤 권력의 품에도 기대지 않는 나, 그 어떤 안락함에도 중독되지 않는 나, 오직 햇빛과 바람과 물과 동굴만으로도 우주의 축복에 감사할 줄 알았던 인류의 과거가 잠들어 있습니다.

나 하나의 힘은 결코 작지 않습니다. 그 모든 달콤한 문명의 자

여러분은 천 년은 족히 되었을 나무
그늘 아래 물끄러미 앉아 쉬어 본 적이
있으신지요.

내가 작기 때문에 하찮게
느껴지는 것이 아니라 내가
작음을 정직하게 깨닫기에 비로소
겸허해지는 그런 시간이지요.

시민의 의무로서 '인두세'를 내야 했던
소로는 자신이 왜 세금을 내야 하는지
납득할 수도 인정할 수도 없었기에
6년 동안 세금을 내지 않습니다.

소로는 그로 인해 감옥에 갇히는데,
세금을 내지 않아 감옥에 갇혀 있는 동안
오히려 그 어느 때보다도 자유로웠다고
고백합니다. 세금을 내지 않으면서
"나는 당신들이 억지로 정한 시민이라는
틀에 얽매이지 않겠다."고 주장하는
고도의 지적 일탈에 관계자들은
당혹스러움을 금치 못합니다.

극에 속속들이 절어 있는 우리 자신의 피로에 찌든 육체를 건져내야 합니다. 미세 먼지로 가득한 이 도시 속에서도 나만의 작은 월든을 만들어보고 싶습니다. 틈만 나면 걷고, 틈만 나면 하늘을 올려다보고, 틈만 나면 햇빛과 바람과 별과 달을 생각하는 내 마음의 소박한 월든을 천천히 만들어 갈 것입니다. 그 오밀조밀한 생활의 틈바구니 속에서 어느덧 깨달음의 연꽃은 피어날지니. 마루야마 겐지의 말처럼, 불안과 주저와 고뇌야말로 살아 있다는 증거이니. 자신의 껍데기를 깨부술 힘은 자신에게만 있으니.

인간의 조건

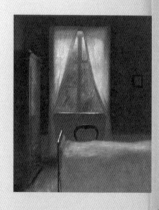

창조의
불꽃

고독할 자유

작가의 탄생

나약할 권리

내면의 황금

고독할 자유

소년은 자란다, 고독을 통해

나는 왜 외로움을 느끼는가

얼마 전 이메일을 정리하다 문득 이런 생각이 들었습니다. 이 수많은 이메일을 만약 손 편지로 주고받았더라면 이 사람들과 좀 더 친밀한 관계를 맺을 수 있었을까? 업무와 관련된 사연들을 처리하다 보면 대부분 얼굴도 모르면서 이메일만 교환하는 경우가 많습니다. 주고받는 편지는 이렇게 많은데, 실제로 만나서 친밀한 관계를 맺는 즐거움은 예전보다 훨씬 더 줄어 버렸습니다.

현대인은 온라인 커뮤니케이션을 통해 양적으로는 엄청난 소통을 하고 있지만 마음속으로는 진정한 소통의 결핍을 절감합니다. 이런 상황에서 무조건 더 많은 사람을 만나는 식의 무리한 계획보다는 '나는 왜 외로움을 느끼는가?'에 대해 성찰해 보는 것은 어떨까요? 우리는 고독을 두려워하지만 고독의 의미에 대해서는 좀처럼 깊이 생각해 보지 않는 것 같습니다.

철학자 지그문트 바우만(Zygmunt Bauman)은 『고독을 잃어버린 시간』(조은평, 강지은 옮김)에서 이렇게 질문합니다. 각종 모바일 커뮤니케이션에 중독된 현대인들은 왜 잠시도 혼자 있는 것을 견디지 못할까? 혼자 있을 때조차 휴대폰을 만지작거리며 세상과 연결된 느낌을 갈망하는 현대인은 '고독할 수 있는 능력'을 상실해 버린 것은 아닐까요. 우리는 수백 명의 페이스북 친구들을 알고 있지만 정작 가장 힘들고 지쳤을 때 진심으로 전화하고 싶은 사람은 몇 명이나 되는지, 멀리 있는 친구들과는 기꺼이 연결되기 위해 '좋아요' 버튼을 누르면서 가까이 있는 사람의 고민을 들어 주는 시간은 현저히 줄어들지 않았는지.

고독은 위기가 아니라 기회가 될 수 있습니다. 우리가 고독이 뿜어내는 소리를 좀 더 잘 들을 수 있다면요. 저는 고독한 순간에 제 마음속에 가장 절실한 에너지가 뿜어져 나오는 것을 느낍니다. 고독을 통해 더욱 빛나는 자기 안의 영감을 찾을 수 있다면 고독이야말로 최고의 스승이겠지요.

결국 외로움으로부터 멀리 도망치는 바로 그 길 위에서 당신은 고독을 누릴 수 있는 기회를 놓쳐 버립니다. 놓친 그 고독은 바로 사람들로 하여금 '생각을 집중하게 해서' 신중하게 하고 반성하게 하며 창조할 수 있게 하고, 더 나아가 최종적으로는 인간끼리의 의사소통에 의미와 기반을 마련할 수 있는 숭고한 조건이기도

인간의 조건

하다.

— 지그문트 바우만, 『고독을 잃어버린 시간』에서

우리가 페이스북 친구를 수백 명씩 늘려 가고, 트위터 팔로워를 늘리려 애쓰는 동안 우리도 모르게 점점 잃어버리는 것이 있습니다. 타인에게 '보이는 모습'을 신경 쓰느라 타인이 보기 힘든 것, 나 자신만이 알 수 있는 그 무엇을 조금씩 잃어 갑니다. 그리운 사람과 직접 만나 대화하는 시간이 줄고, 마음속에서 들려오는 내면의 소리를 잘 듣지 않게 됩니다. 가상적인 관계가 잠시 위안을 줄 수는 있지만 생생한 인간의 체온을 대체할 수는 없지요.

바우만은 이렇게 말합니다. 데카르트의 "나는 생각한다. 그러므로 나는 존재한다."라는 인간의 존재 증명은 이제 "나는 보인다. 따라서 나는 존재한다."라는 명제에 밀려 쫓겨나고 말 것이라고. 우리는 남들에게 보이는 것을 가꾸고 꾸미느라 정작 남들에게 보여 줄 수 없는 우리 안의 비밀, 슬픔, 상처, 희망을 가꿀 시간을 잃어버리고 있습니다. 우리에게는 '고독을 잃어버린 시간'을 되찾을 수 있는 감수성이 필요합니다. 잠시 트위터와 카카오톡을 멈추고 자신의 내면과 만날 수 있는 진정한 고독을 되찾아야 합니다.

우리는 혼자 있을 때 외로움도 느끼지만, 혼자 있어야만 만날 수 있는 내면의 '나'를 느끼기도 합니다. 단정하게 보이고 싶고 멋지게 보이고 싶은 니를 내려놓고 무언가를 열심히 찾고 있는 나, 누군가를 절실하게 그리워하는 나를 만납니다. 우리 안에는 저마다 과

데카르트의 "나는 생각한다. 그러므로 나는 존재한다."는 이제 "나는 보인다. 따라서 나는 존재한다."라는 명제에 밀려 쫓겨나 버리고 말 것이다.

우리는 남들에게 '보이는 것'을 가꾸고 꾸미느라 정작 남들에게 보여 줄 수 없는 우리 안의 비밀, 슬픔, 상처, 희망을 가꿀 시간을 잃어버리고 있습니다. 우리에게는 '고독을 잃어버린 시간'을 되찾을 수 있는 감수성이 필요합니다. 잠시 트위터와 카톡을 멈추고 자신의 내면과 만날 수 있는 진정한 고독을 되찾아야 합니다.

괴테는 고독이야말로 인간의 창조성을
키워 주는 소중한 영감이 될 수 있다는 것을
깨달은 사람이었지요.

"인간은 사회에서 어떠한
사물을 배울 수 있을 것이다.
그러나 영감은
오직 고독으로부터만
얻을 수 있다."

거의 내가 오래전에 보내 놓았던 추억의 타임캡슐도 있습니다. 학창 시절의 나, 첫사랑에 빠졌던 나, 친구를 잃고 슬퍼하던 나, 아름다운 장소를 여행하던 나, 오랜 시간이 지나도 결코 잃고 싶지 않은 순수한 나. 이런 수많은 자아들이 점점 꿈을 잃어 가는 나를 향해 마음의 편지를 보냅니다. 우리가 내면의 소리를 잘 듣지 않으면 이 추억의 타임캡슐들은 어느 순간 각종 마음의 질병으로 변신해 버릴지도 모릅니다. 나를 기억해 달라고. 네 안에 네가 잘 돌보지 못하는 나도 있다고. 네가 점점 망각해 가는 과거의 너 속에 지금의 고민을 해결해 줄 수 있는 멋진 나도 있다고. 내 안의 또 다른 나는 절규합니다.

괴테는 고독이야말로 인간의 창조성을 키워 주는 소중한 영감이 될 수 있음을 깨달은 사람이었지요. "인간은 사회에서 어떠한 사물을 배울 수 있을 것이다. 그러나 영감은 오직 고독으로부터만 얻을 수 있다." 괴테는 오직 고독 속에서만 찾을 수 있는 자신의 빛나는 창조성을 실험했던 작가였습니다. 오쇼 라즈니쉬는 혼자 있는 시간이야말로 진짜 꾸밈없는 자신을 만날 수 있음을 일깨우지요. "어느 누구도 그대의 공허감을 채워 줄 수 없다. 자신의 공허감과 조우해야 한다. 그걸 안고 살아가면서 받아들여야 한다."

우리의 결핍을 채워 줄 수 있는 대상을 '바깥'에서만 구하지 말고 우리 마음속에서 찾을 때 고독은 고통이 아니라 구원이 될 수 있을 것입니다. 외로움은 혼자 있을 때 느끼는 슬픔이지만, 고독은 수많은 사람들과 함께 있어도 느낄 수 있는 '혼자 있음'의 자각입니다. 어떤 순간에도 혼자 있음을 자각하고 즐길 수 있는 사람. 그런 사람이야말로 어떤 소문과 세파 속에서도 남들에게 보여 주고 싶은 나가 아닌 '진정 내가 원하는 나'의 삶을 살 수 있는 자유인입니다.

그림자와 대면하는 시간

지금 이 순간은 철저히 혼자임을 깨달을 때가 있습니다. 잠들기 직전 서서히 눈꺼풀이 감기며 힘겨웠던 오늘 하루를 '빨리 감기'로 되새겨 볼 때. 누군가를 하염없이 기다리는 것밖에는 어떤 일도 할 수 없는 시간들. 오직 내 손과 내 감성과 내 힘에 의지해 홀로 내가 맡은 일들을 해내야 하는 모든 순간들. 이렇듯 혼자 있는 시간을 떠올리면 기쁨보다도 슬픔이 먼저 떠오르는 것은 왜일까요? '혼자'보다는 '함께'가 좋다는 선입견은 문화적으로 학습된 것일지도 모릅니다.

그런데 곰곰이 생각해 보면 우리 삶에서 매우 중요한 전환점들은 고독한 시간에 찾아옵니다. 인생의 문턱을 넘는 온갖 입학 및 면접시험의 순간들, 사랑하는 이를 잃고 혼자가 되는 아픔을 온몸으로 느끼는 시간들, 책을 읽거나 글을 쓰며 혼자만의 생각에 빠져드는 소중한 시간들. 이런 고독한 순간들이 없다면 인간은 결코 내면의 성장을 꿈꿀 수 없을 겁니다. 혼자 있는 시간은 함께 있는 시간보다 덜 흥미로운 시간이거나 피해야 할 시간이 아니라 자신과 함께하는 진정한 자기 대면의 시간입니다.

심리학자 융이라면 이 고독한 시간의 가치를 '그림자와의 만남'

고독할 자유

의식은 그렇게 수많은
상처들을 꼭꼭 숨기고
있는 무의식의 그림자들을
억압하거나 회유합니다.

하지만 무의식의 상처는 의식의
억압을 향하여 반드시 '조공'을
요구합니다. 그렇게 네 진짜
문제를 잊고 봉합하려고만
한다면, 결국 네 진짜 모습을
사랑해 주는 사람은 아무도 없을
거라고. 고독 속에서 무의식의
그림자와 당당히 대면하는
것만이 자신과의 전투에서 싸워
이기는 유일한 비결입니다.

이라 일컬었을 것 같습니다. 내면으로 향하는 길에서 만나는 첫 번째 담력 시험, 그것은 사람들 속에 무난하게 섞여 있을 때는 미처 알지 못했던 자기 자신과의 만남이지요. 콤플렉스나 트라우마 같은 것들, 남들에게 보이기 싫은 나 자신의 그림자를 똑바로 대면하는 것. 자신의 그림자를 인식하는 데서 비롯되는 고통을 참고 견뎌낼 수 있다면 무의식과의 진정한 만남에 이르는 첫 번째 문턱을 뛰어넘는 것입니다. 나 자신의 의지만으로는 쉽게 풀 수 없는 문제가 있다는 것을 인정하면서 무의식과의 만남은 시작됩니다. 의식의 밑바닥에는 우리가 해결하지 못한 문제, 차라리 잊고 싶은 상처들, 다시는 만나고 싶지 않은 사람과의 끔찍한 기억, 그리고 너무도 그립지만 차마 부를 수 없는 이름의 목록들이 가라앉아 있습니다.

의식은 바로 그렇게 수많은 상처들을 꼭꼭 숨기고 있는 무의식의 그림자들을 억압하거나 회유합니다. 의식은 무의식을 향해 이렇게 다독거립니다. 지금 일해야 하니까 그런 쓸데없는 생각은 하지 말자. 그런 상처를 갖고 있다는 것을 남들이 알게 된다면 나를 싫어하겠지. 어차피 고민해 봤자 풀리지도 않은 문제를 붙들고 있으면 뭘해. 이런 식으로 말입니다.

하지만 무의식의 상처는 의식의 억압을 향하여 반드시 '조공'을 요구합니다. 그렇게 네 진짜 문제를 잊고 봉합하려고만 한다면 결국 네 진짜 모습을 사랑해 주는 사람은 아무도 없을 거라고. 고독 속에서 무의식의 그림자와 당당히 대면하는 것만이 자신과의 전투에서 싸워 이기는 유일한 비결입니다. 알코올중독자 모임에서 치료를 위

고독할 자유

해 첫 번째로 넘어야 할 장벽도 바로 자신이 알코올중독자임을 인정하는 것이라고 합니다. 이런 뼈아픈 자기 고백은 타인을 향한 것이기에 앞서 자기 자신을 향한 선전포고입니다. 차마 인정하기 싫은 기이한 습관과 아픈 상처, 숨기고 싶은 과거들이 바로 나 자신의 '일부'임을 긍정하는 데서 자기 치유는 시작됩니다.

사람들은 그림자를 무시할 수도 없고 그것이 새롭지 않다고 꾸며 댈 수도 없다. 이 문제는 극도로 어렵다. 그 이유는 그림자가 인간 전체를 불러낼 뿐만 아니라, 자신의 절망감과 무능력을 상기시키기 때문이다. [……] 그러나 청구서는 언젠가는 지불되어야만 한다. 사람들은 자기 자신의 수단만으로는 풀 수 없는 문제가 있다는 것을 인정해야만 한다. [……] 사람들이 그러한 태도를 갖는다면 인간의 더 깊은 본성에 깃들어 있는 유용한 힘이 깨어나게 된다.

—카를 구스타프 융, 『원형과 무의식』에서

방랑자의 깨달음

어린 시절, '혼자 있는 시간'이 공포만은 아니며 혼자 있는 시간이야말로 멋진 공상의 시간이자 새로운 삶을 향한 도약의 기회라는 것을 가르쳐 준 이야기가 바로 아스트리드 린드그렌(Astrid Lindgren)

의 동화 『라스무스와 방랑자』였습니다. 『내 이름은 삐삐 롱스타킹』의 작가로도 유명한 린드그렌의 동화는 언제나 흥미진진했지요. 그 중에서도 노란 갱지로 인쇄된 동화책의 표지는 아직도 기억 속에 생생한데, 당시 제목은 "방랑의 고아 라스무스"였습니다. 책의 모서리가 해지도록 여러 번 읽은 몇 권의 책들 중 하나였습니다. 초등학교 시절 저는 고아 소년 라스무스의 모험을 어찌나 동경했는지, 나도 오스카처럼 멋진 방랑자를 만나 '양아버지'로 삼는 상상을 하며 행복한 가출을 꿈꾸기도 했습니다.

오랜 시간이 지나서야 알게 되었지만, 제가 라스무스를 좋아했던 진짜 이유는 이 명랑한 고아 소년의 인간적인 결점 때문이더군요. 잘하려고 할수록 더 많이 실수하고, 잘 보이고 싶은 사람 앞에서는 더 치명적인 실수를 하는 덜렁이 라스무스가 자꾸만 실수를 저지를 때마다 어디론가 도망쳐 버리고 싶었던 어린 시절의 나를 닮았던 것이지요. 실수를 저지를 때 가장 먼저 떠오르는 감정은 지독한 외로움이었습니다. 이 부끄러움과 외로움과 두려움으로부터 벗어날 수 있는 길이 어디에도 없어 보일 때, 우리는 피할 수 없는 고독과 대면하게 됩니다. 내가 저지른 실수는 반드시 내가 책임져야 한다는 진실을 온몸으로 깨닫고 그 책임을 이행하는 순간 우리는 진정한 '주체'로 거듭나는 것 아닐까요.

실수는 인정하고 싶지 않은 나와 만나는 인식의 관문입니다. 누구나 이상적인 자아 이미지를 가지고 있기 마련인데, 실수는 그 이상적 자아상을 위협하는 자기 안의 장애물이 됩니다. 하지만 실수

　　　　　　　　　　　　　고독할 자유

실수를 저지를 때 가장
먼저 떠오르는 감정은
지독한 외로움이었습니다.

이 부끄러움과 외로움과 두려움으로부터 벗어날 수
있는 길은 어디에도 없어 보일 때, 우리는 피할 수
없는 고독과 대면하게 됩니다. 내가 저지른 실수는
반드시 내가 책임져야 한다는 진실을 온몸으로
깨닫고 그 책임을 이행하는 순간, 우리는 진정한
'주체'로 거듭나는 것 아닐까요?

를 진심으로 인정하고 잘못을 바로잡아 스스로의 한계를 극복하는 일은 말처럼 쉽지 않습니다. 실수투성이지만 천진무구하고 재기 넘치는 고아 소년 라스무스에게는 '너는 사랑하고 사랑받을 자격이 있어.'라고 말하며 따뜻하게 보듬어 주는 사람이 없었습니다. 실수를 보듬어 주고 격려해 줄 어른이 필요했지만 라스무스는 그런 어른을 한 번도 만나 본 적이 없었습니다.

입양하고 싶은 아이를 선택하러 온 멋진 부모들 앞에서 라스무스는 필사적으로 '내 안의 가장 멋진 모습'을 보이려다 오히려 큰 실수를 저지르고 말지요. 세상에서 가장 가까운 친구 군나르에게 물을 끼얹으려다 고아원 원장 미스 하비히트가 물벼락을 맞기도 하고, 부유한 상인의 아름다운 부인 앞에서 그녀의 양산을 주워 준답시고 그레타와 힘을 겨루다가 양산을 망가뜨리기도 해요. 결국 그 멋진 커플은 곱슬머리 소녀 그레타를 입양하여 떠나 버립니다. 라스무스는 멋진 새 부모님에게 입양되지 못해 한없이 낙심한 고아원 아이들을 웃겨 주려고 미스 하비히트의 우스꽝스러운 모습을 흉내 내지요. 그러느라 바로 자기 뒤에 서 있는 원장을 발견하지 못합니다. 그러자 라스무스는 하비히트를 향한 두려움을 이기지 못하고 급기야 고아원을 탈출합니다.

그때부터 피할 수 없는 모험이 시작됩니다. 배고픔과 외로움, 슬픔과 괴로움으로 가득 찰 것이라 예상했던 고아 소년 라스무스의 고아원 탈출기는 뜻밖의 유미와 따스함, 상상을 뛰어넘는 사랑과 우정의 메시지들로 가득하지요. 이 여정에서 가장 멋진 동반자는 바로 방랑사 오스카였습니다. 오스카는 역마살을 이기지 못해 고향에 사랑하는 아내를 두고도 전국을 떠돌며 동가식서가숙합니다. 하지만 라스무스에게 오스카는 세상에서 가장 멋진 남자로 보이지요. 고독할수록 더 멋져 보이는 사람, 가장 고독한 순간에도 전혀 안쓰러워 보이지 않는 사람, 오히려 더 아름답고 의연해 보이는 사람. 오스카는 언제 어디든 마음만 먹으면 떠날 수 있는 자유를 가진 사람, 배가 고프거나 돈이 없어도 당황하지 않고 묵묵히 나그네의 윤리를 실천하는 사람이었죠. 그 나그네의 윤리란 바로 아무리 가진 것이 없어도 타인에게 공짜로 신세 지지 않는 것, 밥과 잠자리를 제공받는 대신 집주인들에게 필요한 노동을 해 주거나 멋진 바이올린 연주를 들려주는 것이었습니다.

오스카는 라스무스를 기꺼이 자신의 동반자로 받아 주었지만, 오스카가 억울하게 무장 강도로 몰리면서 상황은 급박하게 돌아갑니다. 나그네는 나쁜 일이 일어나면 어디서나 의심받기 쉬운 존재였지요. 하지만 두 사람은 어느새 환상의 커플이 되어 기지와 재치를 발휘해 위험한 순간을 멋지게 모면하고, 두 사람 사이에는 '나그네의 우정' 이상의 공감과 배려의 감정이 싹트게 됩니다.

경찰들은 라스무스를 고아원에 다시 데려다주려 하고, 선량한 닐손 부부는 라스무스를 입양하고 싶어 합니다. 이때 라스무스에게 인생 최고의 위기가 찾아옵니다. 처음에 라스무스는 뛸 듯이 기뻤습니다. 지상에 집 한 칸 가져 보는 것, 아니 집 한 칸을 가진 따뜻한 부모가 필요했던 라스무스는 처음으로 자신을 첫눈에 입양하고 싶

인간의 조건

어 하는 사람들을 만났으니까요. 라스무스는 이제야 자신의 소원이 이루어진 것이라 생각하지요.

그런데 그토록 사랑하는 오스카의 멀어지는 뒷모습을 본 순간, 라스무스는 이제 '진짜 혼자'라는 생각에 사로잡힙니다. 아무리 맛있는 음식이 넘쳐나는 부유한 집안이라도, 처음으로 누워 보는 보드라운 이불 속에서 늘어지게 잠을 잘 수 있다 하더라도 오스카가 없다면 자신은 더 이상 행복할 수 없음을 깨닫게 된 것이지요. 자신의 운명을 완전히 혼자 결정해야 하는 고독의 순간에 라스무스는 인생을 뒤흔드는 최고의 결정을 합니다.

엄청난 기적이 실제로 일어난 것이었다. 라스무스도 집과 부모를 갖게 된 것이다.

그런데 마음이 왜 즐겁지 않고, 이렇게 슬프기만 한 걸까?

라스무스는 결국에는 배스터하가에서 도망쳐 나온 뒤로 가장 불행해졌다. 무언가 가슴을 짓누르고 있는 듯한, 너무나도 슬픈 기분이 들어서 꼭 죽을 것만 같았다. [……] 오스카! 가슴이 아플 정도로 라스무스가 애타게 그리워하고 있는 사람은 바로 오스카였고, 이런 아픔을 치료하는 방법은 한 가지밖에 없었다. 오스카를 붙잡아야 한다.

—아스트리드 린드그렌, 『라스무스와 방랑자』에서

라스무스는 '오스카가 없는 밤', 그러니까 세상에서 가장 외롭고

고독할 자유

"여행을 하면서 알게 되는 많은
것들은 그 여행자의 숨겨져 있던
본성일 거라는 생각을 했어."

라스무스는 오스카를 따라
방랑자가 됨으로써 자신의
숨겨진 본성을 찾아낸 것입니다.

쓸쓸한 밤에 자신이 과연 누구인지를 깨닫습니다. 라스무스는 세상에서 가장 보고 싶은 친구 군나르가 기다리고 있는 고아원도, 풍족한 생활과 안락한 가정을 약속하는 닐손 부부도 거부합니다. 라스무스는 언제 또 정처 없이 길을 떠날지 모르는 영원한 방랑자 오스카를 아버지로 선택합니다.

라스무스는 이 세상에 나 혼자뿐이라는 고립감을 자신도 모르는 사이에 극복하게 해 준 최초의 친구 오스카를 평생의 동반자로 결정한 것이지요. 아무도 나를 지켜주지 않는다는 소외감은 라스무스로 하여금 고아원을 탈출하게 만들었지만, 그 고통의 시간을 함께 견뎌 준 뜻밖의 타인을 통해 자신이 누구인지를 깨닫게 된 것입니다. 배고픔과 추위를 고독보다 두려워하며 살아왔던 고아원을 탈출한 소년에게 최고의 인생 목표는 '부잣집 양자'로 들어가는 것이었지요. 그런데 막상 그런 기회가 찾아오자 라스무스는 자신에게 더 필요한 것이 무엇인지 깨닫게 됩니다. 아홉 살에 벌써부터 담뿍 철이 들어 버린 라스무스는 오스카에게 이렇게 멋진 이야기를 꺼내 놓습니다. "여행을 하면서 알게 되는 많은 것들은 그 여행자의 숨겨져 있던 본성일 거라는 생각을 했어." 라스무스는 오스카를 따라 방랑자가 됨으로써 자신의 숨겨진 본성을 찾아낸 것입니다.

길 떠난 방랑자와의 정처 없는 유랑으로 '내가 누구인지'를 깨닫게 된 고아 소년 라스무스. 우리도 고독한 길 위에 홀로 섬으로써 내가 누구인지를 깨달을 시간이 필요합니다. 지그문트 바우만은 트위터와 페이스북과 문자메시지로 항상 '온라인' 상태에 노출된 현대

고독할 자유

인에게 진정 필요한 것은 바로 고독할 수 있는 자유라고 말했지요. 고독한 시간이야말로 우리의 잠재된 창조성이 만개하는 시간, 우리 안의 잃어버린 모든 가능성들이 아름다운 날개를 펴는 시간입니다.

비록 많은 것을 잃었지만
또한 많은 것이 남아 있으니,
예전처럼 천지를 뒤흔들지는 못할지라도
우리는 여전히 우리다.
영웅의 용맹함이란 단 하나의 기개.
세월과 운명 앞에 쇠약해졌다 하여도
의지만은 강대하니
싸우고, 찾고, 발견하며
굴복하지 않겠노라

— 앨프리드 테니슨, 「율리시스」에서

고독할수록 나다워지는 사람들

동경이란 무엇인가

삶에 생기가 떨어져 간다는 것을 느끼는 순간은 '동경하는 것들'이 사라져 갈 때입니다. 동경은 그 대상이 멀리 있을수록, 다가갈 수 없을수록 깊고 짙어지지요. 동경은 질투와 달리 그 대상이 계속 아름다웠으면, 계속 다가갈 수 없는 대상이었으면 하는 마음입니다. 질투가 대상을 향한 경쟁심과 파괴 욕구를 자극한다면, 동경은 반대로 그 대상의 불멸을 꿈꿉니다. 내가 동경하는 그 사람과 그 장소와 그 작품이 언제나 그 느낌 그대로이길 갈망하는 것입니다. 그래서 저는 지칠 때마다 '동경하는 것들의 목록'을 헤아려보곤 합니다.

그런데 얼마 전 마음속의 신기한 변화를 발견했습니다. 동경하는 것들이 항상 멀리 있는 대상이라고만 생각했는데, 시간이 지날수록 내가 동경하는 것들은 내 마음 안에 한때 머물렀던 '감정의 편린'

이라는 것을 깨닫게 되었지요. 동경의 대상이 외부의 존재에서 내부의 감정으로 바뀌는 것이야말로 나이 드는 증거가 아닐까 싶습니다.

나는 『그 많던 싱아는 누가 다 먹었을까』를 읽으며 고(故) 박완서 선생님을 향한 내 오랜 동경을 해소합니다. 이 작품을 다시 읽으며 '동경'이라는 키워드를 떠올리게 되었거든요. 이 작품은 내가 읽은 어떤 소설보다도 '동경이란 무엇인가?'를 잘 그려 낸 것 같습니다. 이 자전적 소설은 박적골의 유년시절을 묘사하는 장면으로 시작됩니다. 코흘리개들이 자연 속을 마구 휘젓고 다니던 그 시절의 향수는 농촌의 전원적 풍경을 향해 느끼는 막연한 그리움이 아니라 '한 사람의 영혼을 창조하는 자연'의 깊이를 헤아리게 만듭니다. 이 작가에게 동경의 대상은 무엇보다도 그 시절 마음껏 자신의 모든 것을 내주었던 자연입니다. 새콤달콤한 싱아의 열매는 바로 그 돌아갈 수 없는 자연의 추억을 되새기는 매개체입니다. 그 유년시절의 중심에는 오직 양반의 허세와 가부장의 권위만으로 박씨 집안을 호령했던 할아버지에 대한 애정 어린 추억이 자리 잡고 있지요. 아버지를 세 살 때 여읜 어린 소녀 박완서에게 할아버지는 아버지의 다른 이름이자 동경의 대상 그 자체였던 것입니다.

독특한 걸음걸이는 말로 표현할 수는 없었지만 강렬한 빛처럼 직통으로 나에게 와 박혔다. '우리 할아버지다!'라고 생각하자마자 나는 총알처럼 동구 밖으로 내달았다. 단 한 번도 착각 같은 건 하지 않았다. 숨을 헐떡이며 열렬하게 매달린 할아버지의 두루

마기 자락은 다듬이질이 잘돼 늘 칼날처럼 차게 서슬이 서 있었
다. 그리고 송도의 냄새가 묻어 있었다. 나는 그 냄새가 좋았다. 그
러나 할아버지는 곧 오냐, 오냐, 내 새끼, 하면서 나를 번쩍 안아
올렸고, 그의 품은 든든하고 입김은 훈훈했다. 할아버지의 입김에
선 언제나 술 냄새가 났다. 나는 할아버지의 훈훈함과 함께 그 술
냄새 또한 좋아했다.

—박완서, 『그 많던 싱아는 누가 다 먹었을까』에서

저는 이 대목을 읽으며 어린 시절 제 마음속에 동경을 불러일으
켰던 장면들을 떠올려 봅니다. 어린 시절에는 빨강머리 앤이나 소공
녀나 들장미 소녀 캔디를 향해 동경을 느꼈고, 사춘기 시절에는 만
화 『베르사이유 장미』에 나오는 남장 소녀 오스카에게 가슴이 두근
거렸고, 대학 시절에는 혁명가 로자 룩셈부르크나 철학자 시몬 베유
의 책을 보면 가슴이 쿵쾅거렸습니다. 지금도 그들을 사랑하지만 동
경의 온도가 달라졌지요.

오랜 시간이 지나도 달라지지 않는 온도는 닿을 수 없는 머나먼
대상이 아니라 바로 나 자신이 느꼈던 과거의 감정들입니다. 누군가
에게 처음 반했을 때 마치 허방다리를 짚은 것처럼 어질어질하던 그
순간, 공들여 만든 내 책이 출간되기 전날 밤새 잠 못 이루던 마음
의 떨림, 처음 해외여행을 떠나는 날 두려움 반 기대감 반으로 몇 번
이나 여행 준비물을 점검하던 조바심. 그 모든 동경과 설렘의 체험
속에는 다시는 돌아갈 수도, 되찾을 수도 없는 나 자신의 과거가 깃

작가의 탄생

들어 있습니다.

질투가 건강한 심성과 결합하면 자신을 성장시키는 동력이 되지만, 열등감이나 우울한 감정과 연합하면 파괴적인 상황으로 치닫지요. '저 사람처럼 잘 해내고 싶다.'는 마음이 자신을 향한 믿음과 결합할 수만 있다면 질투가 나쁜 감정만은 아닙니다. 하지만 안타깝게도 질투심은 열등감의 토양에 뿌리 내릴 때가 많지요. 질투가 '내가 절대로 가질 수 없는 걸 저 사람은 가지고 있다.'는 식의 분노와 연합하면 그 대상은 물론 나 자신을 파괴하는 감정이 되어 버립니다. 질투가 이렇게 위험한 폭발물 같은 감정이라면, 동경은 짙고 깊을수록 오히려 마음을 건강하게 만드는 요소가 있습니다.

『그 많던 싱아는 누가 다 먹었을까』의 어린 소녀 완서가 짝꿍 복순에게 느끼는 감정이 바로 그 동경과 질투가 한몸에 공존하는 미묘한 양가감정입니다. 복순이는 서슬 퍼런 일제 강점기에 어린 소녀들이 도서관 서가에서 책을 빌려 보는 짜릿한 기쁨을 처음으로 맛보게 해 준 친구이죠. 『레 미제라블』과 『소공녀』를 함께 읽으며 문학을 향한 동경을 키우던 두 소녀의 우정은 영원히 지속될 것만 같았습니다. 인왕산 산자락을 꿋꿋하게 홀로 넘어 다니며 학창 시절을 보낸 외톨이 소녀 완서에게 복순은 처음으로 단짝 친구가 되어 주었지요. 하지만 너무 붙어 다녔다는 평계를 대며 고등학교는 일부러 서로 다른 곳에 지원하게 되면서 두 사람의 우정은 금이 가기 시작합니다.

너무 붙어 다녀 지쳤다고나 할까. 요샛말로 사랑하기 때문에 헤어져 보고 싶었다고나 할까. 그애도 우리가 헤어져야 한다는 데 동감이었다. 센티한 소녀 소설에 감염된 우리는 편지로 더 많은 사연을 주고받기로 하고 건방지게도 이별을 모의했다.

— 박완서, 『그 많던 싱아는 누가 다 먹었을까?』에서

사랑하기 때문에 헤어지고 싶다는 그 미묘한 감정의 밑바닥에는 복순이와 나 사이의 실력 차이가 존재하고 있었습니다. 복순이는 거뜬하게 경기고녀(당시 최고의 명문으로 알려졌던 경기여고의 전신)에 합격할 수 있었던 반면, 소녀 완서는 엄마가 항상 보내고 싶어 하던 경기고녀에 입학할 만한 실력이 되지 못했던 것입니다.

복순이는 우등상도 타고 개근상도 탔지만 나는 아무 상도 못 탔다. [……] 우리 사이는 더욱 뜨악해져 있었다. 나는 내 느낌이 질투와 열등감이라는 걸 알고 있었기 때문에 더욱 참담했다. 복순이와 나는 그렇게 헤어졌다.

질투심과 열등감으로 스스로를 아프게 하던 이 예민한 소녀의 감성은 긍정적인 발전의 계기를 맞게 됩니다. 그녀의 진면목은 그동안 자신을 지켜 왔던 세 개의 커다란 기둥이 사라지자 드디어 빛을 발하게 되지요. 바로 할아버지, 엄마, 오빠였습니다. 조선이 해방되자 이미 돌아가신 할아버지는 억울하게도 친일파로 몰려 동네 젊은

이들에게 문패를 떼이는 수모를 당하고, 한국전쟁이 터지자 엄마는 좌익 활동 전력이 있는 아들의 안위를 걱정하며 한순간도 안심하지 못하게 되었으며, 오빠는 설상가상 의용군으로 끌려갔다가 돌아와 다리에 총을 맞아 거동조차 못 하게 됩니다. 어머니와 오빠의 헌신적인 보살핌이 불가능해지자 이제 대학생이 된 그녀는 드디어 정신적으로 독립하게 됩니다.

1·4 후퇴라는 긴급 상황에서 모두가 피난을 마친 후 텅 빈 서울에 덩그러니 남은 한 가족. '나'와 오빠와 올케와 어린 조카들, 그리고 어머니였습니다. "독립문까지 뻔히 보이는 한길에서도 골목길에도 집집마다에도 아무도 없었다. 연기가 오르는 집이 어쩌면 한 집도 없단 말인가." 이 커다란 도시에 오직 '우리 가족'만 남아 있다는 공포는 '나'를 얼어붙게 합니다. 하지만 그 무서운 사실은 또한 세상에 하나뿐인 특별한 경험이기도 했지요. "이 거대한 공허를 보는 것도 나 혼자뿐이고 앞으로 닥칠 미지의 사태를 보는 것도 우리뿐이라니." 그녀는 이 모든 것을 오직 자신만 보았다는 데에 특별한 의미를 두기 시작합니다.

동족이 동족을 죽이고 밀고하고 모함하며 '빨갱이'라는 꼬리표만 달리면 목숨을 부지하기 어려웠던 그 시절. 간신히 목숨을 이어나간 이 파란만장한 가족사에서 그녀는 자신의 진정한 의무를 깨닫게 됩니다.

"그래, 나 홀로 보았다면 반드시 그걸 증언할 책무가 있을 것

인간의 조건

이다. 그거야말로 고약한 우연에 대한 정당한 복수다. 증언할 게 어찌 이 거대한 공허뿐이랴. 벌레의 시간도 증언해야지. 그래야 난 벌레를 벗어날 수가 있다. 그건 앞으로 언젠가 글을 쓸 것 같은 예감이었다. 그 예감이 공포를 몰아냈다."

그녀에게는 이제 전에 없던 자신감이 불타오르기 시작합니다. 다닥다닥 붙은 집들이 거대한 '식량 창고'로 보일 정도이지요. "집집마다 설마 밀가루 몇 줌, 보리쌀 한두 됫박쯤 없을라고. 나는 벌써 빈집을 털 계획까지 세워 놓고 있었기 때문에 목구멍이 포도청이라도 겁나지 않았다." 그녀는 그렇게 최악의 상황에서 진정한 주체로 거듭납니다. 누구에게도 기댈 수 없는 순간, 누구의 도움도 바랄 수 없는 순간, 내가 이 모든 것의 증언자가 되어야겠다고 결심하는 순간에 그녀는 미래의 작가이자 용감한 주체로 거듭납니다. 글쓰기에 대한 의지가 전쟁의 공포로부터 그녀를 든든하게 지켜 준 것이지요. 아버지, 할아버지, 어머니, 오빠. 그 모든 정신적 지주가 사라져도 여전히 나를 지켜주는 것, 그것은 문학을 향한 멈출 수 없는 동경이었습니다.

뫼르소, 세상에서 가장 외로운 남자

『이방인』의 첫 문장은 언제 읽어도 눈이 시립니다. "오늘, 엄마가 죽었다. 어쩌면 어제, 잘 모르겠다." 가슴이 쿵 내려앉았습니다. 눈앞이 캄캄해졌습니다. 문장과 문장 사이에 그 어떤 수사나 연결사도 없습니다. 그래서 더욱 충격적입니다. 그런데 독자는 뫼르소에게 어쩔 수 없이 매혹되지요. 그것도 아주 빠른 속도로.

뫼르소는 좀처럼 실제로 만나기 힘든 인간형이지만, 우리 마음 깊숙이 도사린 또 하나의 자아기 때문입니다. 그의 마음속에는 우선순위가 없습니다. 예컨대 결혼을 해도 좋고 하지 않아도 좋습니다. 어디론가 떠나도 좋고 떠나지 않아도 좋습니다. 열심히 살아도 좋고 그러지 않아도 좋지요. 무엇을 하는 것과 무엇을 하지 않는 것 사이에 아무런 가치의 높낮이가 없습니다. 이 충격적인 인간형의 밑바닥에는 과연 어떤 욕망의 소용돌이가 꿈틀거리고 있을까요.

카뮈(Albert Camus)의 문체는 글쓴 이의 영혼이 지닌 섬세한 무늬와 결이 그대로 살아 있는 듯 생생한 느낌을 줍니다. 카뮈의 소설을 읽고 있으면, 이 문체가 무너지면 소설 전체가 와르르 무너질 것만 같은 불안감이 듭니다. 하지만 기분 좋은 불안감입니다. 그만큼 카뮈의 문체는 매혹적이지요. 극도로 섬세하고 정교하면서도 벽돌 하나에라도 살짝 균열이 가면 전체가 흔들릴 것 같은 아슬아슬한 건축물을 보는 것 같습니다.

태양빛이 강철 위에 번쩍하며 튀었고, 그 빛이 마치 눈부신 장검처럼 내 이마를 찔렀다. 바로 그 순간, 눈썹에 맺혀 있던 땀방울이 갑자기 눈꺼풀 위로 흘러내렸고, 눈꺼풀을 미지근하고 두꺼운 장막으로 뒤덮었다. 이 눈물과 소금의 장막 뒤에서 내 두 눈에 보이는 것은 아무것도 없었다. [……] 내 모든 존재가 팽팽히 긴장했고, 나는 권총을 꽉 쥐었다. 방아쇠가 놀았고, 총자루의 미끈한 배가 느껴졌다, 그리고 모든 것이 시작된 것은 바로 그 메마른 동시에 귀청을 찢는 듯한 소리와 함께였다. 나는 땀과 태양을 떨쳐 버렸다. 나는 한낮의 균형을, 내가 그토록 행복했었던 바닷가의 기이한 침묵을 깨뜨렸다는 것을 알았다. 그때 나는 움직이지 않는 몸에 다시 네 방을 쏘았는데, 총알은 그런 것 같지도 않게 깊이 박혔다. 그것은 마치 내가 불행의 문을 두드린 네 번의 짧은 노크 소리와도 같은 것이었다.

—카뮈, 『이방인』에서

불행의 문을 두드린 네 번의 짧은 노크 소리. 그것은 그로 하여금 영원히 되돌아올 수 없는 절망의 길을 향한 첫걸음이었습니다. 이 소설은 미주알고주알 왜 이 사람이 살인을 저질렀는가를 설명하지 않습니다. 뫼르소는 어쩌면 어머니의 죽음 이후 이제 세상 누구와도 연결 고리가 없다는 절망감에 빠졌을지도 모릅니다. 어떤 견딜 수 없는 권태와 우울의 늪에서 스스로도 책임질 수 없는 엄청난 실수를 저지른 뫼르소. 어쩌면 많은 이해할 수 없는 일들이 우리를 감싸고 있지만 사람들은 아마 이러저러해서 그랬을 거야, 그 사람은 우울증이잖아, 그 사람은 가정환경이 좋지 않잖아, 이런 식으로 이해할 수 없는 일들을 이해하는 척 합리화하곤 합니다.

하지만 뫼르소가 사람을 죽이는 이 대목에 이르면 바로 그 '이해할 수 없는 행동'이야말로 인간이라는 존재를 받아들이는 첫걸음이라는 생각이 듭니다. 모든 것을 분석하고 해부하고 이해할 수 있다는 믿음이야말로 인간의, 인간을 향한 폭력이 아닐까요.

이때부터 뫼르소는 자신을 전혀 이해하지 못하는, 아니 이해하려는 노력 자체를 하지 않는 사회와 맞닥뜨리게 됩니다. 재판은 이상하게도 그가 왜 살인했는가보다 그가 왜 어머니의 장례식에서 전혀 슬퍼하는 기색을 보이지 않았는가로 초점이 맞추어지게 됩니다. 그는 '어머니의 장례식에서도 눈물 한 방울 흘리지 않을 정도의 냉혈한'이기 때문에 살인을 했다는 식으로 '믿고 싶어 하는' 군중 권력의 한가운데서 무참하게 조리돌림을 당합니다.

그런데 이런 상황에서 뫼르소는 전혀 자신의 사정을 해명하지 않습니다. 차라리 '이해받지 못하는 상황'에 머무른 채 조용히 자기만의 성벽에 갇히려 합니다. 그에게는 기댈 곳이 없습니다. 살려달라고 애원할 만한 사람도 살고 싶다고 고백할 만한 사람도 없습니다. 어머니의 장례식에서 남들처럼 목놓아 울지 못했다고 해서 그가 과연 '살인을 저지를 만한 사람', '굳이 제대로 재판을 받지 않아도 되는 사람'이 되는 것일까요.

『이방인』을 여러 번 읽었지만 나는 그가 왜 살인을 저질렀는지 완전히 이해할 수는 없습니다. 하지만 『이방인』을 읽을 때마다 뫼르소의 고독이, 뫼르소의 어찌할 수 없음이 더욱 절절한 슬픔으로 물들어 옵니다. 안간힘을 써서 이 사회에 일부분으로 살아간다는 것,

인간의 조건

『이방인』을 여러 번 읽었지만, 나는
아직 왜 그가 살인을 저질렀는지
완전히 이해할 수는 없습니다.

하지만 바로 그 '이해할 수 없는
행동'이야말로 인간이라는 존재를
받아늘이는 첫걸음이라는 생각이
듭니다. 모든 것을 분석하고
해부하고 이해할 수 있다는
'믿음'이야말로 인간의, 인간을
향한 폭력이 아닐까요.

'이 세상'에 속하기 위해 때로는 온갖 상처를 감내하며 살아가야 한다는 것이 얼마나 고통스러운지를 해가 갈수록 더 깊이 느끼게 되기 때문입니다.

뫼르소는 알았을 것입니다. 다행히 정상이 참작되어 세상에 다시 나가더라도, 그를 기다리고 있는 나날은 그리 행복하지 않을 것임을. 그는 어쩌면 아주 오래전부터 서서히 자발적으로 이 세상에서 멀어지고 있었는지도 모릅니다. 그 처절한 이방인의 감정을 카뮈는 세상에서 가장 외로운 남자 뫼르소에게 투사했던 것이 아닐까요.

카뮈 역시 철저한 이방인이었습니다. 아버지는 가난한 노동자였고, 어머니는 남의 집 허드렛일을 해 주는 하녀였습니다. 카뮈의 문학적 재능을 알아본 초등학교 선생님의 배려가 아니었다면 그는 중고등학교도 제대로 졸업하지 못할 뻔했다지요. 그 선생님이 장학금을 받을 수 있도록 배려해 주지 않았다면 지금의 카뮈는 없었을 겁니다. 카뮈의 어머니는 문맹이었고 전혀 글을 읽을 줄 몰랐다고 합니다. 카뮈의 마지막 소설 『최초의 인간』의 첫 페이지에는 이런 헌사가 담겨 있습니다. "이 책을 읽을 수 없는 당신께." 아들을 너무도 사랑하지만 아들이 쓴 글을 읽을 수 없는 어머니에게 책을 헌정한 것입니다.

사르트르와 메를로 퐁티를 비롯한 카뮈의 친구들은 모두 최고의 대학을 졸업한 엘리트들이었고, 카뮈는 그 대단한 친구들 곁에서 늘 소외감을 느꼈다고 합니다. 가난한 알제리 출신 노동자의 아들이라는 자의식이 그의 곁을 평생 떠나지 않았습니다. 그 이방인의 감각은 그로 하여금 그토록 처절하게 외로운 인물들을 빚어낼 수 있는, 마르지 않는 영감의 원천이기도 했습니다. 어머니는 선천적 청각 장애인이었기에 그의 집에는 항상 '가난과 침묵'이 감돌았습니다. 카뮈가 그토록 햇살이 출렁거리는 바다 속에서 자유로이 헤엄치는 것을 좋아했던 이유는, 그 광활한 바다에서만은 그 끔찍한 가난과 침묵으로부터 벗어날 수 있었기 때문은 아닐까요.

『이방인』을 읽으며 내가 느낀 가장 깊은 충격은, 그가 절체절명의 순간에서도 살 길을 도모하지 않는다는 것이었습니다. 그의 고독한 최후는 어떤 면에서는 소크라테스의 죽음과 닮았습니다. 자신의 세계관을 살짝 바꾸는 척이라도 하면 그 잠깐의 연기력만으로 충분히 생존을 도모할 수 있었지요. 하지만 둘 다 담담히 결코 화려하지 않은 죽음을 택했습니다. 소크라테스의 죽음이 제자들과 지지자들의 애끓는 애도 속에 일종의 공동체적 희생제의로 치러졌다면, 뫼르소의 죽음은 아무도 애도하지 않는 고독한 골방의 제의로 처참하게 끝나 버립니다. 그런 면에서 뫼르소는 아테네 사람들의 지극한 사랑 속에서 죽어 간 소크라테스보다 훨씬 더 불행합니다. 어쩌면 뫼르소는 삶이 죽음보다 더 나을 게 없다는 냉혹한 부조리의 시선 속에서 죽음을 자발적으로 선택했을지도 모릅니다.

뫼르소는 자신의 천성을 속이고 공동체에 억지로 편입되어 생존을 구걸하는 대신 누구에게도 이해받지 못하지만 자신이 '온전한 나'일 수 있는 너무도 좁은 길을 택했습니다. 그 처절한 한 줌의 자유를 얻기 위해 그는 누구와도, 무엇과도 타협하지 않았습니다. 저는 그런 뫼르소가 언제나 눈물겹습니다. 자유와 해방을 꿈꾸며 속

작가의 탄생

물직 삶의 안정감을 박차고 공동체의 울타리 바깥으로 뛰쳐나간 사람들은 하나같이 내 마음속에서 뫼르소의 그 고독하면서도 신비로운 미소를 띠고 있습니다. 작품 속에서는 죽었지만 우리 마음속에서는 여전히 살아 숨 쉬는 뫼르소의 엷은 미소를. 그 미소를 상상할 수 있는 독자는 누구나 '뫼르소적인 그 무엇'을 뜨겁게 품고 있는 뫼르소의 진정한 친구들입니다.

버려진 것들을 위한 투쟁

평론이란 '그 무엇' 자체가 아니라 '그 무엇에 대한 글'이기 때문에 영원히 창조적일 수 없다고 생각하는 사람들이 많습니다. 하지만 수전 손택(Susan Sontag)의 글을 읽으면 이런 편견은 산산조각이 날 것입니다. 그녀는 지식을 무기 삼아 예술 작품을 해부하지 않습니다. 예술에 대한 사랑과 이해, 그 자체가 예술이 되는 경지를 추구합니다. 손택에게 지식은 예술을 사후적으로 재단하기 위한 부검의 도구가 아니었습니다. 지식은 예술을 더욱 향기롭고 생생하게 살아 꿈틀거리게 만드는 영혼의 활력소입니다. "해석은 지식인이 예술과 세계에 대해 가하는 복수다."라는 도발적인 선언은 지식 자체의 죽음이 아니라 비평의 커튼 뒤에 숨어 우아하게 예술을 해부하기만 하는 나태한 지식의 죽음을 선고한 것입니다. 그녀는 예술과 함께 춤추는 지식, 고통받는 이들과 투쟁하는 지식, 점점 타인의 아픔에 둔감해지는 현대인

타인의 고통을 자신의 마음으로
느끼는 공감의 기술을 잃어버린
현대인은 영화를 볼 때는
눈물을 아끼지 않으면서 정작
살아 있는 옆 사람의 고통에는
무감각해져 갑니다.

『타인의 고통』에서 손택은
매스미디어가 전시하는
천편일률적인 고통의 이미지에
길들어 버린 현대인의 무딘
감수성을 공격합니다.

의 영혼의 불감증을 치유하는 지식을 꿈꾸었습니다.

『은유로서의 질병』(이재원 옮김)에서 손택은 질병 자체보다 질병에 대한 사회적 편견 때문에 고통받는 이들의 편에 서서 투쟁합니다. 결핵으로 아버지를 잃고 폐암으로 어머니를 잃고, 에이즈로 친구들까지 잃은 그녀는 자신 또한 유방암과 자궁암으로 생사를 넘나드는 고통을 겪었습니다. 그녀는 질병과 싸우기도 바쁜 환자가 '질병에 대한 수치심' 때문에 자존감과 치유의 희망조차 잃는 기막힌 상황들을 목격하며 그 결정적 원인을 찾아 냅니다. 질병을 곧 환자의 죄악으로 받아들이는 잘못된 은유들, 예컨대 에이즈를 '도덕적 타락에 대한 천벌'로 받아들이는 잘못된 은유는 죽음에 대한 대중의 공포와 연합하여 어처구니없는 종말론으로 나아간다는 것입니다. 에이즈는 인류의 적이기 때문에 그 어떤 희생을 치르고서라도 무찔러야 한다는 은유가 바로 그것입니다.

손택은 자신의 질병과 싸우면서 동시에 악의적인 질병의 은유로 환자를 또 한 번 징벌하는 사회적 편견과 싸우지요. "유대인이 국민 사이에 인종적 폐결핵을 낳는다."라는 히틀러의 연설이나 "에이즈는 신이 자신의 법도대로 살지 않은 사회에 가한 심판이다."라는 제리 폴웰의 설교는 질병을 은유로 사용하며 소수자들에 대한 증오를 부추겼습니다. 병에 걸리자마자 '도대체 내가 무슨 죄를 지었길래!'라고 스스로를 단죄하는 환자의 무의식에 깔린 은유는 바로 모든 질병은 신의 형벌이라는 불합리한 은유가 반영된 것이 아닐까요.

손택은 정의의 이름으로 활개를 치는 화려한 정치적 수사들 속

인간의 조건

에 숨은 은유의 파시즘과 투쟁합니다. 또한 그 모든 차별과 폭력에도 불구하고 고통받는 인간의 마음속에서 끊임없이 강해지고 싶어 하는 무언가, 즉 '생명'의 아름다움을 되찾고자 합니다.

『타인의 고통』(이재원 옮김)에서 손택은 매스미디어가 전시하는 천편일률적인 고통의 이미지에 길들어 버린 현대인의 무딘 감수성을 공격합니다. 현대인들은 '전쟁' 하면 블록버스터 영화의 전투 신을 떠올리고, 기아 하면 에티오피아의 배고픈 아이들을 떠올립니다. 자기의 고통은 육체로 직접 느끼면서 타인의 고통은 미디어를 통해 간접적으로 느끼는 시대를 우리는 살고 있지요. 타인의 고통을 자신의 마음으로 느끼는 공감의 기술을 잃어버린 현대인은 영화를 볼 때는 눈물을 아끼지 않으면서 정작 살아 있는 옆 사람의 고통에는 무감각해져 갑니다.

손택은 우리가 멈춰야 할 것은 타인에 대한 연민(sympathy)이며 되찾아야 할 것은 타인을 향한 공감(empathy)임을 일깨우지요. 연민은 아픈 사람이나 배고픈 사람의 고통을 안방의 텔레비전으로 시청하며 ARS로 3000원을 기부하는 아늑한 자기만족으로 끝납니다. 그러나 공감은 당신이 지금 고통받고 있는 그 자리로 달려갈 수 있는 용기의 시작이며, 타인의 고통을 걱정의 대상이 아니라 내 삶을 바꾸는 적극적인 힘으로 단련시키는 삶의 기술입니다. 연민이 내 삶을 파괴하지 않을 정도로만 남을 걱정하는 기술이라면, 공감은 내 삶을 던져 타인의 고통과 함께하는 삶의 태도입니다.

『다시 태어나다』(데이비드 리프 엮음, 김선형 옮김)는 그녀가 '뉴욕

지성계의 여왕'이나 '대중문화의 퍼스트레이디'로 불리기 이전, 열다섯 살에 버클리 대학에 입학하고 열일곱 살에 결혼한 이후 스물다섯 살에 하버드 대학에서 철학박사 학위를 받고『해석에 반대한다』(이민아 옮김)를 통해 문화계의 중심에 우뚝 서기까지의 고뇌와 방황을 고스란히 담은 일기입니다. 저는 비평가, 소설가로서의 손택도 물론 좋아하지만 사라예보 내전 당시 죽음의 공포에 맞서며 겁에 질린 사라예보 사람들에게 「고도를 기다리며」를 상연하던 연극연출가 손택을 정말 좋아합니다.

그녀는 전쟁의 고통과 죽음의 공포로 나날이 시들어가는 사라예보 사람들에게 필요한 것은 단지 구호물자가 아니라 '전쟁의 와중에도 우리는 여전히 예술을 창조하고 감상할 수 있는 인간'이라는 믿음임을 일깨웠습니다. 그녀는 내게 아무리 험악한 상황에서도 지금과 다른 세상을 꿈꿀 수 있는 자유를, 정직하게 자신을 드러내는 글쓰기를 통해 '우선 나 자신이 되는 법'을 가르쳐 준 따스한 멘토입니다. 훌륭한 비평은 명철한 분석이나 예리한 비판이 아닙니다. 아름다운 비평은 사랑이고, 창조이며, 마침내 예술로 거듭납니다.

인간의 조건

상처를 성찰로 이끄는 구원의 힘

상처 입은 자만이 타인을 치유할 수 있다

'그때가 좋았지.'라고 쉽게 말할 수 없는 그리움의 흔적들이 있습니다. 그때 그 시절의 유행이나 추억으로 손쉽게 갈무리할 수 없는 서글픈 기억들. 아직도 손으로 더듬으면 희미한 아픔이 느껴지는 오래된 상처처럼 여전히 가슴 시려 옵니다. 추억의 시효는 이미 오래전에 지났지만 그 아픔의 치유는 여전히 현재진행형입니다. 그러나 이런 마음의 상처들은 자신을 돌아보기 위한 영혼의 매개체가 되어 줍니다. 상처로 얼룩진 기억이 없다면 인간은 과거를 성찰함으로써 앞으로 나아갈 수 있는 용기를 얻을 수 없습니다.

"상처 입은 자만이 다른 사람을 치유할 수 있다."는 카를 구스타프 융의 문장은 상처의 가상 아름다운 사용법을 증언해 줍니다. 내 상처에 대한 복수심 때문에 남들을 더 괴롭히는 사람이 되지 않는 것, 내 상처의 아픔을 통해 타인의 보이지 않는 아픔을 투시할 수 있는 힘을 기르는 것, 자신의 상처를 타인의 아픔을 치유하는 도구로 쓸 줄 아는 자야말로 진정 용기 있는 사람입니다.

마음의 상처는 기억으로 인해 더욱 단단해집니다. 상처를 둘러싼 기억들은 오히려 상처 자체보다도 강력한 힘을 발휘합니다. 기억은 상처를 되새기고 압축하며 증폭하는 힘을 지니고 있기 때문입니다. 어른이 된다는 것은 자신의 상처를 길들이고 어루만지며 '견딜 만한 것'으로 만들 수 있는 영혼의 체력을 기르는 일이기도 합니다.

우리를 사유와 성찰의 길로 이끄는 기억들은 주로 행복하거나 기쁜 기억보다는 아프거나 슬픈 기억들입니다. "행복한 집들은 저마다 비슷비슷한 반면, 불행한 집들은 저마다 각기 다른 이유를 가지고 있다." 톨스토이의 소설 『안나 카레니나』의 첫 문장처럼 행복의 원인은 지극히 단순한 반면 불행의 원인은 천차만별입니다. 그렇다면 인간 개개인의 특별함을 만드는 것들, 그 사람만의 개성을 만드는 가장 뚜렷한 원인 또한 개개인이 마음속에 간직한 상처의 목록들이 아닐까 싶습니다.

그런데 우리는 어떤 경우에 가장 심각하게 상처를 받을까요? 가장 원하는 것을 원한다고 말하지 못할 때, 가장 절실하게 원하던 대상 앞에서 오히려 움츠러드는 자신을 발견할 때 우리는 뼈아픈 좌절의 아픔을 맛봅니다. 사랑하는 이에게 사랑한다는 어떤 사인도 보내지 못할 때, 오랫동안 간직해 온 소망이 눈앞에 있음에도 불구하고 용기가 없어 그것을 놓쳐 버릴 때, 우리는 돌이킬 수 없는 고통의 늪으로 빠져듭니다. 우리가 진정으로 원하는 것, 스스로의 욕망을 인식했으나 그것이 불가능하리라는 불길한 패배감이 엄습하는 순간, 우리는 마음속에 오랫동안 그려 왔던 이상적인 자아 이미지가 처참하게 깨지는 고통을 맛봅니다. 바로 내가 원하는 것이 '금기'의 영역에 있다는 것을 알게 될 때, 사회적 금기나 내면의 금기가 내가 가장 열망하는 대상을 향한 접근을 가로막을 때 인간은 깊은 좌절감을 느낍니다.

아직 저는 자유롭지 못합니다
제 마음속에는 많은 금기가 있습니다
얼마든지 될 일도 우선 안 된다고 합니다
혹시 당신은 저의 금기가 아니신지요

당신은 저에게 금기를 주시고 홀로 자유로우신가요
휘어진 느티나무 가지가
저의 집 지붕 위에 드리우듯이
저로부터 당신은 떠나지 않습니다.

─이성복, 「금기」에서

우리는 자신을 진정으로 아프게 하는 것들을 통해 비로소 자신의 깊은 내면과 만납니다. 욕망의 성취를 가로막는 것. 욕망의 실현을 끊임없이 방해하는 장애물인 금기. 바로 이 금기와 마주치는 순

나약할 권리

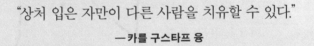

"상처 입은 자만이 다른 사람을 치유할 수 있다."

—카를 구스타프 융

추억의 시효는 이미 오래전에
지났지만, 그 아픔의 치유는
여전히 현재진행형입니다. 그러나
이런 마음의 상처들은 자신을
돌아보기 위한 영혼의 매개체가
되어 줍니다. 상처로 얼룩진
기억이 없다면 인간은 과거를
성찰함으로써 앞으로 나아갈 수
있는 용기를 얻을 수 없습니다.

"행복한 집들은 저마다 비슷비슷한 반면,
불행한 집들은 저마다 각기 다른 이유를
가지고 있다."

— 레프 톨스토이

우리를 사유와 성찰의 길로
이끄는 기억들은 주로 행복하거나
기쁜 기억보다는 아프거나 슬픈
기억들입니다. 그렇다면 인간
개개인의 특별함을 만드는 것들,
그 사람만의 개성을 만드는
가장 뚜렷한 원인 또한 개개인이
마음속에 간직한 상처의 목록들이
아닐까 싶습니다.

간에 우리는 역설적으로 '가장 나다운 나'의 정체를 발견하기 시작합니다. 불굴의 의지만으로 뛰어넘기에는 너무 버거운 거대한 장벽 앞에서 인간은 자신의 한계를 인식함과 동시에 그 금기의 부당함에 저항하고 싶은 욕망을 느끼기도 하지요.

윌리엄 텔은 아들 앞에서 독재자에게 굴복하는 모습을 보여주지 않기 위해 끝까지 저항하다가 아들의 머리 위에 사과를 올려 놓고 화살을 쏘는 커다란 위험을 감수합니다. 이렇게 문학 작품 속의 수많은 주인공들은 금기와의 끝없는 싸움을 통해 자아의 뿌리를 더욱 단단히 세상의 토양 속으로 드리웁니다. 인간은 금기를 통해 자기 몸과 마음에 난 상처의 뿌리를 인식하지요. 그러면서 자신이 생생하게 느끼는 아픔을 통해 평소에는 미처 분명히 인식하지 못했던 자아의 정체성을 깨닫습니다.

백석의 시는 자신의 아픔을 돌보는 의사를 통해 내가 누구인가를 깨닫는 과정을 감동적으로 보여 줍니다.

> 나는 북관에 혼자 앓아누워서
> 어느 아침 의원을 뵈었다
> 의원은 여래 같은 상을 하고 관공(關公)의 수염을 드리워서
> 먼 옛적 어느 나라 신선 같은데
> 새끼손톱 길게 돋은 손을 내어
> 묵묵하니 한참 맥을 짚더니
> 문득 물어 고향이 어데냐 한다

평안도 정주라는 곳이라 한즉
그러면 아무개 씨 고향이란다
그러면 아무개 씰 아느냐 한즉
의원은 빙긋이 웃음을 띠고
막역지간이라며 수염을 쓴다
나는 아버지로 섬기는 이라 한즉
의원은 또다시 넌지시 웃고
말없이 팔을 잡아 맥을 보는데
손길은 따스하고 부드러워
고향도 아버지도 아버지의 친구도 다 있었다

— 백석, 「고향」에서

육체의 아픔은 인간의 감성을 극도로 예민하게 만듭니다. 아픔은 우리를 나약하게도 하지만 그 나약함 속에서 자신에게 진정으로 필요한 것이 무엇인지를 깨닫게도 해 줍니다. 백석의 「고향」은 낯선 곳에서 홀로 병을 앓는 화자가 마음씨 따뜻한 의원(醫員)의 보살핌으로 나는 누구인가를 더욱 깊이 깨닫게 되는 과정을 보여 줍니다. 누구에게도 내 아픔을 하소연할 수 없는 곳에서 홀로 앓고 있을 때, 누군가 조금이라도 건드리면 금방이라도 울음이 터질 것 같은 순간. 의원은 화자에게 고향이 어디냐며 말을 걸어 줍니다. 아, 거기가 고향이냐, 거기 사는 누구를 아느냐, 그렇게 말을 이어 가며 두 사람은 오늘 처음 만나는 사이지만 고향이라는 공통분모를 통해, 함께 알고 있는 지인을 통해 우리가 사실은 연결되어 있는 존재임을 확인합니다.

중요한 것은 누구를 함께 알고 있느냐는 사실관계의 확인이 아니지요. 처음 만나는 사이임에도 불구하고 그 사람과 자신 사이에 어떻게든 공통점을 찾아보려 애쓰는 의원의 따뜻한 마음씨입니다. 타인의 정보를 캐 내서 지배하려는 것이 아니라, 자기와 비슷한 점을 찾으며 환자와의 소중한 인연을 지키려 하는 그 마음. 누군가 말하지 못한 내 마음을 조금이라도 알아줄 때 우리는 비로소 마음의 빗장을 열게 되지요. 가장 아픈 순간에 우리는 자신의 한계와 동시에 자신을 둘러싼 사랑과 배려의 소중함을 깨닫게 됩니다. 나는 '내가 가진 것'이 아니라 '나를 보살피는 존재들'의 사랑으로 구성된 존재임을 깨닫게 되는 것입니다.

육체의 아픔뿐 아니라 마음의 아픔 또한 우리가 누구인지를 알려 주는 영혼의 지표입니다. 육체의 아픔 중에서도 특히 의사가 진단할 수도 치료할 수도 없는 상태가 환자를 더욱 고통스럽게 합니다. 아픈 사람이 가장 답답할 때는 통증 자체보다도 통증의 원인을 알 수 없을 때입니다. 내가 왜 이런 병에 걸린 것인지 의사조차도 대답해 줄 수 없을 때, 사람들은 육체의 질병보다 더 고통스러운 마음 앓이를 시작합니다. 나는 분명히 아픈데 의사는 아무 이상이 없다고 할 때, 그저 잘 쉬고 잘 먹으라는 식의 상투적인 처방을 내릴 때 사람들은 아픔보다 더 큰 실망. 내 아픔을 아무도 알아주지 않는 고통을 느끼게 되지요. 아픔 자체가 타인의 인정을 받지 못함으로써 아

아픔을 통해 우리는 예전엔
미처 몰랐던 자신의 한계를,
슬픔을, 결핍을, 어쩔 수
없음을 배웁니다.

건강할 때 우리는 초원을 달리는
야생동물에 가깝지만, 아프고 힘겨울
때 우리는 한 자리에서 움직이지
못하는 식물을 닮았습니다. 하지만
식물처럼 연약하고 움직이지 못하는
존재가 되는 순간, 우리는 자신의
가장 솔직한 본성과 만나게 되지요.

품의 이름표조차 발급받지 못하게 된 것이니까요.

통증과 병인(病因) 사이에는 광막한 거리가 가로놓여 있습니다. 의사가 치유할 수 없는 질병, 과학으로 진단할 수 없는 질병 앞에서 환자들은 절망합니다. 윤동주의 「병원」은 의사의 진단으로 발견할 수 없는 젊은이의 극심한 통증을 아프게 형상화합니다.

> 살구나무 그늘로 얼굴을 가리고, 병원 뒤뜰에 누워, 젊은 여자가 흰 옷 아래로 하얀 다리를 드러내 놓고 일광욕을 한다. 한나절이 기울도록 가슴을 앓는다는 이 여자를 찾아오는 이, 나비 한마리도 없다. 슬프지도 않은 살구나무 가지에는 바람조차 없다.

> 나도 모를 아픔을 오래 참다 처음으로 이곳에 찾아왔다. 그러나 나의 늙은 의사는 젊은이의 병을 모른다. 나한테는 병이 없다고 한다. 이 지나친 시련, 이 지나친 피로, 나는 성내서는 안 된다.

> 여자는 자리에서 일어나 옷깃을 여미고 화단에서 금잔화(金盞花) 한 포기를 따 가슴에 꽂고 병실 안으로 사라진다. 나는 그 여자의 건강이 ── 아니 내 건강도 속히 회복되기를 바라며 그가 누웠던 자리에 누워 본다.

> ── 윤동주, 「병원」, 『별 헤는 밤』에서

나도 모를 아픔을 오래오래 참다 처음으로 병원에 왔지만 의사

　　　　　　　　　　　　　　인간의 조건

는 환자에게 병이 없다고 말합니다. 아마도 이 젊은이의 병은 마음의 질병일 것입니다. 당사자에게는 견딜 수 없는 고통이지만 다른 사람에게는 쉽게 이해받지 못하는 질병. 아픔을 통해 우리는 예전엔 미처 몰랐던 자신의 한계와 슬픔과 결핍과 어쩔 수 없음을 배웁니다. 아픔의 가짓수가 늘어날수록, 우리는 알면 알수록 새롭고 어처구니없는 나를 만나게 됩니다. 아픔은 벗어나고 싶은 충동을 불러일으키지만 아픔의 지속 속에서, 그 견딤의 시간 속에서 우리는 아픔의 표정으로 태어난 슬픔과 결핍의 기원을 헤아려 봅니다.

건강할 때 우리는 초원을 달리는 야생동물에 가깝지만, 아프고 힘겨울 때 우리는 한 자리에서 움직이지 못하는 식물을 닮았습니다. 하지만 식물처럼 연약하고 움직이지 못하는 존재가 되는 순간에 우리는 자신의 가장 솔직한 본성과 만나게 되지요. 건강할 때는 웃어넘길 수 있었던 모든 일이 아플 때는 하나하나 또 다른 상처가 됩니다. 어쩌면 우리는 연약해질수록 점점 더 우리 자신의 본성과 가까워지는 것은 아닐까요?

나약함에서 배우는 인문학적 감성

저는 풀과 꽃과 나무를 볼 때 내 마음속에도 그들을 닮은 구석이 있는 것 같아 문득 놀랄 때가 있습니다. 말 못 하는 식물들이 '나는 아파요.'라고 속삭이는 것 같을 때가 있습니다. 나무는 위로도 자

　　　　　　　　　　　　　　　　나약할 권리

나무는 위로도 자라지만 아래로도
자랍니다. 아니, 아래로 자라야만
위로도 자랄 수 있습니다.

외적인 성장만을 중시하는
현대사회에서 우리는 아래로 자라는
법, 내면으로 자라는 법, 무의식 깊숙이
영혼의 닻을 내리는 법을 망각해
버렸습니다. 위로, 더 빨리, 더 많이
자라기만 하느라 우리 내면의 뿌리가
얼마나 자라야 하는지, 미처 돌보지
못하는 것은 아닌지요.

라지만 아래로도 자랍니다. 아니, 아래로 자라야만 위로도 자랄 수 있습니다. 외적인 성장만을 중시하는 현대사회에서 우리는 아래로 자라는 법, 내면으로 자라는 법, 무의식 깊숙이 영혼의 닻을 내리는 법을 망각해 버렸습니다. 위로, 더 빨리, 더 많이 자라기만 하느라 우리 내면의 뿌리가 얼마나 자라야 하는지, 얼마나 많은 삶의 자양분을 필요로 하는지 미처 돌보지 못하는 것은 아닌지요.

왜 우리는 예민함이라는 몹시 연약한 감각을 점점 잃어 가는 것일까? 우리는 연약해졌을 때 상처받는다. 상처를 안고 스스로 뒤로 물러나 주위에 벽을 짓고 단단하고 잔인해진다. 하지만 우리가 이런 추악하고 잔인한 반응 없이 모든 움직임과 세상에 연약해질 때, 후회와 상처, 스스로 강요하는 훈육 없이 세심해질 때, 비로소 측정 불가능한 존재의 자질을 가질 수 있다.

—지두 크리슈나무르티, 『크리슈나무르티의 마지막 일기』에서

크리슈나무르티는 우리가 약해지고 예민해질수록, 더욱 이 세상과 교신할 수 있는 마음의 촉수가 많아진다는 사실을 일깨웁니다. 모두들 강해져야만 한다고 하지만 생존을 위한 강인함만을 요구받는 피곤한 현대인에게 더욱 필요한 것은 "어린 나뭇잎처럼 연약해지는 것"입니다. 즉 강함으로 강함에 맞서는 것이 아니라 존재의 나약함을 겸허하게 받아들이는 예민한 감수성이 필요합니다. 우리가 타인의 슬픔을 외면하지 않는 '공감의 공동체'를 꿈꾸는 한 우리가 진

정 회복해야 할 감성은 약한 깃들의 슬픔에 귀 기울이는 세심한 감성이 아닐까요.

우리는 날이 갈수록 극심해지는 경쟁 사회에서 너무 강한 척하느라, 강해지려고 안간힘을 쓰느라 약한 것들만이 가진 고유한 슬픔에 귀 기울일 마음자리를 잃어버린 것인지도 모릅니다. 말 못 하는 식물의 아픔까지도 들어 주는 마음. 아파도 아프다는 말조차 할 수 없는 존재들의 설움을 이해하려는 바로 그 공감 의지 속에서 인문학은 탄생합니다.

강한 것들이 자신의 힘으로 약한 자를 찍어 누르려 한다면, 약한 것들은 주어진 상황을 받아들임으로써 오히려 유연하게 험난한 세계의 광풍을 견딥니다. 강한 자들이 자신의 힘을 과시함으로써 존재의 의미를 확장하려 한다면, 약한 자들은 자신이 가진 힘의 한계를 인식하면서 '작은 힘으로 지켜 나갈 수 있는 소중한 세상'의 아름다움을 직조해 나갑니다.

약한 것들은 힘이 없는 것이 아니라 힘을 제멋대로 사용하지 않음으로써 오히려 힘을 비축할 줄 압니다. 아주 조금씩 천천히 비축해 둔 힘이 진정으로 필요할 때 자신의 힘을 필요로 하는 이에게 나눠 줍니다. 그 마음 또한 '나는 약하다. 그러므로 힘을 남용해서는 안 된다.'는 겸허함에서 비롯되지요. 계속 강하고 대단해 보여야 한다는 강박관념 속에서 현대인들은 극심한 스트레스를 받고 있지요.

물론 나약함이 무기가 되어서는 안 되지요. 약한 척하여 보호 본능을 자극하는 것 또한 약한 자들이 '약함의 권력'을 행사하는 편

법입니다. 자신의 부족함과 나약함을 진정으로 인정하는 사람들은 섣불리 만용을 부리지 않지요. 스스로의 소중한 힘을 아끼고 다듬어 결정적인 순간에 발휘합니다. 타인의 아픔에 위로가 필요할 때, 벼랑 끝에 몰린 자신의 삶을 스스로 구원할 때 쓸 줄 아는 것이지요. 때로 우리의 진정한 무기는 타인을 통제하는 '강인함'이 아니라 타인의 슬픔에 공감할 수 있는 '나약함'입니다.

우리는 날이 갈수록 극심해지는
경쟁 사회에서 너무 강한
척하느라, 강해지려고 안간힘
쓰느라 약한 것들만이 가진
고유한 슬픔에 귀 기울일
마음자리를 잃어버린 것인지도
모릅니다.

아파도 아프다는 말조차 할
수 없는 존재들의 설움을
이해하려는 바로 그 공감 의지
속에서 인문학은 탄생합니다.

당신 안의 멘토, 당신 안의 현자를 찾아

영혼의 연금술사

오래된 영화 속에 잊을 수 없는 캐릭터가 있습니다. 그런 사람이 내 인생에도 있었다면 얼마나 좋을까…… 이런 부러움을 느끼는 영화 속 인물들이 있는데, 그 중 하나가 바로 영화 「당신이 잠든 사이에」에서 피터의 대부 사울입니다. 사울은 주인공은 아니지만 영화 속에서 매우 결정적인 역할을 하지요. 기차역 매표소 점원이던 루시(산드라 블록)는 자신이 평소 짝사랑하던 남자 피터가 강도를 당한 채 쓰러져 있는 것을 발견하고 그의 목숨을 극적으로 구합니다. 혼수 상태에 빠진 피터를 찾아 응급실에 달려온 가족들은 그녀가 피터의 약혼녀라고 오해하지요.

피터의 목숨을 구해 준 것만으로도 그녀는 그와 가까워졌다는 느낌을 받지만, 더욱 반가운 것은 늘 혼자였던 그녀에게 처음부터 살갑게 다가오는 피터의 가족들이었습니다. 모두가 자신을 약혼녀라고 오해하는 순간 그녀는 이 '행복한 오해'에서 벗어나려고 하지만 피터의 대부는 그녀에게 조언합니다. 당분간 이 상황을 바꾸려 하지 말라고. 오랫동안 가족과 소원했던 피터는 지금 처음으로 가족들과 가까워졌다고. 당신 덕분에 피터와 가족들은 실로 오랜만에 하나가 되고 있다고. 대부의 따스한 조언 덕분에 루시의 인생은 완전히 바뀌게 됩니다. 크리스마스 때도 혼자 처량하게 트리를 장식하며 고양이 한 마리와 쓸쓸하게 시간을 보내던 그녀에게 처음으로 가족처럼 애틋한 관계, 어쩌면 진짜 가족보다 더 따뜻한 타인과의 소통이 시작된 것입니다.

제가 곤경에 빠졌을 때마다 큰 위로를 받곤 하는 심리학자 로버트 A. 존슨은 『내면의 황금』(박종일 옮김)이라는 책에서 대부 혹은 대모라는 존재가 얼마나 중요한 역할을 하는지를 증언합니다. 우리 가슴속에는 저마다 자신에게 가장 절실한 무언가가 있지요. 마치 아직 발굴되지 않은 유물처럼 무의식 깊숙이 가라앉아 있는 바로 이것이 '내면의 황금'입니다. 그런데 그 내면의 황금은 혼자 짊어지기에는 너무도 버거운 짐이기도 합니다. 바로 그 힘겨운 영혼의 짐을 잠시 맡아 주고 보살펴 주는 사람이 대모나 대부라는 것입니다.

어린 시절 한 번도 부모의 사랑을 제대로 경험한 적이 없었기에 늘 방황했던 로버트 존슨에게 기꺼이 대부와 대모가 되어 준 사람들이 있었습니다. 그들이 있었기 때문에 그는 위급한 상황에서 생명을 구할 수 있었고, 늘 외롭고 힘겹던 자신의 과거와도 화해할 수 있었다고 합니다. 그는 대부와 대모의 역할이 바로 '제3의 부모'가 되어 주는 것이라고 말하지요.

> 아이에게 용돈을 얼마 주어야 할지, 어떤 운동화를 사주어야 할지, 이런 현실적인 고민을 할 필요가 없는 '제3의 부모'가 필요하다. 대부모의 역할은 원래 아이의 황금을 조용히 정리해 주는 것이다.
>
> —로버트 A. 존슨, 『내면의 황금』에서

부모는 아이의 육체적 성장과 교육에만 신경 쓰기에도 벅찰 때가 있습니다. 이런 현실에서 좀 더 '심리적 거리'를 두고 아이들 각자가 지닌 내면의 황금을 보살펴 줄 대부와 대모 같은 존재야말로 아이들의 정신세계를 확장시켜 줄 수 있습니다. 그런데 모두가 대모와 대부 역할을 훌륭하게 잘해 내는 것은 아닙니다.

영화 「어바웃 어 보이」에서 주인공 윌(휴 그랜트)은 이런 대부 역할을 거부하려 합니다. 그의 절친이 갓 태어난 아기의 대부가 되어 달라고 부탁하자 그는 일언지하에 거절하지요. 대부가 된다는 것은 그 아이의 인생을 어느 정도 책임져야 한다는 것을 의미하기 때문입니다. 아버지가 작곡한 히트곡의 저작권료만 꼬박꼬박 받으며 살아가도 아무 문제가 없기에 인생에서 뭔가 특별한 도전을 하지 않으려 합니다. 이 영화는 평생 피터 팬처럼 철딱서니 없이 살던 주인공이 누군가의 진정한 대부가 될 수 있는 따뜻한 심장을 지니게 됨으로써 '진짜 어른'이 되어 가는 성장 스토리입니다.

로버트 존슨은 우리들 각자가 지닌 내면의 황금을 맡아 줄 수호천사 같은 사람을 찾는 일이 얼마나 어려운지를 강조합니다. 타인이 지닌 내면의 황금을 짊어진다는 것은 일종의 예술 행위이자 어려운 책임입니다. 자신의 추종자나 동조자들을 모아 놓고 그들의 재능과 노력을 착취하는 사람들이야말로 바로 이 내면의 황금을 도둑질하는 사람들이죠. 자신을 존경한다며 찾아온 제자들을 괴롭히고 부려 먹으며 가혹한 '갑질'을 하는 스승들이야말로 바로 그런 황금 도적꾼들입니다. "불행한 일이지만 황금을 긁어 모은 뒤에 돌려주지 않으려는 사람들이 있다. 그것은 일종의 살인 행위다. 그런 사람들은 추종자나 동조자를 모아 놓고 착취한다."

> 어린 시절의 대부분을 나는 결코 가져 본 적이 없는 아버지를 찾아 헤맸다. 20대가 되었을 때 어느 날 부성애 황금을 맡기기에 이상적으로 보이는 한 남자가 내 삶 속으로 들어왔다. 그 사람은 아버지처럼 행동했고, 내게 남자다움의 원형적인 역할을 보여 주겠다고 말했다. [······] 나는 그 사람에게 나의 황금을 주었고, 그것은 행복한 경험이었으나 며칠 가지 못했다. 한 주가 지나지 않아 그는 나를 조종하고 지배하며 나의 삶을 설계하고 나를 이용하기 시작했다.
>
> ─ 로버트 A. 존슨, 『내면의 황금』에서

인간의 조건

『피터 팬』에서는 가정 형편이 넉넉하지 못한 웬디네 아이들을 위해 커다란 강아지가 유모이자 대모 역할을 합니다. 영화 「죽은 시인의 사회」에서는 키팅 선생님이 모든 학생들에게 그런 대부의 역할을 하지요. 인도 문화의 오랜 관습에 따르면 누구나 자신이 원하는 사람에게 '신의 화신'이 되어 달라고 요구할 수 있다고 합니다. 그러면 상대는 일종의 수호성인이 되어 그 사람의 모든 고민을 들어주고 내면의 황금을 보살펴 주며, 마침내 그가 영적으로 독립하고 성장할 수 있도록 도와줍니다. 그 대신 이렇게 내면의 황금을 맡아 주는 '신의 화신'이 되면 그와 어떤 사적인 관계도 맺어서는 안 됩니다. 그와 친구가 되어서도 안 되고 그와 결혼해서도 안 됩니다. 오직 영적인 멘토가 되어 주는 것이 '신의 화신'의 역할이지요.

만약 이런 사람을 실제 세상에서 찾을 수 없다면 너대니얼 호손(Nathaniel Hawthorne)의 소설 『큰바위 얼굴』에서처럼 사물을 통해 멘토를 찾을 수도 있습니다. 이 소설의 주인공은 내면의 황금을 '큰바위 얼굴'이라는 이상적인 사물에서 찾습니다. 객관적으로 보면 그저 거대한 바위산일 뿐이지만 거기에 아름다운 의미를 부여했지요. 즉 자신의 가장 아름다운 영혼의 정수인 내면의 황금을 맡김으로써 큰 바위 얼굴은 한 시대의 뜨거운 상징이자 인류 보편의 '내면의 황금'이 된 것이지요.

우리가 누군가를 동경하는 마음, 누군가에게 배우고 싶은 마음을 가지는 것도 바로 자기 자신이 지닌 내면의 황금을 누군가에게 맡김으로써 더 깊고 커다란 영혼의 성장을 꿈꾸기 때문입니다. 우리

내면의 황금

는 스스로의 내적 성장을 위해 본능적으로 멘토를 찾습니다. 저는 오늘도 제가 지닌 내면의 황금을 인생의 황금으로 완성시키기 위한 영혼의 연금술사를 찾고 있습니다. 내 안의 황금을 찾아 주는 영혼의 연금술사는 일상 곳곳에 숨어 있습니다. 우리가 매일 만지는 익숙한 사물들 속에도 그런 소중한 영혼의 울림이 감춰져 있지요.

사물들의 속삭임

말 못 하는 사물들의 마음을 읽고 보듬고 쓰다듬을 줄 아는 사람들이 있습니다. 그런 사람들은 말하는 동안보다도 말하지 않는 동안 더 많이, 더 깊이 생각합니다. 자신의 입 밖으로 빠져나가는 말들을 줄이고, 혀와 입술이 없는 조용한 사물들의 속삭임을 들을 줄 아는 사람들. 저는 그렇게 사물 속에 내재한 존재의 보이지 않는 발자국을 읽어 내는 사람들이 좋습니다. 사물을 그토록 오래 깊숙이 응시하는 사람이라면 타인의 마음은 물론 자신의 마음도 정성껏 보살필 줄 아는 사람일 거라고 믿기 때문입니다. 그런 의미에서 사물 속에 담긴 인간의 숨소리를 누구보다 예민하고 섬세하게, 그러면서도 따뜻하게 읽어 내는 이가 바로 시인 김소연입니다. 그녀는 시집 『수학자의 아침』에서 인간들이 바쁘게 자기네들끼리 소통하느라 놓쳐 버리는 사물들끼리의 눈부신 교감의 순간을 포착해 냅니다.

빗방울의 절규를 밤새 듣고서
가시만 남아버린 장미나무
빗방울의 인해전술을 지지한 흔적입니다

— 김소연,「주동자」에서

밤새 비 맞은 장미나무가 꽃송이는 다 잃어버리고 가시만 남기고 있는 모습을 보고, 시인은 '빗방울의 절규'를 밤새 듣고 견딘 장미 나무의 미묘한 마음의 변화를 읽어 냅니다. 그러면서 가시만 남겨 놓고 꽃잎을 모두 잃어버린 장미나무의 심정은 아마도 "빗방울의 인해전술을 지지한" 듯하다고 속삭입니다. 시인은 이러한 날카로움과 다정다감함으로 움직이지 않는 사물들의 보이지 않는 움직임을 포착해 내지요. 표제작「수학자의 아침」에서처럼 "정지한 사물들의 고요한 그림자를" 둘러보는 사람, "보이지 않는 사람의 숨을 세기로 한" 사람, "비천한 육체에 깃든 비천한 기쁨에 대해 생각"하는 사람이 바로 시인이므로.

때로 어떤 사물들은 인간의 몸속에 들어감으로써 우리 존재의 일부가 됩니다. 음식이 바로 그런 사물이지요. 밥상을 사이에 두고 대화를 나누는 두 사람에게는 '백반'이 바로 교감의 매개가 됩니다.

죽지 못해 사는 그 애의 하루하루가
죽음을 능가하고 있었다

내면의 황금

풍경이 되어가는 폭력들 속에서
그 애는 운 좋게 살아남았고
어떻게 미워할 것인가에 골몰해 있었다
그 애는 미워할 힘이 떨어질까 봐 두려워하고 있었다
[……] 우리는 무뚝뚝하게 흰 밥을 떠
미역국에다 퐁당퐁당 떨어뜨렸다
[……] 그 애의 숟가락에 생선살을 올려주며 말했다
우리, 라는 말을 가장 나중에 쓰는
마지막 사람이 되렴

— 김소연, 「백반」에서

무엇이 '그 애'로 하여금 "어떻게 미워할 것인가에 골몰해" 있게 만들고, "미워할 힘이 떨어질까 봐 두려워"하게 만드는 것일까요. 그 해답은 "풍경이 되어 버린 폭력들"에 있습니다. 이제는 너무나 일상화되어 버려 거대한 사건이 아니라 당연한 풍경으로 전락해 버린 '폭력'이 할퀴고 간 폐허 위에 이 아이는 서 있습니다. 흰 쌀밥과 미역국과 계란말이와 생선살은 스스로 운 좋게 살아남았다고 믿는 아이, 삶의 동력을 증오와 분노로 삼아 버린 이 아이의 깊은 슬픔 속으로 들어가는 사물입니다.

저는 한 아이와 한 시인이 백반을 사이에 두고 나누는 대화를 가만히 엿듣습니다. 죽지 못해 살아가는 한 아이의 고통을 어루만지는 시인의 마음은 언어를 넘어 백반의 따스함 속에 깃들어 있지요.

인간의 조건

백반은 두 사람이 나누는 대화뿐 아니라 두 사람이 나눌 수 없는 대화까지도 듣습니다. 자기가 사랑한 것들을 앗아간 세상을 증오하는 아이의 숟가락에 생선살을 발라 놓아 주는 시인의 마음속에, 타인에게 닿을 수 없지만 끝내 닿고 싶은 시인의 마음이 고스란히 스며들어 있습니다.

어떤 존재들은 가엾게도 형상 자체가 보이지 않습니다. 미세먼지와 플랑크톤처럼 너무 작아서 눈에 보이지 않는 것들도 있고, 분명히 존재하지만 눈에 띄는 형상으로 그려 낼 수 없는 분노나 기쁨 같은 것들도 있지요. 아예 존재 자체가 보이지 않는 사물들의 비명을 듣는 것, 그것이 시인의 반가운 임무이기도 합니다. 시인은 「장난감의 세계」에서 보이지 않는 사물은 바로 '어떤 절규'라고 말합니다.

어떤 절규가 하늘을 가로질러 와 발밑에 떨어졌다
나는 오후에 걸쳐 있었고 수요일에 놓여 있었다

— 김소연, 「장난감의 세계」에서

이렇게 사물 깊숙이 배어 있는 존재의 슬픔을 읽어 내는 힘은 바로 "도무지 묶이지 않는 먼 차이"를 사랑하는 마음, "출구 없는 삶에 문을 그려 넣는 마음", "도처에 소리 소문 없는 죽음들"(「걸리버」)을 보는 눈에서 나올 것입니다. 시인은 "세계지도를 맨 처음 들여다보는 어린 아이의 마음"을 잃지 않으며 살아가고, "내가 부친 편지가 돌아와 내 손에서 다시 읽히는"(「걸리버」) 아픔을 견뎌 내며 하루하루를 살아갈 것입니다.

시집 『수학자의 아침』을 산문집 『마음사전』과 함께 읽는다면 시인의 문체는 물론 시인의 독특한 버릇, 사유하는 습관, 시인이 사랑하고 미워하는 모든 것들과의 교감 속에서 이 시집을 더욱 풍부하고 깊게 읽어 낼 수 있습니다.

절연체로 둘러싸인 그릇이 온도를 오래도록 유지하고 있는 것을 볼 때마다, 우리도 이 순간에 멈춰 있자고 말하고 싶어진다. 더 뜨거워지지 말자. 더 차가워지지도 말자. 마개를 꼭꼭 닫아두자. 당신과 나라는 그릇이 성능 좋은 절연체를 두른 보온병과도 같은 지금.

— 김소연, 『마음사전』에서

시인은 보온병이라는 평범한 사물 속에서 사랑의 온도를 변함없이 유지하고 싶은 인간의 심리를 이렇듯 흥미롭게 그려 냅니다. 한편으로 『마음사전』은 김소연 시인의 창작 비밀 노트처럼 읽히기도 합니다. 이렇게 사물을 집요하게 관찰하고 상상하고 기억하고 증언하는 열정이 그녀의 시를 가능하게 하는 동인임을 느끼게 만들지요.

『마음사전』에 실린 「유리와 거울」을 통해 나는 유리에 달라붙은 매미 한 마리를 보고서도 이토록 아름다운 생각을 이끌어 내는 시인이 지닌 사유의 냉철함과 감각의 따뜻함을 한껏 만끽합니다. 시인은 유리와 거울을 통해 인간의 마음을 섬세하게 오려 내지요.

인간의 조건

어느 날 유리창에 달라붙은 매미를 본 일이 있다. 나무에 달라붙어 있을 때는 등짝만을 보아 왔는데, 유리에 달라붙으니 전혀 볼 수 없었던 매미의 배를 보았다. 징그럽기도 하고 아름답기도 했다. 그것을 바라보면서 사람에게 마음이 없었더라면 유리 같은 것을 만들어 내지 않았을 것이란 생각이 들었다. 인간이 얼마나 마음을 존중하는 종자인지를 생각하게 되었다. 매미와 나 사이에서 유리는, 매미를 나로부터 보호하기도 하고 나를 매미로부터 보호하기도 했다. [……] 차단되고 싶으면서도 완전하게 차단되기는 싫은 마음. 그것이 유리를 존재하게 하는 것이다. 그러고 싶으면서도 그러기 싫은 마음의 미묘함을 유리처럼 간단하게 전달하고 있는 물체는 없는 것 같다.

— 김소연, 『마음사전』에서

보이고 싶으면서도 만져지고 싶지 않은 인간의 마음을 시인은 유리에 빗대었습니다. 사물이 사람에 의해 의인화되는 것이 아니라 사람이 사물에 빗대어 자신의 마음을 표현하는 듯합니다. 그 전도된 감각이 우리의 지친 영혼을 문득 쉽게 만들지요. 『수학자의 아침』을 통해 김소연의 시가 한층 애틋하고 아련한 얼굴로 우리 곁에 돌아왔습니다. 그녀는 말 못 하는 사물들 속에 깊이 배인 인간의 한숨 소리, 땀과 눈물과 하품과 재채기 소리를 복원해 냅니다. 사물들은 때로 영혼의 녹음기가 되어 차마 말로 다 하지 못한 우리의 이야기를 들려줍니다.

내면의 황금

시인은 『마음사전』에서 속삭입니다. '손'만이 할 수 있는 가장 어여쁜 역할은 누군가를 어루만지는 것이라고. 누군가의 손이 우리의 몸을 만지는 촉감을 느끼며 우리는 어떤 공포와 설움과 아픔으로부터 진정되곤 한다고. 그녀의 시 또한 바로 그런 '손'을 닮았습니다. 김소연의 시는 우리 영혼에 깊게 베인 상처를 소독하고 꿰매고 어루만져 주는 손이 됩니다. 시인은 사물과 사물이 교감하는 순간의 아름다움을 가장 따뜻하게 증언하는 시간들을 그려 냅니다.

> 손만이 할 수 있는 가장 어여쁜 역할은 누군가를 어루만지는 것이다. 그 촉감 앞에서 우리는 어떤 공포로부터, 어떤 설움으로부터, 어떤 아픔으로부터 진정되곤 한다. 동물원에서 목격하는 가장 평화로운 풍경 중 하나는, 따사로운 양지에 원숭이들이 일렬로 앉아 서로의 털을 손질하며 기생충을 잡아 주는 모습이다. 우리의 손길은 그렇게 마음의 기생충을 잡아 주며 위무한다. 기생충을 박멸하는 듯한 연인의 격렬한 애무는, 깊고 깊은 우울마저 소독해 낸다.
>
> ─김소연, 『마음사전』에서

『마음사전』이 시인의 마음을 영혼의 음표로 그려 낸 세밀한 '악보'라면, 『수학자의 아침』은 그 수많은 악보 중에서 시인이 바로 지금 독자들을 향해 연주하고 있는 아늑한 소극장의 콘서트 같습니다. 저는 김소연의 시를 통해 사물들이 자기가 지닌 가장 슬픈 울음

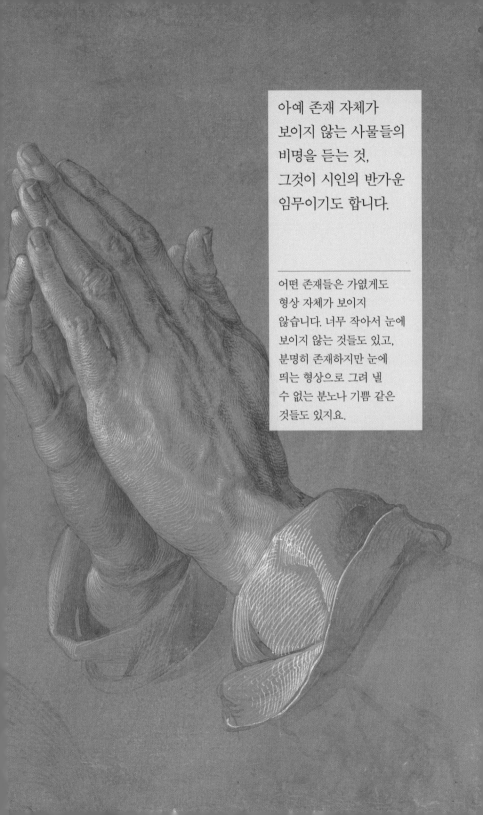

아예 존재 자체가
보이지 않는 사물들의
비명을 듣는 것,
그것이 시인의 반가운
임무이기도 합니다.

어떤 존재들은 가엾게도
형상 자체가 보이지
않습니다. 너무 작아서 눈에
보이지 않는 것들도 있고,
분명히 존재하지만 눈에
띄는 형상으로 그려 낼
수 없는 분노나 기쁨 같은
것들도 있지요.

소리를 내는 소리, 사물들이 자기가 지닌 가장 사랑스런 미소를 머금는 소리, 사물들이 자기가 지닌 가장 밝고 환한 빛을 뿜어내는 소리를 듣습니다.

내면의 나 자신과 대화하는 힘, 하찮은 사물들과도 교감하는 힘, 그것이야말로 아무도 내 곁에 없는 순간에도 '내 안의 현자'와 대화할 수 있는 마음의 에너지입니다.

3 부

인생의
품격

열림과 트임

상처의 인식

나르시시즘의 역설

작은 공동체

아름다움에 눈 뜨다

몰래 듣는 청강의 기쁨

학창 시절에는 그렇게 어렵고 힘들게만 느껴지던 수업이 어른이 되고 나면 문득 눈물겹게 그리워질 때가 있습니다. 학교, 수업, 교단, 책상, 의자, 칠판, 분필, 앞자리에 앉은 친구의 뒤통수. 그 모든 것들이 그리워집니다. 학창 시절에는 청강의 욕구가 컸지요. 학점에 구애받지 않고 듣고 싶은 수업을 마음껏 청강할 수 있는 것이 대학 생활의 커다란 매력 중 하나였습니다. 청강은 낯선 세계를 향한 순수한 매혹의 상징이었지요. 어떤 실용적 목적이나 미래에 대한 부담감 없이 그저 그 순간엔 청강 자체에만 집중하면 되었기에. 때로는 혼자 수업 듣기 싫다는 선배한테 끌려 낯선 강의실에 들어가기도 했고, 가끔은 혼자 이리저리 매력적인 강의 제목을 찾아 전공과 동떨어진 이채로운 강의를 찾아다니기도 했습니다. 이따금 청강생도 출석 체크를 한다는 엄격한 교수님도 계셨기에, 저는 전혀 '흔적'을 남기지 않고 조용히 드나들 수 있는 자유로운 수업 분위기를 찾아 헤맸습니다.

자크 랑시에르와 함께 현재 프랑스에서 가장 영향력 있는 철학자로 알려진 장뤼크 낭시(Jean-Luc Nancy)는 매우 흥미로운 사람입니다. 그의 연구 주제는 독일낭만주의, 헤겔, 니체, 하이데거, 라캉은 물론 공산주의와 공동체 문제, 그리고 성서 연구에 이르기까지 종횡무진 넘나들지요. 동구권이 붕괴된 이후 '사회주의 이후의 새로운 공동체 운동'의 나아갈 바를 밝힌 『무위의 공동체』는 동시대 수많은 학자들에게 커다란 영감을 주었습니다.

최근 한국에 번역된 『나를 만지지 마라』(이만형, 정과리 옮김)는 매우 독창적인 논리 전개로 예수의 가르침을 철학적으로 재해석하고 있습니다. 낭시는 이 책에서 「요한복음」에 나오는 예수 부활의 첫 장면에 나오는 매우 의미심장한 구절에 주목합니다. 예수가 십자가에 못 박혀 죽은 후 첫날 예수의 무덤이 빈 것을 발견한 막달라 마리아에게 예수가 나타나 "마리아"라고 부릅니다. 너무 놀란 마리아가 "라뿌니.(스승님)"라고 대답하며 예수를 붙잡으려 하자, 예수는 이렇게 말합니다. "내가 아직 아버지께 올라가지 않았으니 나를 만지지 마라. 내 형제들에게 가서 나는 내 아버지이시며 너희의 아버지이신 분, 내 하느님이시며 너희의 하느님이신 분께 올라간다고 전하여라." 낭시는 평소에는 마리아는 물론 모든 사람들이 자신을 만지는 것을 제지하지 않았던 예수가 왜 이 순간만은 '나를 만지지 말라.'고 했는

인간의 조건

지를 질문합니다. 부활을 의심하는 도마에게 자신의 상처를 직접 만져보라고 했던 예수가 마리아에게는 왜 '내 몸을 만지지 말라.'고 했을까요. 낭시에 따르면, 예수의 말은 이중적으로 읽힌다고 합니다. 예수는 자신의 '몸'은 만지지 말라고 하면서, 자신이 부활했으며 하느님께 올라갈 것임을 사람들에게 알려 달라고 부탁하고 있습니다. 즉 자신의 '부활한 몸'은 접촉하지 말고, 자신의 '부활의 진실'에 다가올 것을 명령하고 있는 것입니다. 예수를 만지지 않으면서 예수에게 다가가는 길은 무엇일까요. 낭시는 이렇게 말합니다. "너는 아무것도 잡고 있지 않다. 너는 누구도 잡거나 붙잡을 수 없다. 바로 그게 사랑하고 아는 것이다. 너에게서 빠져 달아나는 이를 사랑하라. 가 버리는 이를 사랑하라. 떠나고자 하는 이를 사랑하라."

철학과 삶을 이어 주는 것

장뤼크 낭시의 『신, 정의, 사랑, 아름다움』(이영선 옮김)은 바로 지금까지도 내 마음 깊은 곳에 남아 있는 청강의 유혹에 불을 지핀 책입니다. 말 그대로 '신, 정의, 사랑, 아름다움'이라는 주제로 낭시가 청소년들에게 공개강좌를 펼친 내용을 책으로 만든 것입니다. 청소년을 대상으로 했지만 어른들에게도 활짝 열린 철학 강좌였습니다. 진정한 대가들은 화려한 최신 개념이 아니라 누구나 다 알 법한 주제를 오직 자신만의 언어로 풀어낼 줄 아는 사람들입니다. 신, 정의,

"내가 아직 아버지께 올라가지
않았으니 나를 만지지 마라.
내 형제들에게 가서 나는
내 아버지이시며 너희의
아버지이신 분, 내 하느님이시며
너희의 하느님이신 분께
올라간다고 전하여라."
— 「요한복음」 20장 17절

장뤼크 랑시는 이렇게
해석합니다. "너는 아무것도
잡고 있지 않다. 너는 누구도
잡거나 붙잡을 수 없다. 바로
그게 사랑하고 아는 것이다.
너에게서 빠져 달아나는
이를 사랑하라. 가 버리는
이를 사랑하라. 떠나고자
하는 이를 사랑하라."

사랑, 아름다움. 이 모두가 인류 보편의 화두입니다. 어느 하나 낯선 것은 없지요. 하지만 신, 정의, 사랑, 아름다움, 이 네 가지 키워드만 으로 특별한 참고 문헌도 없이, 자기만의 이야기로 한 권 분량의 강 의를 할 수 있는 사람이 얼마나 될까요. 게다가 소년 소녀들도 충분 히 알아들을 수 있는 쉽고 간결한 언어로 말입니다. 낭시가 찾아 낸 철학과 생활 사이의 접촉점이 바로 신, 정의, 사랑, 아름다움입니다. 철학자들뿐 아니라 모두에게 중요한, 결코 무시할 수 없는 인류 공 통의 철학적 테마들을 향한 낭시의 열정이 강의록 곳곳에 흘러넘칩 니다.

신, 정의, 사랑, 아름다움. 그 모든 것을 꿰뚫는 하나의 철학적 개 념은 바로 '열림'입니다. 낭시는 신을 향한 인간의 믿음을 이렇게 바 라봅니다. 신의 사랑으로 인해 땅 위에 어떤 새로운 차원이 열리는 것이라고. 정의 또한 옳고 그름을 판가름하기보다는 나의 정의만이 아니라 다른 사람의 또 다른 정의가 있을 것이라는 '열린' 사고에 있 습니다. 정의란 내가 생각하는 정당함만이 전부가 아님을 아는 것, 즉 정의를 둘러싼 울타리는 언제나 '열려 있음'을 깨닫는 데서 시작 됩니다. 정의의 경계란 미리 굳건하게 정해진 것이 아니라 여전히 만 들어지고 있다고, 즉 무엇이 진짜 정의로운 행동인지에 대해 더 많이 기대하고 더 앞서가야 한다는 사실을 기억하는 것이 정의의 '열림'입 니다. 사랑의 '열림'은 우리기 가장 잘 알고 있는 종류의 열림이겠지 요. 나 아닌 타인을 향해 불현듯 마음이 활짝 열려 버리는 것. 내가 너로 인해 어떤 고통을 받든 그 모든 위험을 감수한 채 내 운명을 너

열림과 트임

에게 거는 것. 그것은 마음의 열림 없이는 불가능한 선택입니다. 사랑은 '의지'로 가능하지 않다는 점에서 '억지로 여는 것'이 아니라 '저절로 열리는 것'이지요. 아름다움의 열림은 어떤 대상이 우리의 잠든 감각을 일깨우는 순간에 일어납니다. 아름다움은 "어디에도 없거나 혹은 그 이상으로 저 멀리 있는 욕망의 차원을 열어 주는 무언가"를 향한 매혹이니까요. 아름다운 존재에게서 뿜어져 나오는 '존재를 넘어서는 그 무언가'가 우리의 마음을 한껏 열리게 합니다.

우리가 아름다움, 아름다운 소녀 혹은 소년을 말할 때, 그 사람에게서 그를 넘어서는 무언가가 빠져나온다는 생각이 들었을 겁니다. 그 사람에게서 그의 매력적인 외모를 넘어서는 어떤 신호나 기호 같은 것이 스쳐 갑니다. 아름다움을 말한다는 것은, 바로 그것을 통해, 그리고 그것 덕분에, 우리는 우리에게 직접적으로 주어지는 것을 넘어서는 그 무언가에 대해 말할 수 있는 것입니다.

—장뤼크 낭시, 『신, 정의, 사랑, 아름다움』에서

이렇듯 낭시는 '열림'이라는 개념을 통해 신, 정의, 사랑, 아름다움을 자유롭게 횡단합니다. 이 '열림' 덕분에 우리는 저마다 마음속에 지니고 있던 신과 정의와 사랑과 아름다움의 의미를 확장할 수 있습니다. 우리를 감동시키는 사람들, 우리가 본받고 싶은 사람들은 저마다 신, 정의, 사랑, 아름다움의 의미를 온몸으로 확장시킨 사람들이지요. 낭시는 그 사례로 2차 세계대전의 '의인들(Justes)'을 예로

듭니다. 그들은 나치의 엄중한 감시와 처벌에도 불구하고 자신의 위험을 무릅쓰고 유대인들을 구한 사람들이지요. 유대인뿐 아니라 유대인이 아닌 사람들도 구출했고, 나치의 법에 맞서 오갈 데 없는 사람들에게 잠자리를 마련해 주고 보호해 주기도 했습니다. 유대인과 종교적 가치관이 다른데도 불구하고 나치의 학정에 신음하는 사람들을 구하는 것이 자신들의 사명임을 믿었습니다. "의인들은 죽음을 무릅써야 한다는 걸 알면서도, 그 사람들이 어떤 제한과 제약 없이 인정받을 권리가 있다는 것, 그저 그 사실밖에 몰랐습니다." '열림'을 실천하는 사람들, 그들은 자신의 삶뿐 아니라 다른 사람들의 삶에도 새로운 차원의 정의와 사랑과 믿음을 퍼뜨리는 사람들입니다.

사랑을 줄 때조차 우리는 사랑을 받습니다. 바로 이것이 중요한 점입니다. 사랑을 하면서 우리는 상대에게 사랑을 줍니다. 더구나 우리는 내가 나와 맺는 관계, 그리고 그가 그 자신과 맺는 관계를 벗어나 어쩌면 상대로부터 받은 무언가를 줍니다. 그 무엇인가는 어디에서도 오지 않으며 동시에 도처에서 옵니다. […] 내가 그 사랑으로부터 받는 것, 즉 열정을 만들어 내는 것은 그 사람의 유일성이지요. 바로 그 혹은 그녀 자체가 내가 의미를 두는 전부입니다. […] 신체적인 특징들이건 더 내면적인 것이건, 그가 갖고 있는 무언가를 사랑하는 게 아니지요. 아무리 생각해도, 그가 존재한다는 사실이 훨씬 중요합니다.

— 장뤼크 낭시, 『신, 정의, 사랑, 아름다움』에서

이 책에서 가장 흥미로운 대목은 바로 '사랑'을 향한 저자의 열정적인 강의입니다. 그는 사랑하는 이를 부르는 단어인 '자기'라는 평범한 단어에서 사랑의 신비로운 기원을 발굴합니다. 우리말에서는 좀 간지러운 뉘앙스가 강하지만, 사람들이 연인이나 배우자에게 '자기(chérie)'라고 부를 때 그 말 속에는 '누군가에게 완전한 가치를 부여하다.'라는 의미가 숨어 있다고 합니다. '자기'라고 부를 때 우리는 '소중히 여기다, 지극히 사랑하다'라는 의미를 송출하는 것입니다. 프랑스어에서 '자기(chérie)'라는 말은 '자비(charité)'와도 어원이 같다고 하지요. 사람들이 무심코 말하는 '자기'라는 단어 속에는 "내가 절대적으로 최상으로 지극히 사랑하는 사람, 즉 유일하고 비교할 수 없는 모든 가치를 넘어서는 가치를 부여하는 그 혹은 그녀"를 말합니다. 놀랍게도 '쓰다듬다, 어루만지다(caresse)'라는 단어의 어원 역시 자기 및 자비와 같은 곳에서 나왔다고 합니다. 그리고 이 사랑하는 존재를 향한 어루만짐, '접촉'이야말로 낭시가 열정적으로 탐닉하는 또 하나의 철학 개념입니다.

열림과 닿음, 이끌림과 만짐, 이어짐과 어루만짐 속에서 인간의 사랑과 정의는 탄생하지요. 죽을 때까지 사랑하는 대상을 필요로 하는 인간의 숙명. 그 속에서 사랑은 취향이나 습관의 문제가 아니라 그 자체로 아름다운 그 무엇, 우리가 인생을 통째로 걸어도 후회하지 않을 유일한 대상일지도 모릅니다. 비록 실패하더라도, 설령 다시는 그를 볼 수 없다 하더라도 사랑에 온몸을 던져 본 사람들은 한 권의 두꺼운 철학책을 쓰고도 남을 정도의 깊고 향기로운 생의 실체

인간의 조건

에 접근합니다. 낭시는 타인을 향한 '열림'과 '어루만짐' 속에서 우리 안의 가장 아름다운 가치인 사랑의 빛을 발굴하지요. 이 아름다운 강의록 속에서 저는 위대한 철학자의 멋진 강의를 몰래 청강하는 은밀한 기쁨을 한껏 누릴 수 있었습니다.

사랑의 제스처는 당연히 어루만짐이겠지요. 성적인 애무를 말하는 것이 아니라 내가 타인이라는 존재에게, 그의 현존에 고백하고 있음을 보여 주는 어루만짐을 말합니다. 어루만짐은 어떤 특별한 애정을 표현하는 접촉입니다. [……] 어루만짐은 사랑에서 중요한 것이 상대의 현존임을, 그의 감촉임을, 그리고 어떻게 보면 그것 외에 아무것도 아님을 보여 주는 행위입니다.

—장뤼크 낭시, 『신, 정의, 사랑, 아름다움』에서

'욕망을 줄이라'는 것이 아니라 다른 삶을 욕망하라

여고 시절 독일어 선생님께서는 10년 가까운 독일 유학 생활을 마치고 귀국했을 때 깜짝 놀라셨다고 합니다. "한국에는 왜 이렇게 드라마와 만화 프로그램이 많지? 독일엔 뉴스와 토론 프로그램만 잔뜩 있었는데." 저는 그때 드라마와 만화가 훨씬 많은 우리나라가 더 좋지 않나 생각했습니다. 10여 년이 훌쩍 지나 독일에 가 봤더니 여전히 독일에는 토론 프로그램이 밤낮으로 진행되고 있었습니다.

저는 독일인들이 왜 저렇게 토론을 좋아하나 싶어 신기한 감정으로 토론 프로그램을 시청했지요. 그러다가 문득 어떤 놀라움에 사로잡혔습니다. 한국 토론 프로그램에서 가장 많이 보는 표정, 즉 서로를 조소하고 비아냥거리며 홀대하는 표정이 없었습니다. 그들은 경청의 기술을 몸소 익힌 사람들이었지요. 그때 생각했습니다. 철학이란 나와 너무도 다른 당신의 온갖 차이들을 받아들이는 능력이 아닐까. 그들은 서로의 차이를 받아들임으로써 자신을 더욱 확장하는 마음의 길을 개척하고 있는 것만 같았습니다.

고병권의 『철학자와 하녀』는 그렇게 서로의 차이를 이해하고, 그 차이에서 빚어지는 갈등과 아픔에 공감합니다. 나아가 그 차이를 줄이기 위해 애쓰는 한 철학자의 일상 속 철학하기의 풍경을 아름답게 보여 줍니다. 저자는 책상에서 책을 통해 철학하기가 아니라 '구체적인 일상 속의 철학하기'를 위해 책을 아주 자연스럽게 구렁이 담 넘어가듯 활용합니다. 2011년 가을 뉴욕 사람들의 월스트리트 점거는 그에게 단지 외국에서 목격한 시위 현장이 아니라 '우리 자신을 위한 철학의 현장'이었습니다.

월스트리트 점거 현장인 주코티 공원을 둘러보았을 때 뉴욕에 마을 하나가 생겨난 느낌이 들었다. 시골 장터 같기도 했는데, 한쪽에는 명상하는 사람들이 있는가 하면 다른 한쪽에는 신나게 북을 두드리는 사람들이 있었다. 또 임시 도서관을 만들어 놓고 책을 읽는 사람도 있었고 그 옆에서 자신의 견해를 외치는 사람들

인간의 조건

도 있었다. 간이 부엌을 차려서 음식을 나눠 먹는 사람들, 피곤한 이들에게 휴식을 제공하고 마사지를 해 주는 사람, 버려진 음식물 쓰레기와 설거지물을 이용해 채소를 기르는 사람, 트위터와 페이스북으로 이곳에서 벌어지는 일을 전 세계에 알리는 사람들까지 다양했다. 무슨 시위가 이렇게 평온하냐고 묻는 사람도 있겠지만, 이 점거가 전하는 메시지는 어떤 시위보다 강렬했다. 시위자들은 자신들이 원하는 삶의 이미지를 다시 짜고 있는 것 같았다.

— 고병권, 『철학자와 하녀』에서

뉴욕의 월스트리트를 점거하여 자본주의 시스템의 어두운 그늘을 폭로하는 사람들을 바라보며 저자는 탐욕에 저항하는 사람들의 '자기 정치(self-governmaent)'라는 이상을 생각합니다. 타인의 정치를 비판만 하는 것이 아니라 나 자신부터 새롭게 '정치하자'는 생각, 남들의 탐욕을 욕하기만 하는 것이 아니라 나부터 탐욕의 습관을 절제하자는 생각으로 '월스트리트 점거를 지지하는 단식투쟁'에 몰두하는 터키 민주화 운동가를 보며 저자는 고대 금욕주의자들이 꿈꾼 철학적 이상향을 떠올립니다. 유혹이나 공포에 휘둘리지 않는, 자유를 꿈꾸는 마음의 기술, 그것이 금욕의 진정한 철학적 의미입니다. '욕망을 줄이라.'는 것이 아니라 '다른 삶을 욕망하라.'는 것이지요. 지금까지와는 다른 삶, 그것은 어떤 대단한 기회가 찾아올 때 시작되는 것이 아닙니다. 바로 이 순간, 내 삶을 바꿔야겠다고 결심한 그 순간부터 기적은 시작됩니다.

열림과 트임

강도와 살인에서 전쟁에 이르기까지, 범죄들은 그때그때 결산 처리를 하지 않고 쌓아 두는 습관 때문에 생겨난 것이니, 이런 습관이야말로 죄의 밑동이라고 할 수 있다는 것이다. 그가 말한 결산이란 이런 것이다. 잘한 것과 잘못한 것이 있으면 가급적 그때에, 그날에, 그달에, 그해에 결산을 해보라는 것이다. 그러고는 자꾸 되돌아보지 않기 위해 과감하게 격쇄를 쳐 버려라.

— 고병권, 『철학자와 하녀』에서

우리의 죄가 만든 어두운 그림자가 우리를 평생 따라다니게 하지 말고, 오늘 잘못한 것은 오늘 사과하기. 그것이 안 되면 이번 달에라도 하고, 어떻게든 올해를 넘기지 말자는 것. 소박하지만 결코 쉽지 않습니다. 하지만 바로 그 작지만 어렵고 투철한 자기 정치가 끝내 우리 자신을 변화시킬 것입니다.

인간의 조건

돌이킬 수 없는 상처의 극복

제스처 라이프

최근 2차 세계대전 당시 일본군 출신의 전범이 위안부 납치와 중국인 양민 학살은 물론 일본군의 각종 악행을 고백해서 화제가 된 적이 있습니다. 스즈키 케이쿠라는 일본 전범은 1934년 6월에 중국인 농민 두 명을 살해했으며, 1945년 7월까지 5천 명이 넘는 중국인을 살해했다고 진술해 충격을 주었습니다. 1941년 안후이 성 차오현에 위안소를 설치하여 스무 명가량의 중국인 부녀자와 조선 부녀자를 유괴해 위안부로 삼았다는 내용도 그의 '자백서'(「日전범, 조선 부녀자 등 스무 명 유괴, 군위안부 삼았다」, 《연합뉴스》, 2014. 7. 3.)에 포함되어 있습니다. 아시아는 물론 전 세계의 패권을 노리고 있는 중국의 외교적 책략의 일환으로서 일본에 대한 역사적 심판이 일종의 정치적 도구가 되고 있다는 점도 간과할 수는 없습니다. 하지만 이 기사를 보면서 제 마음속에서 일어나는 화두는 바로 이것이었습니다. 어쩌면 한 사람의 힘으로도 역사는 바뀔 수 있다는 것. 이 고백이 정말 사실이라면, 그리고 그 고백의 진정성이 참으로 어떤 외압도 아닌 순수한 양심에서 우러나오는 것이라면 그 한 사람의 힘이야말로 역사를 바꾸는 희망이 아닐까요.

한 사람의 힘이 정치권력만을 가리키는 것은 아닙니다. 히틀러를 비롯한 파괴적 독재자들이 지닌 한 사람의 힘(권력)이 아니라, 자신의 행동을 뉘우치는 한 사람의 꾸밈없는 양심이야말로 우리 시대가 진정 필요로 하는 한 사람의 힘입니다. 누군가의 뜨거운 질문이 뿜어내는 사회적 파장도 바로 우리 시대가 필요로 하는 한 사람의 힘입니다. 작가 이창래의 『척하는 삶』(정영목 옮김)을 읽으면서 저는 바로 그 뜨거운 한 사람의 힘을 느꼈습니다. 위안부 할머니들의 1인 시위나 일본 정치가들의 망언 관련 뉴스가 나올 때마다 저는 심각하게 고민했습니다. 과연 이 문제를 어떻게 풀어낼 수 있을까. 이제는 당시 상황을 증언할 수 있는 생존자마저 하루하루 줄어가는 상황에서 이 문제를 과연 어떻게 사회적 의제로 바꿀 수 있을까. 이 작품은 일본군의 위안부 문제는 숨기고 감추고 떠밀어야 할 문제가 아니라 반드시 우리가 살아 있는 동안 풀어내야 할 숙제임을 일깨워 줍니다.

조선인 위안부를 착취하고 살해하기까지 했던 버마의 한 일본군 부대에서 군의관으로 일했던 하타는 끔찍한 기억들을 가슴에 묻은 채 미국으로 이주해서 살아가고 있습니다. 전쟁이 한창일 때 이

인간의 조건

십 대 청년이던 그가 이제는 칠십 대 노인이 되어 '훌륭한 미국 시민'으로 살아가고 있지요. '제스처 라이프(gesture life)'라는 상징적인 원제는 바로 이런 참혹한 역사적 상처를 끌어안고 사는 사람이 아무런 문제도 없이 모범 시민처럼 살아가는 아이러니를 꼬집고 있습니다. 하지만 단지 하타에 대한 풍자에 그치는 것이 아니라 그가 '척하는 삶'을 유지하느라 버려야만 했던 수많은 인생의 가치들을 환기시키는 제목이기도 합니다. 그는 자신이 조선인 위안부 끝애의 집단 강간과 학살 현장을 목격한 사람이라는 사실을 그 누구에게도 말하지 않지요. 작품이 끝나는 순간까지도. 작가 이창래는 누구에게도 말할 수 없는 진실을 끝까지 마음속에 품고 사는 사람의 이야기를, 타인에 대한 지극한 속죄의식과 모범 시민의 완벽한 제스처라는 이중의 잠금장치로 봉인시킵니다. 하타는 위안부 끝애를 사랑했던 과거를 잊지 않은 채, 누구도 끝애만큼 마음을 다해 사랑하지 못하고 한국인 소녀 서니를 입양하여 자기보다 훌륭한 미국 시민으로 키워내는 것을 목표로 살아가고 있었습니다.

이 인물의 내면은 실로 복잡하고 미묘합니다. 끝애에 대한 사랑과 죄책감이 그를 평생 혼자 살아가게 만들었으며, 지극히 보수적인 집안의 막내딸로 태어나 신식 교육 한 번 제대로 못 받아 보고 십 대의 나이에 위안부로 끌려와 잔인하게 학살당한 끝애에 대한 연민을 서니에게 투사합니다. 그러면서 서니를 모범적인 미국 시민으로 키워내려 하며, 서니에 대한 지극한 부성애를 느끼면서도 서니가 가출해서 흑인 남자의 아기를 가졌을 때는 딸을 완전히 진짜 아버지

　　　　　　　　　　　　　상처의 인식

처럼 품어주지 못합니다. 하타는 어떤 순간에도 타인의 시선이 만들어 낸 감옥으로부터 벗어나지 못합니다. 그는 스무 살도 안 된 서니가 만삭의 몸으로 나타나자 딸에 대한 걱정보다 남들이 볼까 봐 전전긍긍합니다. 이런 태도는 서니를 덜 사랑해서가 아니라 서니를 자신처럼 '불안한 정체성의 감옥'에 가두지 않기 위한 안간힘이기도 하지요. 그러나 일본인도 한국인도 아니며, 끝내 진정한 미국인도 될 수 없었던 그의 불안한 정체성이야말로 하타가 이 소설의 주인공이 될 수 있는 최적의 자격 요건이기도 했습니다. 그는 그렇게 그 누구에게도, 그 어디에도 속할 수 없는 사람이었기에 모든 이들에게 끊임없이 질문을 던지는 존재로 성장해 온 것이니까요.

전쟁 당시 군의관이던 하타가 끝애와 가까워질 수 있었던 계기는 바로 '조선어'였습니다. 하타는 조선인 출신의 일본인 입양아였습니다. 일본어를 다 알아듣지만 일부러 대답하지 않았던 끝애에게 하타가 오래전에 잃어버린 조선어를 일깨우자 끝애는 그제야 반응합니다. 끝애는 하타에게 간절히 부탁합니다. 제발 나를 죽여 달라고. 저들이 내 몸과 내 넋을 산산조각 내기 전에 나를 죽여 달라고. 죽을 자유조차 박탈당한 조선인 위안부 끝애는 죽음과 가장 가까이 있는 일본인 군의관에게 자신을 좀 더 쉽고 빠르게 죽여 줄 것을 부탁했던 것입니다. 하타의 지상 과제는 일본인 양부모에게 인정받는 것, 진정한 일본인이 되는 것, 그리고 최고의 의사가 되는 것이었지요. 그러나 자신을 제발 죽여 달라고 애원하는 조선 여인 끝애에게서 그는 자신이 잃어버린 인간의 고결함을 발견합니다. 이제 그의 지

　　　　　　　　　　　　　　　　인간의 조건

상명령은 극적으로 돌변하게 됩니다. 그녀를 살리는 것, 그녀의 마음을 얻는 것, 그리고 그녀의 상처 입은 마음을 어루만지는 것. 이 과정은 결코 감상적이거나 로맨틱하지 않습니다. 그는 지극히 합리적이고 명철한 사람이기에 결코 함부로 사랑에 빠지는 사람이 아닙니다. 그런 그가 단 하나 남은 자신의 존엄성을 지키기 위해 목숨까지 내던지는 한 인간의 처절한 존엄을 발견한 것입니다.

그는 위안부 끝애를 양호한 상태로 보호하여 상관이 지시할 때 그녀를 제물로 보내줘야 하는 끔찍한 운명에 처해 있었지요. 하지만 그녀를 보호하고 관찰하고 관리하는 동안 사랑에 빠져 버렸습니다. 하타는 그녀에게 끝없이 이끌리는 자신의 마음을 사랑이라고 믿지만 그녀에겐 그것이 폭력처럼 받아들여집니다. 하타는 끝애에게 '결혼하고 싶다.'고까지 고백하면서 그녀에게 육체적으로 다가가지만 남성의 육체를 혐오할 수밖에 없는 상황에 처해 있던 끝애에게는 그저 폭력일 따름이었지요. 하타는 전쟁의 종말이 얼마 남지 않았다고 믿었기에 그녀가 조금만 견뎌 주기를 바랐습니다. 하지만 그녀는 단 한 순간도 위안부의 삶을 견딜 수 없었습니다. 함께 위안부로 끌려온 친언니마저 일본군에게 강간당하고 살해당한 상태에서 그녀는 어떤 희망도 가질 수 없었으니까요. 그는 온 힘을 다해 그녀를 지키고 싶어 했지만 끝내 그녀는 일본 군인들에게 도륙당하고 맙니다. 그는 어디가 땅인지 하늘인지도 분간할 수 없는 참혹한 고통 속에서 그녀의 시신을 수습합니다.

그 후 반세기가 지났지만 하타는 여전히 그 처참한 트라우마에

상처의 인식

서 자유롭지 못합니다. 의사의 꿈을 포기하고, 일본인이 되는 것조차 포기하고, 결혼은 물론 '정상적인 사람'으로 살아가는 것조차 포기하지만 누구에게도 자신의 상처를 발각당하지 않기 위해 고군분투합니다. 그가 한국도 일본도 아닌 미국을 택한 것은 한 번도 누구의 아들, 어느 나라의 국민 혹은 누구의 남편인 적이 없었던 그의 불안한 정체성을 드러내지요. 그의 유일한 희망은 입양한 딸 서니의 행복이었습니다. 총명하고 재능이 넘쳤던 서니가 피아니스트의 길을 버리고 가출을 하자 그는 텅 빈 집안에 홀로 남아 또다시 '이 세상 그 누구의 무엇'도 될 수 없는 고통에 시달립니다. 하지만 그는 어떤 순간에도 훌륭한 시민으로서, 참된 인간으로서, 예의 바른 이웃으로서 자신의 책임을 다하려 하지요. 그는 그저 '모범 시민'으로서의 조용한 일상을 유지하고 싶어 합니다. 그의 주변 사람들은 그를 깊이 아끼고 배려합니다. 하타가 자신의 모든 기억의 편린들을 불태우고 싶어 하다 집에 화재가 나자 미국인 친구가 그의 목숨을 구합니다. 비록 직업으로서는 의사가 아니었지만 그를 마음속 깊이 '진짜 의사'라고 생각해 준 것도 미국인 이웃이었지요. 그는 진심으로 자신과 인연을 맺은 모든 사람들의 건강과 안녕과 행복에 항상 예민한 마음의 안테나를 드리우고 있었습니다. 지울 수 없는 상처와 갚을 수 없는 죄책감 때문에 하타는 끝없이 자기 안으로 침잠했습니다. 그런데도 가슴 깊숙이 지울 수 없는 사랑과 열정의 체온을 간직하고 있는 그의 진심을 주변 사람들은 알아봐 주었지요.

그러나 하타가 원하는 것은 뜻밖의 구원이나 타인의 이해가 아

인간의 조건

니었습니다. 그는 끝애와의 인연과 그 파국의 과정을 서니는 물론 그 누구에게도 말하지 않았습니다. 그는 자신의 모든 재산을 어려움에 처한 주변 사람들과 서니, 그리고 서니의 아들 토마스에게 주기로 결심하고 자신을 위해서는 아무것도 남겨놓지 않습니다. 하지만 그것으로 속죄를 다 했다고 믿지 않았지요. 한 여자를 지켜주지 못한 개인적 죄의식, 조선인 위안부 강간과 살해라는 끔찍한 사건의 본의 아닌 방조자가 되어 버린 역사적 죄의식. 그 모든 것으로부터 끝까지 도피하지 않습니다. 그 죄를 생의 끝까지 자신의 심장에 품은 채, 그의 환상 속에서 "이 집에서 죽기는 싫어요."라고 고백하는 끝애를 마음속에 품은 채 아무리 애써도 영원히 풀 수 없는 속죄의 길을 홀로 걸어갑니다. 이 소설은 우리에게 더 커다란 질문을 던집니다. '만약 비슷한 상황이 또다시 발생한다면 우리는 우리의 딸들과 어머니들과 우리 자신들을 지킬 수 있을까?' 걸핏하면 망언을 쏟아 내는 일본 정치인들은 차치하고라도, 보다 양심적이며 진정으로 인권과 자유를 걱정하는 사람들끼리 국적과 출신성분 그 무엇도 따지지 않은 채 희망과 연대의 고리를 만들 수는 없을까요.

위안부 문제는 '부수적 피해'가 아니다

2015년 12월 28일 한일 외교장관 위안부 회담 이후 들끓는 여론은 쉽게 가라앉지 않고 있습니다. '이것이 최선의 합의다.'라고 주장하며 위안부 문제를 해결 국면으로 몰아가는 한국 정부와 '더 이상 위안부 문제는 꺼내지도 말 것'을 주장하며 선심 쓰듯 10억 엔을 합의금으로 들이미는 일본 사이에서 우리는 깊은 절망을 느낍니다. 한국 정부는 회담 결과를 빼어난 외교 성과로 자축하고, 일본 정부는 더 이상 국제사회에서 위안부 문제로 낭패를 보지 않기 위한 방패막으로 치부하고 있지요. 살아남은 위안부 할머니들은 물론 '그때 그 상처'에 진정으로 공감하는 사람들 누구도 발언의 주체가 되지 못한 상황에서 대체 어떤 합의가 가능하다는 말입니까. 한국 정부와 일본 정부의 이해관계가 맞아떨어진 것은 양국 다 아직도 끝나지 않은 이 거대한 집단적 상처를 '부수적 피해(collateral damage)'로 간주했기 때문입니다. 그들에게 위안부 문제는 '결정적 문제'가 아니라 '부수적 피해'에 불과한 것이지요. 결과적으로 한국인의 집단적 상처는 물론 일본인의 집단적 양심에도 전혀 감응을 불러일으키지 못한 치욕적인 합의에 이르고 말았습니다.

저는 아직도 '위안부'라는 단어를 들을 때마다 심장이 따끔거립니다. 왜 힘 있는 사람들은 절대로 '이 문제가 내 문제가 될 수도 있다.'는 가정 자체를 안 해보는 것일까요. 망각이라는 집단적 방어기제는 사태를 오히려 악화시켜 왔습니다. 숨기고 침묵하고 망각할수록 역사의 트라우마는 더욱 심각하게 왜곡되고 심화될 뿐이니까요. 이제 일본에게는 맡길 수 없고, 오직 우리만이 할 수 있는 일이 무엇인지 고민해야 할 시점이 아닐까요. 『강제로 끌려간 조선인 군위안부들 4』(한국정신대문제대책협의회 엮음)은 오랜 시간에 걸쳐 여덟 명의 위안부 할머니들을 인터뷰한 녹취록을 정리했을 뿐 아니라 할머니들을 직접 만난 인터뷰어들의 목소리까지 담겨 있어 '도대체 위안부 문제를 바라볼 때 어디서부터 해결의 실마리를 잡아야 할까.'를 고민하는 분들에게 많은 도움이 될 것 같습니다.

이 증언집에 실린 할머니들의 공통된 증언은 '동원의 강제성'과 '일본군의 거짓말'입니다. 배고픈 가족들에게 쌀밥을 먹인다는 꼬임에 넘어가서, 돈을 벌게 해 준다는 감언이설로 십 대 소녀부터 이십 대 과부까지 짐짝처럼 트럭이나 기차에 실려 강제로 동원되었습니다. 하루에 수십 명의 군인들을 '받아야' 했던 일상적 강간은 물론 온갖 학대와 폭력에 무방비로 노출된 위안부들은 임신이나 성병의 공포와 싸워야 했으며, 일본 군인의 아이를 낳은 여성도 있었다고 합니다. 또 하나의 공통점은 전쟁이 끝난 뒤에 맞닥뜨린 '귀향의 고통'이었습니다. 맨발로 거지꼴을 하고 구걸을 해서라도 어떻게든 고향에 돌아오기 위해 이들은 목숨을 걸었지요. 하지만 천신만고 끝에 고향에 돌아온 그들을 기다린 건 동포의 냉대와 가족의 경멸, 생존의 공포와 끝없는 절망감이었습니다. 성폭력과 학대는 일본군의 책임이지만 동포의 냉대와 가족의 경멸은 한국인이 떠맡아야 할 과제가 아닐까요.

끝나지 않은 이 공포와 절망을 끊어 낼 수 있는 첫 번째 열쇠는 바로 우리의 관심입니다. 마틴 루터 킹 주니어는 말했지요. 역사의 가장 끔찍한 비극은 나쁜 사람들의 짜증 나는 아우성이 아니라 좋은 사람들의 오싹한 침묵 때문에 일어난다고. 우리는 끊임없이 분노

상처의 인식

하고 고발하고 저항해야 합니다. 일본 정부가 지쳐 나가떨어질 때까지, 한국 정부가 두 손 두 발 다 들 때까지, 역사의 수레바퀴가 제대로 돌아가 정의와 자유의 깃발이 바로 서는 날까지.

나르시시즘의 역설

자기애의 극한까지 걸어간 리어 왕

투박함 속에 담긴 보석 같은 진심

여러분은 가장 끊어 내기 힘든 열망이 무엇인가요. 제 경우는 자기애입니다. 자기 자신을 너무 사랑한 나머지 다른 사람의 아픔을 발견하지 못할 때가 여전히 많습니다. 삶을 돌이켜 보면 자기애의 굴레를 조금이라도 벗어날 수 있을 때 진정한 자유가 찾아오곤 했습니다. 때로는 권력이나 재물에 대한 욕구보다 사랑받고 싶은 욕망이 더 무서운 결과를 초래하지요. 셰익스피어의 인물 중 리어 왕이 바로 그런 경우입니다. 그는 말년이 되자 더 이상 정치나 재산에 대한 미련을 느끼지 못하고 '남은 생을 세 딸들의 보살핌 속에서 편안하게 살겠다.'고 결심합니다. 숨이 끊어질 때까지 자식들의 재산 싸움과 상속세를 걱정하는 현대사회의 부유층이나 권력자들과는 달리, 리어 왕은 자식들의 보살핌을 최고의 가치로 삼았습니다. 그는 일찍

부인을 여읜 것으로 보이며, 오랫동안 딸들과의 돈독한 관계를 지속해 온 것처럼 행동합니다. 그가 '이제 정치에 대한 미련을 내려놓고 딸들에게 영토와 재산을 모두 물려주자.'고 판단한 결정적인 이유는 바로 딸들에 대한 믿음 때문이었습니다. 내 딸들은 내가 왕일 때나 그렇지 않을 때나 변함없는 애정으로 나를 받아줄 것이라고 확신했지요.

이 작품에서 갈등의 주 원인은 리어 왕이 딸들에게 재산을 분할하는 방식입니다. 그는 딸들에게 나를 얼마나 사랑하느냐에 따라, 그 사랑의 크기에 따라 재산을 분할해야겠다고 선포합니다.

> 이제 과인은 통치권과 영토의 소유권, 국사의 근심거리들을 모두 벗어 버릴 생각이니
> 딸들아, 나에게 말해 다오. 너희들 중 누가 과인을 가장 사랑한다고 말할 수 있겠느냐?
>
> — 셰익스피어, 『리어 왕』에서

사랑의 분량을 어떻게 말로 표현할 수 있을까요. 사랑의 크기에 따라 왕국의 소유권을 배분한다는 것이 현실적으로 가능할까요. 리어 왕은 어쩌면 제왕으로서 모든 것을 다 누렸지만 사랑만은 얻지 못한, 애처로운 애정결핍증 환자가 아니었을까요. '딸들아, 도대체 너희들 중 누가 나를 제일 사랑하니?'라는 질문의 문제점을 제대로 이해한 것은 막내딸 코델리아뿐이었습니다. 아이들에게 흔히 던지는

어른들의 짓궂은 질문인 "엄마가 좋아, 아빠가 좋아?"라는 질문보다 더 황당한 나르시시즘적 질문입니다.

우선 사랑의 질량을 언어로 표현할 수 있다는 믿음 자체가 문제입니다. 사랑의 크기에 비례하는 재산을 나눠 주겠다는 계산 또한 문제이지요. 더욱이 진짜 사랑의 정도가 아니라 사랑을 표현하는 화려한 수사학에 현혹될 가능성이 큽니다. 사랑을 간직한 자가 아니라 사랑을 가장(假裝)하는 자에게 가장 커다란 트로피가 돌아갈 위험이 있습니다. 코델리아는 관객만 들을 수 있는 방백을 통해 그 곤란함을 토로합니다. "코델리아는 뭐라고 하지? 사랑하고 침묵할 뿐." 그녀는 다만 사랑하고 침묵할 뿐입니다. 사랑을 언어로 표현한다는 것 자체가 그녀에겐 호들갑스럽고 거추장스럽게 여겨집니다. 하지만 언니들은 오히려 그 질문에 담긴 아비의 허영과 어리석음을 이용합니다. 장녀 고너릴은 온갖 번드르르한 문장을 동원하여 거짓된 사랑을 표현합니다. 세상 그 어떤 진귀한 보물들보다, 자신이 지닌 목숨보다 아버지를 사랑한다고 감언이설을 늘어놓지요. 둘째 딸은 아예 언니를 깔아뭉갤 기세입니다. 리건은 인간이 느낄 수 있는 그 어떤 기쁨보다 아버지에 대한 사랑이 훨씬 크다고 선언합니다. "저는 폐하에 대한 사랑 안에서만 유일하게 행복할 따름입니다."

리어 왕은 흡족한 기분으로 두 딸들에게 듬뿍듬뿍 영토를 분할해 줍니다. 그는 막내딸 또한 자신을 기쁘게 해 주리라 짐작하고는 어서 자신을 얼마나 사랑하는지 말로 표현해 보라고 재촉합니다. 코델리아는 어떤 과장된 사랑 표현도 늘어놓지 않고 차라리 침묵하는

나르시시즘의 역설

길을 택합니다. "없습니다." 리어 왕은 당황합니다. "없으면 아무것도 없느니라. 다시 말해 보아라." 코델리아는 간접적으로 '사랑은 말로 표현할 수 없음'을 암시합니다. "저의 가슴을 혀끝에 얹을 수 없으니 불행할 따름이옵니다. [……] 자식 된 도리로 폐하를 사랑합니다. 그 이상도 그 이하도 아닙니다." 리어 왕은 격하게 분노합니다. 코델리아는 어여쁘고 사랑스럽고 애교 넘치게 말하는 방법을 모릅니다. 그저 투박한 진심만을 실어 고백합니다. 리어 왕은 그 투박함에 놀라 그 속에 담긴 보석 같은 진심을 알아보지 못합니다.

코델리아는 사랑의 분량에 따라 영토를 배분하겠다는 아버지의 어리석음과 아버지만을 사랑한다면서 실제로는 재산 분할에 더 관심이 많은 언니들의 탐욕을 질타하고 있지요. 하지만 리어 왕은 코델리아의 고백에 놀라 절규합니다. "이제 아비로서의 부정과 혈육의 인연을 모두 끊고 지금부터 영원토록 너와 나는 서로 남남이 될 것이다. [……] 과인은 그 애를 가장 사랑했고 그애의 따뜻한 보살핌에 말년을 맡길 생각이었다. 내 눈앞에서 썩 사라져 버려라!"

버건디 공작은 아무런 지참금이 없는, 이제 '공주'라고도 할 수 없는 코델리아를 데려갈 수는 없다고 선언합니다. 리어 왕은 역시 코델리아에게 구애 중이던 또 다른 신랑감인 프랑스 왕에게 아예 다른 신부감을 찾아 보라고 조언을 하지요. 그러자 프랑스 왕은 버건디 공작과는 달리 오히려 이런 상황에서 더욱 솔직하고 용감한 코델리아에게 매력을 느낍니다. "가난하기에 가장 부자인, 아름다운 코델리아여! 버림받기에 가장 귀하고, 경멸받기에 가장 사랑스러운 이

　　　　　　　　　　　　　　　　　　인간의 조건

여! 그대와 그대의 미덕을 내가 지금 갖겠소." 코델리아가 쫓겨남과 동시에 프랑스의 왕비가 되자 리건은 쐐기를 박습니다. "망령이 드신 거야. 하긴 아버지는 지금껏 스스로의 처지를 알아차린 적이 없었지." 리건의 독설은 잔인하지만 부분적으로 진실을 담고 있지요. 아버지는 지금까지 자신의 처지를 한 번도 객관화해 본 적이 없었던 것입니다. 영토와 재산을 버리고 나면 리어 왕에겐 무엇이 남을까요. 그는 딸들에게 영토와 재산을 주고도 시종 100명과 '왕' 자리는 양보하지 않았는데, 그 모든 것까지 잃어버린다면 그에게는 무엇이 남을까요. 그는 섣불리 재산을 분할하며 '화려한 퇴장'을 꿈꾸기 전에 '나는 누구인가.'를 먼저 물어보았어야 하는 것 아닐까요.

딸들은 영토와 재산을 물려받자마자 돌변하여 아버지를 무시하기 시작합니다. 그녀들의 가치관 속에서는 '아버지=더 이상 얻어낼 것이 없는 존재'가 되어 버립니다. 리어 왕은 시종 100명과 함께 고너릴과 리건의 집을 번갈아 가며 한 달씩 묵을 생각이었지요. 하지만 딸들은 아버지가 여전히 가지고 있는 '왕이라는 이름'과 '시종 100명'이 언제 자신들을 공격할지 모른다고 판단한 후, 있지도 않은 가상의 위험을 만들어 아버지를 '위험인물'로 낙인찍어 버립니다. 폭풍우 몰아치는 밤에 아버지를 문전박대한 두 딸들의 행동에 충격을 받은 리어 왕은 점점 미쳐 갑니다. 그는 모든 것을 잃어버리고 나서야 '무엇을 결코 잃어버려서는 안 되는가.'를 깨닫습니다.

나르시시즘의 역설

그러나 코델리아는 어떤 과장된 표현도
늘어놓지 않고, 차라리 침묵하는 길을 택합니다.
"없습니다."

코델리아는 간접적으로
'사랑은 말로 표현할 수 없음'을
암시합니다. "자식 된 도리로
폐하를 사랑합니다. 그 이상도
그 이하도 아닙니다." 리어 왕은
격하게 분노합니다. 코델리아는
어떤 수사학도 동원하지 않고,
그저 투박한 진심만을 실어
고백합니다. 리어 왕은 그
투박함에 놀라 그 속에 담긴 보석
같은 진심을 알아보지 못합니다.

리어 왕의 진짜 문제

리어 왕의 진짜 문제는 '나는 누구인가.'에 대한 질문을 철저하게 밑바닥까지 밀어붙여 본 적이 없다는 것입니다. 오히려 그가 누구인지 리어 왕 자신보다 더 잘 아는 사람은 그가 딸들에게 모든 시종들까지 다 빼앗긴 이후에도 그림자처럼 리어 왕을 따랐던 '바보광대'였습니다. 바보광대는 겉으로는 바보이자 광대 모습을 하고 있지만, 『오이디푸스 왕』의 현자 테레이아시스처럼 작품 속에서 가장 현명한 예언을 도맡는 인물입니다. 바보광대는 리어 왕을 '아저씨'라 부르며 리어 왕에게 속속들이 '벌거벗은 진실'만을 말합니다. "딸이 얼굴을 찡그려도 신경 쓸 필요가 없었을 때 아저씨는 그럴듯한 사람이었지. 그러나 지금은 숫자도 덧붙지 않는 0에 불과하잖아. 나는 바보광대지만 아저씨는 아무것도 아니니 내가 아저씨보다 낫지."

리어 왕은 폭풍우 몰아치는 춥고 황량한 밤에 딸들의 문전박대로 걸인 신세가 되고 나서야 자신이 누구인지를 조금씩 깨닫습니다. 그는 시종 100명을 잃고 살을 에는 추위와 처음 경험해 보는 배고픔 속에서, 아무리 초라해도 잠시나마 폭풍우를 피할 수 있는 작은 움막을 찾는 나그네의 심정을 이해하게 됩니다. "나는 춥구나. 얘야, 움막이 어디 있느냐? 궁핍은 더러운 것을 귀하게 하는 묘한 힘이 있구나. 자, 움막으로 가자." 그는 왕좌와 재산과 딸들과 시종들이 모두 곁에 있었을 때와는 전혀 다른 모습으로 말하고 행동하는 자신을 발견합니다. 이때 처음으로 '내가 누구인지'를 묻게 됩니다. "여기

인간의 조건

누구 과인을 아는 이 없는가? 이건 리어가 아니다. 리어가 이렇게 걷고 이렇게 말하나? 그의 눈이 삐었나? 하! 내가 꿈을 꾸고 있나? 그건 아니군. 내가 누구라고 말할 수 있는 자 누구냐?" 그는 휘몰아치는 폭풍우 속에 걸인 신세가 되어서야 이 세상 모든 춥고 배고픈 사람들의 참담한 심정을 이해하게 됩니다.

> 이 사정없이 몰아치는 폭풍우를 견디는
> 도처에 흩어진 불쌍한 벌거숭이들아,
> 머리 둘 곳도 없고 뱃가죽은 달라붙은 채
> 구멍 뚫린 낡은 넝마를 입고서 이런 시간들을 어떻게 견디
> 느냐?
> 아! 여태 이런 생각을 못했구나.
>
> ─셰익스피어, 『리어 왕』에서

리어 왕은 모든 것을 다 잃고 나서야 자신이 누구인지를 어렴풋이 깨닫지만 너무 늦어 버렸습니다. 그의 불행을 시린 가슴으로 바라보는 우리 현대인들도 각종 보험과 상조업체에 '죽음의 관리'를 맡기기 이전에 '나는 과연 누구인지, 어떤 삶을 살았는지, 앞으로의 삶은 어때야 하는지' 성찰해 봐야 하지 않을까요.

어떻게, 왜, 무엇을 위해 자기를 사랑해야 하는지, 깊이 성찰해 볼 수 있는 마음의 여백이 필요한 시간입니다.

나르시시즘의 역설

리어 왕은 폭풍우 몰아치는 춥고
황량한 밤에 딸들의 문전박대로 걸인
신세가 되고 나서야 자신이 누구인지를
조금씩 깨닫습니다.

"여기 누구 과인을 아는 이 없는가?
이건 리어가 아니다. 리어가 이렇게
걷고 이렇게 말하나? 그의 눈이
삐었나? 하! 내가 꿈을 꾸고 있나?
그건 아니군. 내가 누구라고 말할 수
있는 자 누구냐?"

작은 공동체

인간다움을 회복시키는 자아의 확장

희망을 나누는 낭독의 공동체

가끔 독자들 앞에서 책을 낭독할 기회가 있을 때마다 저는 그 순간의 미묘한 설렘과 떨림에 온전히 저 자신을 맡기곤 합니다. 제 목소리를 가만히 들어 주는 독자들의 눈빛에서 천국을 보기 때문입니다. 그런 순간들이 있습니다. 아주 작은 몸짓과 아주 적은 인원만으로도, 아니 바로 그 작음과 적음 때문에 천국이 눈앞으로 성큼 다가오는 것 같은 행복한 착시. 머나먼 권력자의 대단한 도움을 빌려야 만들 수 있는 유토피아가 아니라 우리가 마음만 먹으면 바로 옆에 있는 친구들과 만들 수 있는 세상.『반지의 제왕』의 작가 J. R. R. 톨킨이 만든 낭독의 공동체도 바로 그런 것이었지요. 그것은 아주 원초적인 소통의 공동체였습니다. 한 사람은 자기 글을 낭독하고, 다른 이들은 그 목소리를 듣고, 서로의 표정을 탐닉하고 서로의 몸

작은 공동체

짓을 읽어 냅니다. 그 원시적인 몸짓의 나눔 속에서 톨킨은 천국을 보았을 거라고 저는 상상해 봅니다. 지금 이 순간 내가 사랑하는 이들에게 완전히 이해받고 있다는 행복, 이것 말고는 아무것도 필요하지 않다는 충족감. 거기에 바로 천국이 있습니다.

우치다 타츠루의 『절망의 시대를 건너는 법』(우치다 타츠루, 오카다 도시오, 김경원 옮김)을 읽으며 저는 지금 이 순간 제가 만들 수 있는 천국은 어떤 곳일지 꿈꿔 보았습니다. 그 첫 번째 이미지가 바로 서로 책을 읽어 주고 듣고 공감하고 수다를 떠는 작은 낭독의 공동체였지요. 복잡한 도시 속에서도 저는 가끔 지금 이미 이곳에 존재하고 있는 천국을 보곤 합니다. 이 삭막한 서울에서도 정겹고 구수하게 옛 농촌의 품앗이와 새참 문화의 변형된 형태를 여전히 간직하며 살아가는 사람들이 있습니다. 30년째 같은 동네에 사시는 제 어머니는 이모들이나 딸들보다 옆집 아줌마들을 더 자주 만나십니다. 서로 힘든 일이 있을 때마다 의지하고, 기쁜 일이 있을 때마다 더 따스하고 왁자지껄하게 기쁨을 나누며 살아가십니다. 셰어 하우스를 통해 적은 비용으로 더 많은 사람들이 오순도순 살아가는 공동체 또한 그런 사례가 될 수 있습니다.

우치다 타츠루는 시장경제의 처참한 몰락을 지켜보며 오래전부터 작은 희망을 나누는 새로운 공동체 운동을 실천해 왔습니다. 『절망의 시대를 건너는 법』은 바로 그의 꿈과 실천의 기록이 담긴 소중한 대담집입니다. 그는 세대론, 교육론, 경제론, 연애론, 우정론에 이르기까지 다양한 주제를 자유자재로 횡단하며 정체에 빠진 일본 사

인간의 조건

회의 프리즘을 통해 디스토피아 속에서 유토피아를 만드는 일의 소중함을 역설하지요.

제 눈에 비친 일본 사회의 가장 큰 문제점은 욕망의 꼬투리를 잡히지 않기 위해 아예 욕망하기 자체를 멈추는 일본 젊은이들이었습니다. 남의 일 같지가 않았습니다. 돈을 벌고 꿈을 이루기 위해 열심히 살아가고 결혼을 하고 아이를 낳는 데 수반되는 여러 가지 걱정거리를 아예 차단하기 위해, 그들은 그 모든 것을 아예 처음부터 그만두고 있습니다. 그러나 일부는 실제로 아무것도 하지 않는 것뿐만 아니라, 무언가를 열심히 하는 사람들을 비난하고, 무시하고, 깎아내리기에 열중하고 있었습니다. 겉으로는 아무것도 하지 않는 것처럼 보이지만 알고 보면 '컴퓨터 키보드의 전사'가 되어 이 세상 모든 열심히 사는 사람들을 저주하고, 악플을 달고, 헛소문을 퍼뜨리는 사람들. 이들 뒤에는 바로 진지한 대화의 통로를 잃어버린 사회, 존경받는 일을 포기한 노인들, 진정한 교육을 포기한 학교, 성과주의 괴물이 만들어 놓은 거대한 사회 시스템이 있습니다.

— 우치다 타츠루, 『절망의 시대를 건너는 법』에서

우치다 타츠루의 수많은 대안 중 하나는 바로 '잃어버린 신체성을 회복하는 것'입니다. 그는 젊은이들에게 무술을 가르치고, 함께 청소를 하며 우리 몸으로 할 수 있는 일을 통해 해답을 찾고 있습니

작은 공동체

다. "우리가 지금 당연한 듯이 여기고 살아가는 문명적인 공간은 누군가가 필사적으로 무질서를 세계 밖으로 몰아내 준 덕분이지요." 위대한 대가의 풍모를 지녔지만 그가 내놓는 대안은 언제나 소박합니다. 그 하찮음과 소박함과 절실함이 제 마음을 울립니다.

탁월함과 위대함

얼마 전 강의에서 가슴 아픈 질문을 받았습니다. 열심히 '우리 삶에서 인문학의 필요성'에 대해 두 시간 동안 열변을 토했는데, 이십 대 초반으로 보이는 학생이 이런 질문을 하더군요. "선생님 말씀이 참 좋지만요. 우리가 살아가는 데는 별 도움이 안 되는 것 같습니다. 우리는 취직도 해야 하고, 부모님도 모셔야 하고, 자립도 해야 하고, 해야 할 일이 정말 많은데, 그렇게 주어진 삶에 최선을 다하는 것도 좋지 않을까요? 선생님은 자신이 하고 싶은 걸 찾으신 것 같은데, 저는 꼭 그런 꿈을 찾아야 되는 것인지 모르겠습니다. 꿈을 꼭 찾아야 하나요?" 그 질문은 여러 가지 서글픈 울림과 항변을 담고 있었습니다. 저는 그 질문에서 아주 복잡하게 얽힌 우리 사회의 갈등 구조를 엿볼 수 있었습니다.

우선 그 학생은 인문학의 필요성을 강조하는 특강을 일부러 찾아와서 들을 정도로 이 방면에 관심은 있지만, 인문학에 관심을 가지는 것 자체가 '쓸데없는 일'이 아닐까 하는 두려움을 내면화하고

인간의 조건

있었습니다. 그리고 그 학생의 머릿속에서는 공부를 열심히 해서 취직하는 일과 인문학에 관심을 가지고 여러 가지 책도 읽고 타인의 삶에도 관심을 갖는 일이 완전히 이분법적으로 나뉘어 있었습니다. 마찬가지로 그 학생은 꿈을 찾아 사는 삶과 책임을 다하는 삶을 두부 자르듯 싹둑 나누고 있었습니다. 꿈을 찾아 사는 사람들은 책임을 다하지 않는 걸까요. 책임을 다하며 사는 사람들은 꿈을 완전히 잊어버린 것일까요. 우리는 이렇게 쓸데없는 일과 쓸모 있는 일을 나누고, 꿈을 찾는 삶과 책임을 다하는 삶을 나누고, 나만 잘 사는 것과 타인의 아픔에 공감하는 삶을 나누는 이분법적 사고 때문에 더욱 불행해지는 것은 아닐까요. 게다가 그 학생이 전제하고 있는 가치관의 밑바닥에는 '실현될지도 알 수 없는 막연한 꿈에 인생을 걸다가 실패하면 어떡하지?' 하는 두려움이 깔려 있었습니다. 그 두려움이 제 마음을 아프게 찔렀습니다. 그 두려움은 누구도 대신해 줄 수 없고, 오직 그 두려움을 느끼는 장본인 스스로 이겨나가야 할 고통이기 때문입니다.

요즘 아이들은 우리 세대의 어린 시절과 달리 위인전을 잘 읽지 않는다고 합니다. 위인전 대신 어린이들이 열광하며 읽는 책들은 오바마, 반기문, 김연아 등 지금 이 시대에 성공한 사람들의 이야기, '셀러브리티'라 불리는 유명인의 성공과 출세를 담은 이야기들이라고 합니다. 아이들은 위인에는 관심 없고 스타와 유명인에게 관심을 가지도록 교육받고 있습니다. 위대한 사람, 즉 위인(偉人)이라는 개념 자체에 대해 21세기 어린이들은 별다른 감흥을 느끼지 못하는 분위

작은 공동체

기지요. 물론 이것은 어린이들이 처음부터 갖고 있는 생각이 아니라 어른들의 뒤바뀐 가치관이 어린이들에게 주입된 결과입니다. 인간의 한계를 뛰어넘는 사람들, 세속의 가치에 굴복하지 않는 초인적인 탁월함에 대한 경외감을 '유명해져야 한다. 성공해야 한다. 돈을 많이 벌어야 한다.'는 자기 암시로 가득 찬 세속적 가치가 대체해버린 것입니다.

물론 위인전을 읽으며 자란 저는 위인이라는 개념 자체에도 지나치게 민족주의적인 색채와 국가에 대한 충성심을 강요하는 스토리가 많다는 것을 나중에야 알게 되었지만, '위인전'을 통해 어린 시절의 제가 느낀 감동은 그것과는 전혀 다른 것이었습니다. 제가 읽고 또 읽었던 위인전은 베토벤의 이야기였습니다. 빛바랜 갱지에 인쇄된 베토벤의 파란만장한 삶을 통해 누구도 자신의 꿈을 지원해주지 않는데도 불구하고, 게다가 음악가에게 가장 중요한 청력을 상실해 버린 극한의 고통 속에서도 숨이 끊어지는 날까지 아름다운 음악을 창조하는 한 사람의 투쟁이 그토록 아름다울 수 있다는 것을 깨달았지요. 알코올중독자 아버지의 매질을 참아 내며, 짝사랑의 연속으로 점철된 참담한 인연의 슬픔을 견뎌 내며, 나중에는 청력 손실로 인한 사람들의 비웃음까지 감내하며 그는 자신의 하나뿐인 음악의 우주를 힘겹게 한 곡 한 곡 빚어냅니다. 누군가 '이 사람이 훌륭한 사람이야.'라고 가르쳐 주지 않아도, 저는 그 수많은 위인들 중 제 가슴을 고동치게 하는 한 사람의 이미지를 각인시켰던 것입니다.

초등학생인 제가 '타인을 감동시키는 인간의 탁월함이란 무엇인

인간의 조건

가?'에 대해 생각하는 감수성을 기를 수 있었던 것은 부모님이 저를 내버려 두었던 시간 덕분입니다. 무엇을 하든 '그저 알아서 잘하겠지.' 하고 혼자 두었던 시간의 힘 덕분이 아니었을까 싶습니다. 아이들에게도 고독은 필요합니다. 무엇이 중요한지, 무엇이 훌륭한지, 무엇이 탁월한지에 대해 어른들이 나서서 정답을 제시하지 않았으면 좋겠습니다. '김연아처럼 성공해라.' '반기문처럼 열심히 공부해라.' '오바마처럼 연설을 잘해야지.' 하고 윽박지르지 않았으면 좋겠습니다. '공무원처럼 착실하게 살아라.' '공무원이 되기 위해서는 엄청난 경쟁률을 뚫는 시험을 통과해야 한다.'고 가르치지 않았으면 좋겠습니다. 무엇이 삶의 장애물을 뛰어넘는 탁월함인지, 무엇이 세속적인 성공에 찌든 사람들의 색안경조차 벗게 만드는 인간의 순수한 아름다움인지 판단할 수 있는 자유를 주었으면 좋겠습니다. '이런 사람이 진정한 롤모델이다.' '이 사람의 성공 비결을 따라야 한다.'는 식의 부담감으로 젊은이들의 젊음을 죽여버리지 않았으면 좋겠습니다.

일본의 소설가 마루야마 겐지는 인간관계의 각종 억압 속에서 매일 짓누르는 우리 자신의 '자기다움'을 찾는 길을 모색합니다. 그는 부모라는 이유로, 학교 선생님이라는 이유로, 회사 상사라는 이유로, 국가의 국민이라는 이유로 '따라야만 한다.'고 강요하는 모든 가치들을 의심합니다. 누구도 우리 삶의 통제자로 군림하도록 허락해서는 안 된다는 것입니다. 『나는 길들지 않는다』(김난주 옮김)에서 그는 이렇게 말합니다. "부모가 있기에 나도 있다는 발상은 국가가 있기에 국민도 있다는 말도 안 되는 논리와 직결되는 최대 악이다.

작은 공동체

베토벤의 삶은 아름다운 음악을
창조하는 한 사람의 투쟁이
그토록 아름다울 수 있다는 것을
깨닫게 합니다.

알코올중독자 아버지의 매질을
참아내며, 짝사랑의 연속으로
점철된 참담한 인연의 슬픔을
견뎌내며, 나중에는 청력 손실로
인한 사람들의 비웃음까지
감내하며, 그렇게 그는 자신의
하나뿐인 음악의 우주를 힘겹게
한 곡 한 곡 빚어냅니다.

나아가 개인의 자유를 말살하는 맹독이다."

　부모뿐 아니라 우리가 기대고 있는 모든 가치의 뿌리를 남김없이 의심하라는 것은 너무 고통스러운 주문이겠지요. "아무튼 학교를 졸업하면 당장 집을 나가야 한다. 그 시기는 빠를수록 좋다. 그럴 수 있느냐 없느냐에 인생의 모든 것이 달려 있다. 집을 떠난다는 것은 제2의 탄생을 뜻한다." 하지만 바로 그 고통스러운 작업을 시작해야만 합니다. 그렇게 아픈 자문자답의 과정을 통과하지 않는다면 우리는 인생의 끝자락에서 남 탓만 할지도 모릅니다. '내가 이렇게 된 건 다 엄마 탓이야. 아빠 탓이야. 친구들 탓이야. 선생님 탓이야. 이 어처구니없는 나라에 태어난 탓이야……' 이렇게 말입니다.

현대화된 가난

　'현대화된 가난'은 과도한 시장 의존이 어느 한계점을 지나는 순간부터 나타나기 시작한다. 이 가난은 산업 생산성이 가져다준 풍요에 기대어 살면서 삶의 능력이 잘려 나간 사람들이 겪어야 하는 풍요 속의 절망이다. 이 가난에 영향을 받는 사람은 창조적으로 살고 주체적으로 행동하는 데 필요한 자유와 능력을 빼앗긴다. 그리고 플러그처럼 시장에 꽂혀 평생을 생존이라는 감옥에 갇혀 살게 된다.

　　　　　　　　　—이반 일리치, 『누가 나를 쓸모없게 만드는가』에서

　　　　　　　　　　　　　　　　　　　작은 공동체

돈을 쓰지 않고서는 하루도 살아갈 수 없게 되어 버린 도시인의 현실을 가리켜 철학자 이반 일리치(Ivan Illich)는 '현대화된 가난'이라는 용어를 썼습니다. 소비를 하지 않고 무언가를 한다는 것이 불가능해진 도시인에게 현대화된 가난이란 극빈층에게만 해당되는 것이 아닙니다. 돈을 쓰지 않고서는 아주 사소한 의식주도 해결할 수 없게 된 현대인들 모두는 가난하거나 부자거나 모두 현대화된 가난을 체험하고 있습니다. 이것이 우리 자신의 '자기다움'이 무엇인지, 내가 원하는 것이 무엇인지조차 제대로 알 수 없게 만드는 걸림돌입니다.

소비를 하지 않고서는 하루도 살 수 없게 되어 버린 현대화된 가난이야말로 또 하나의 더 큰 결핍, '꿈꿀 수 없는 젊음'을 낳는 주범입니다. 남녀노소를 가리지 않고 사람들은 진정한 꿈을 꾸는 데 인색해져 버렸습니다. 이반 일리치는 『누가 나를 쓸모없게 만드는가』(허택 옮김)에서 매일매일 '어떻게 돈을 벌고, 어떻게 돈을 쓸 것인가.'를 선택하느라 빼앗겨 버린 우리의 진정한 힘이 무엇인지를 성찰하게 만듭니다. "우리는 자기 안의 재능을 볼 수 있는 눈을 잃었고, 그 재능을 발휘하도록 환경조건을 조절할 힘을 빼앗겼고, 외부의 도전과 내부의 불안을 이겨 낼 자신감을 상실했다."

초고속 교통을 이용할 수 있게 된 대신에 튼튼한 다리로 어디든 부지런히 갈 수 있는 능력을 잃어버렸으며, 온갖 학위들로 교육의 기회를 늘린 대신에 스스로 자립할 수 있는 독학의 능력을 상실해 버렸습니다. 병을 고치는 의료 행위가 늘어난 것처럼 보이지만 의료사고를 비롯한 각종 위험에 대처하는 능력은 오히려 급격히 떨어지고

인간의 조건

있습니다. 아주 사소한 위험 상황에서도 119를 찾는 현대인들은 '위험에 스스로 대처하는 능력'을 잃어가고 있습니다. 돈만 있으면 행복해질 수 있다는 단꿈에 부풀어 오르지만 돈이 있어도 행복하지 않은 사람들, 부자가 되기에 실패한 사람들은 오늘도 심각한 우울증을 겪으며 극단적인 선택으로 내몰리고 있습니다.

더 큰 이윤을 향해 맹목적으로 질주하는 자본은 끊임없이 '새로운 필요'를 만들어 내지만 그 새로운 필요를 선택하고 구입할 수 없는 사람들은 어쩔 수 없이 일상화된 궁핍에 시달려야 합니다. 현대의 자본은 인간을 풍요롭게 만드는 부(富)가 아니라 인간을 '가난하게 만드는 부(impoverishing wealth)'를 확대 재생산하고 있습니다. 이반 일리치는 바로 이 '가난한 부'야말로 많은 사람들이 함께 향유하며 행복을 누릴 수 없게 만드는 '희소한 부'이며, 우리 사회의 가장 힘없는 사람들에게서 자유와 해방을 빼앗는 '파괴적인 부'임을 고발합니다.

인간을 불구로 만든 전문가의 시대에는 자신이 얼마든지 해결할 수 있는 문제도 '전문가의 손'에 맡김으로써 스스로를 점점 무력화시킵니다. 내 삶을 내가 일구고 가꾸고 창조할 수 있는 기회를 각종 전문가에게 맡김으로써 사람들은 부를 과시하거나 혹은 자신의 처세술을 자랑하곤 합니다. 하지만 언제든지 주치의를 부를 수 있는 경제력을 가진 대신 늘 건강염려증에 시달리는 삶이 나을까요? 아니면 부지런히 일상 속에서 즐겁게 살아가며 좀처럼 병원의 문을 두드릴 필요가 없는 건강한 삶이 나을까요? 무슨 일이 있을 때마다 얼마든지 변호사를 선임할 수 있는 경제력을 가진 대신 늘 골치 아픈 문제에 시달리는 삶이 나을까요? 아니면 법 없이도 살 사람임을 모두에게 인정받으며 소박하게 살아가는 삶이 나을까요?

현대인은 어디서나 감옥에 갇힌 수인이다. 시간을 빼앗는 자동차에 갇히고, 학생을 바보로 만드는 학교에 잡혀 있고, 병을 만드는 병원에 수용되어 있다. 사람은 기업과 전문가가 만든 상품에 어느 정도를 넘어 지나치게 의존하다 보면 자기 안에 있던 잠재력이 파괴된다.

—이반 일리치, 『누가 나를 쓸모없게 만드는가』에서

우리는 이제 개인의 선택에만 의지해서는 안 됩니다. 사회의 선택이 있음을, 공동체의 선택이 있음을 서로에게 일깨워줘야 합니다. 서로에게 '너 뭐 살 거니?' '이 옷 마음에 들어?' '나 이거 잘 샀지?'라는 사소한 선택의 동의만 구할 것이 아니라, '너 이번 선거 때 누굴 뽑을 거니?' '너는 방사능 오염 물질에 어떻게 대처할 거니?' '우리는 어떻게 우리 아이들을 함께 제대로 키울 수 있을까?' '내 아이의 성적만이 아니라 다른 아이들의 안녕도 걱정해야 하는 것이 아닐까?'와 같이 진정 너와 내가 함께하는 질문을 더 많이 생각해야 합니다. '나' 단위만이 아니라 너와 나의 단위, 가족 단위만이 아니라 이웃의 단위, 마을의 단위, 공동체의 단위로 사유할 수 있는 용기와 판단력을 길러야 합니다. 새뮤얼 존슨은 진정한 선택의 아름다움을

인간의 조건

"자기 삶에서 어떤 선택을
할 때는 그것이
반드시 인간답게 살기
위해서임을 잊지 마라."
—새뮤얼 존슨

우리에게는 아직 진정한 선택의
기회가 남아 있습니다. 개인의
합리적 선택이라는 환상을 버릴
자유가 남아 있습니다. 국가가
우리의 운명을 바꾸게 놔둘 것이
아니라, 우리가 국가의 운명을
바꾸도록 선택할 권리가 있습니다.

이렇게 멋진 문장으로 보여 줍니다. "자기 삶에서 어떤 선택을 할 때는 그것이 반드시 인간답게 살기 위해서임을 잊지 말라." 우리에게는 아직 진정한 선택의 기회가 남아 있습니다. 개인의 합리적 선택이라는 환상을 버릴 자유가 남아 있습니다. 기업이 우리의 운명을 바꾸게 할 것이 아니라 우리가 기업의 운명을 바꾸게 할 권리가 있습니다. 국가가 우리의 운명을 바꾸게 놔둘 것이 아니라 우리가 국가의 운명을 바꾸도록 선택할 권리가 있습니다.

자크 데리다의 '환대의 윤리'

사랑은 언제나 오래 참고 사랑은 언제나 온유하며
사랑은 시기하지 않으며 자랑도 교만도 아니하며
사랑은 무례히 행치 않고 자기의 유익을 구치 않고
사랑은 성내지 아니하며 진리와 함께 기뻐하네.
사랑은 모든 것 감싸주고 바라고 믿고 참아내며
사랑은 영원토록 변함없네.
믿음과 소망과 사랑은 이 세상 끝까지 영원하며
믿음과 소망과 사랑 중에 그중에 제일은 사랑이라.

—「고린도전서」 13장에서

「고린도전서」 13장에 등장하는 위 노래는 한국 사람들이 종교의 유무에 관계없이 가장 많이 알고 있는 찬송가일 겁니다. 저는 이 노래를 들을 때마다 왠지 가슴이 뭉클해집니다. 이제 너무 많이 들어서 조금은 상투적이라고 느낄 때도 되었건만 이 노래가 주는 감동은 매번 다릅니다. 이 노래는 제가 아는 익숙한 사랑의 정의를 항상 다시 생각해보게 만들기 때문입니다. 그리하여 내 사랑의 모자람과 성급함과 변덕스러움을 항상 새롭게 되돌아보게 만듭니다. 이 아름다운 노래에서 '사랑'을 영어로 번역하면 무엇일까요? 가장 먼저 떠오르는 단어는 'love'겠지만, 실은 'charity(자선)'라고 합니다. 저는 이 사실을 처음 알았을 때 엄청난 전율을 느꼈습니다. 저 또한 당연히 사랑은 '러브'라고 생각했지요. 볼록렌즈의 초점처럼 오직 한 사람을 향해 타오르는 좁은 의미의 사랑이 아니라, 내 가족과 연인과 친구만을 향한 협소한 사랑이 아니라 내가 알지 못하는 사람, 나를 힘들게 하는 사람, 나를 배제하는 사람까지도 사랑하는 것이 바로 진정한 사랑이 아닐까요?

'charity'는 남녀 간의 사랑이 아니라 이웃에 대한 사랑, 나보다 어려운 사람에 대한 사랑을 의미합니다. 이 사랑은 연인들만의 친밀성을 넘어 마주치는 모든 사람들에 대한 관심과 존중을 전제로 하지요. 또한 단지 구세군 냄비나 ARS 이웃 돕기 성금에 그치지 않고, 우리가 일상적으로 실천할 수 있는 모든 종류의 타인에 대한 사랑을 함축하는 아름다운 단어입니다. 이 사랑은 우리의 짐작보다 훨씬 넓고 깊고 아름답습니다. 이 사랑은 진리에 대한 사랑인 필로스(philos)와 남녀 간의 사랑인 에로스(eros)보다 훨씬 커다란 사랑, 즉

213

신의 사랑인 아가페(agape)에 가깝지요.

이 커다란 사랑의 의미를 평생 연구한 신부님이 있습니다. 바로 이반 일리치(1926~2002)입니다. 그는 푸에르토리코 교구의 보좌신부, 푸에르토리코 가톨릭대학교 부총장을 지냈고, 평생 이러한 신의 사랑을 전파하기 위해 수많은 도시를 떠돌며 자신의 배움을 실천했습니다. 그가 이웃에 대한 사랑을 실천할 수 있는 가장 중요한 원리로 제시했던 것은 바로 '우정'이었습니다. 그는 우정에 대한 매우 참신한 관점을 제시합니다. 우리는 보통 우정 하면 가장 먼저 친한 친구의 얼굴을 떠올리게 되는데요, 이반 일리치는 우정을 새롭게 정의합니다.

『이반 일리치의 유언』(이반 일리치, 데이비드 케일리, 이한, 서범석 옮김)에서 그는 우정이란 나와 너 사이의 친밀성이 아니라 '나와 너가 제3의 낯선 사람을 어떻게 받아들일 것인가.'의 문제라고 말합니다! 우정은 '네가 나를 얼마나 좋아할까?'를 계산하는 것이 아니라 '너와 내가 힘을 합쳐 낯선 사람을 얼마나 따스하게 환대하는가.'에 따라 결정된다는 것입니다.

이반 일리치와 그의 친구들의 모임에는 항상 촛불이 놓여 있다고 합니다. 그것은 일종의 상징이지요. 촛불을 켜 놓는다는 것은 우리 두 사람이 이야기하고 있을 때 언제든지 제삼자가 끼어들어도 좋다는 '환대의 표시'라고 합니다. 촛불은 그 공동체가 결코 바깥 세계를 향해 닫혀 있지 않다는 점을 상기시키는 '미래의 친구'를 향한 열린 마음의 표시인 셈입니다. 지하철이나 버스를 탈 때마다 사람들이 각자의 스마트폰에 꽂은 이어폰은 사실 이 촛불과 전혀 반대되는 미디어인 셈이지요. 이어폰을 꽂고 있다는 것은 나에게 말 걸지 말라는 자기표현이기 때문입니다. 타인을 향해 좀 더 밝은 귀를 열어 놓는 것, 내가 좋아하는 소리만 듣겠다는 것이 아니라 내가 감당할 수 없는 소리마저 기꺼이 받아들이겠다는 것. 그것이 촛불이 함축한 열린 우정의 가능성입니다.

그렇다면 우리의 진짜 이웃은 과연 누구일까요? 「누가복음」 10장에서 예수는 길가에 쓰러진 유대인 남자를 아무런 조건 없이 구해준 사마리아인의 예를 듭니다. 자신과 아무 상관도 없어 보이는 사람이지만 이유도 조건도 따지지 않은 채 무조건 길가에 쓰러진 타인을 돕는 순수한 마음. 예수님은 바로 그런 사람들이야말로 우리의 진정한 이웃이라고 말씀하셨습니다. 사전에는 착한 사마리아인을 '필요할 때 도와주는 친구'로 정의하지요. 미국에는 이른바 '착한 사마리아인법'이라는 것도 있어서 누군가를 도우려던 사람이 실수로 불법행위를 저지를 때는 죄를 따지지 않는다고 합니다.

하지만 '착한 사마리아인'은 단지 이런 특별한 경우만을 상징하는 것은 아닐 것입니다. 나의 도움을 필요로 하는 모든 이들, 내가 손을 내밀면 닿을 수 있는 모든 사람들, 나와 아무런 혈연도 친분도 없지만 내가 그들의 아픔을 이해해야만 하는 모든 사람들. 바로 이런 사람들이 우리의 이웃 아닐까요? 그러니 이웃은 단지 우리 옆집이나 윗집 사람이 아니라 우리가 아직 얼굴조차 알지 못하는 모든 타인들, 우리가 귀찮거나 불편해서 외면했을지 모르는 타인들입니다.

　　　　　　　　　　　　　　　　　　　　작은 공동체

이러한 이반 일리치의 철학은 철학자 자크 데리다가 말했던 '환대의 윤리'와도 맞닿아 있습니다. 이때 데리다가 말하는 환대(hospitality)는 초대와는 전혀 다릅니다. 초대가 내게 필요한 사람과 나와 친한 사람을 계획적으로 '준비된 상태'에서 맞이하는 것이라면, 환대는 전혀 예상치 못한 낯선 사람의 방문을 기꺼이 아무 준비 없이 받아들이는 것이기 때문입니다. 이반 일리치가 실천한 우정은 특정한 얼굴이 떠오르는 '친한 사람'이 아니라 완전히 '낯선 사람'을 향해 작동하는 커다란 사랑(charity)을 향해 완전히 열려 있는 마음입니다.

4부

마음의
확장

분노할 권리

기억과 억압

영혼의 대화

치유의 공동체

분노할 권리

우리는 분노한다, 그러므로 존재한다

갈 길 잃은 분노의 징후들

분노하는 인간인 '호모이라둔쿠스(Homo Iraduncus)'가 21세기에 뜨거운 화두가 되고 있습니다. 얼마 전부터 언론에서 우울증 버금가는 빈도로 자주 노출되는 심리적 증상은 '분노조절장애'입니다. 스스로 분노조절장애를 겪고 있다고 인정하는 사람들이 급증하고 있으며, '혹시 나도 그런 문제가 있는 것일까.' 걱정하는 사람들도 늘고 있습니다. 수많은 여성들에게는 우울증이, 아이들에게는 ADHD(주의력결핍 과다행동장애)가, 그리고 남성들에게는 분노조절장애가 정신건강의 리트머스 시험지가 되어가고 있는 것일까요. 의학적으로 정확한 진단을 받지 않더라도 스스로 '이런 병이 아닌가.' 의심하는 사람들이 많아졌다는 것이 문제의 심각성을 보여 줍니다. 화를 안으로만 삭이는 이에게는 우울증이라는 꼬리표가, 화를 시도 때도 없이 엉뚱한 대상에게 표출하는 이에게는 분노조절장애라는 낙인이 찍히곤 합니다. 분노를 분노의 원인이 되는 대상에게 직접적으로 표출하지 못하는 것이 이 모든 문제의 뿌리일 것입니다. 분노의 뿌리가 되는 문제 자체를 해결할 수 없는 상황이 선량한 사람들을 '무슨 문제가 있는 사람'으로 몰아가고 있지요. 진짜 문제는 각종 정신질환 자체가 아니라 사람들을 괴롭고 아프게 만드는 사회구조에 있습니다.

남녀노소의 분노를 자극하는 모든 문제들은 우리 사회의 잠재적 화약고들입니다. 이 분노의 씨앗들은 이미 우리 사회 깊숙이 뿌리 내렸습니다. 이 분노는 억울한 사람들, 상처 입은 사람들, 슬픔에 빠진 사람들의 마음속 깊숙한 곳에 싹을 틔워 언제 마법의 콩나무처럼 미친 듯이 자라나 하늘 높이 치솟는 무서운 불길이 될지 모릅니다. 어렸을 때부터 극심한 입시 스트레스에 시달리고, 힘들게 대학을 졸업하면 취업 대란에 내던져지고, 결혼 적령기에는 전월세 대란을 겪고, 결혼해서 아이를 가지면 또 그 아이들을 이 힘든 세상에서 키워 내느라 육아 스트레스에 짓눌리며, 중년부터 일찍이 노후 자금을 걱정해야 하는 한국인들. 이 분노를 진정한 공동체의 문제로 사유하지 않고 개인의 문제로만 한정하는 한, 분노를 발생시키는 사회의 근본 문제는 전혀 바뀌지 않을 것입니다.

손병석의 『고대 희랍 로마의 분노론』은 한 사회의 건강을 측정하는 척도를 분노로 바라봅니다. 호메로스의 『오디세우스』에서 세네카의 「분노론」에 이르기까지, 이 책은 분노라는 감정의 원인과 결과, 해결과 통제 방식에 따라 인류의 역사가 어떻게 요동쳐 왔는지를 고찰합니다. 나아가 분노가 개인과 공동체에 어떤 의미를 갖는지 분석하고, 분노를 어떻게 다루느냐에 따라 그 사회의 통치 방식이 달라져 왔다는 것을 증언하지요. 무엇보다도 분노의 통제와 실현은 영웅이 지닌 최고의 미덕 중 하나였습니다. 예컨대 오디세우스는 험난한 여정을 거쳐 집에 돌아와 자신의 아내 페넬로페에게 온갖 감언이설로 구혼한 남자들, 자신의 명예를 훼손한 그 모든 남자들을 살해합니다. 오디세우스의 분노가 매우 잔인하게 표출된 것은 사실이지만, 역사가 그를 영웅으로 기억하는 것은 자신의 분노를 침착하게 통제하고 전략적으로 이용해 마침내 자신이 원하는 것을 얻어 내는 오디세우스의 놀라운 이성 때문입니다. 프로메테우스는 자신의 분노를 단지 개인적인 목적으로 사용한 것이 아니라 인간을 향한 이타적 분노로 승화시키고, 마침내 자신이 제우스의 분노를 온전히 감당함으로써 불멸의 영웅이 되었습니다. '분노를 어떻게 통제하고 활용하고 더 커다란 목적으로 승화시키는가.'가 영웅의 위대성의 척도가 되었지요. 알맞은 때에 올바른 방법으로 분노하는 것은 '정의로운 분노'가 될 수 있다는 의미로도 다가옵니다.

정의로운 분노

정의로운 분노는 어떻게 가능할까요. 분노를 자신이 당한 일에 대한 복수에 따르는 쾌락을 향한 눈 먼 질주로 이끌지 않고, 사적인

분노할 권리

손병석의 『고대 희랍 로마의
분노론』은 한 사회의 건강을
측정하는 척도를 분노로
바라봅니다.

나아가 분노가 개인과
공동체에 어떤 의미를 갖는지
분석하고, 분노를 어떻게
다루느냐에 따라 그 사회의
통치 방식이 달라져 왔다는
것을 증언하지요.

크리스토퍼 빌헬름 에케르스베르크,
「구혼자들을 몰살시키는 오디세우스」
(1814)

오디세우스는 험난한 여정을
거쳐 집에 돌아와, 자신의 아내
페넬로페에게 온갖 감언이설로
구혼한 남자들, 자신의 명예를
훼손한 그 모든 남자들을
살해합니다. 오디세우스의 분노가
매우 잔인하게 표출된 것은
사실이지만, 역사가 그를 영웅으로
기억하는 것은 자신의 분노를
침착하게 통제하고 전략적으로
이용하여 마침내 원하는 것을 얻어
내는 오디세우스의 놀라운 이성
때문입니다.

분노를 공동체의 더 나은 삶을 향한 분노로 승화시키는 사례들이 그렇습니다. 오디세우스의 '정의로운 분노'가 지나치게 잔인하게 발휘된 반면, 아리스토파네스의 희극 주인공인 뤼시스트라테의 분노는 매우 평화롭고 유머러스하여 더욱 눈길을 끕니다. 뤼시스트라테의 분노 해결법은 사회적으로 절대적 약자인 여성들이 지혜롭게 사적 분노를 공적 분노로 고양시킨다는 점에서 현대인에게도 깊은 파문을 던져 줍니다. 늘 소모적인 전쟁에 빠져 일상을 돌보는 일을 등한시하는 남편들에 대한 분노로 똘똘 뭉친 아테네 여성들은 '가정'이라는 최소 단위의 공동체를 파업함으로써 남성들을 분노하게 만듭니다. 이 작품은 남편과의 성관계를 거부하는 방식으로의 집단 파업으로 유명하지만 문제의 본질은 단지 잠자리 거부에 있지 않지요. 핵심은 전쟁과 경쟁과 지배에 몰두하는 남성적 권력에 대한 여성들의 분노입니다.

남성의 분노는 사회를 통제하고 유지하는 생산적 감정으로, 나아가 '남성성'을 증명하는 강력한 징표였습니다. 그런데 여성들의 분노는 '비이성적'이고, 여성답지 못한 것이며 나아가 억제하고 제거해야 할 쓸데없는 감정으로 치부되었지요. 서로 치고받고 복수하고 죽이고 단죄하는 남성적 정치의 대안으로서 그녀들은 서로 챙기고 감싸 주고 보듬어 주는 치유의 정치를 제안합니다. 전쟁에만 몰두해 집에 돌아오지 않는 남편들을 향해 집단 파업으로 맞선 여성들에게 남편들은 복수의 칼을 갈며 그녀들을 몰살시키자는 극약 처방까지 내놓습니다. 하지만 그녀들은 그런 남편들에게 다른 폭력으로 맞선 것이 아니라 사랑과 공감의 논리로 대응하지요. 그녀들은 자신들에

인간의 조건

게 통치의 권한이 주어진다면 모든 일을 '양털 다루듯' 조심스럽고 세심하게 처리할 것이라고 선언합니다.

그대들이 조금이라도 지각이 있었더라면 우리는 모든 나랏일을 양털 다루듯이 했을 거예요. 먼저 양털을 물에 담가 양의 오물을 씻어내듯, 그대들은 도시에서 악당들을 털어내고 엉겅퀴들을 가려내야 해요. 그리고 함께 들러붙는 자들과 관직을 노리고 모전처럼 응결되는 자들은 빗어내고 그 끄트머리들은 뽑아버려야 해요. 그런 다음 모두를 상호간의 선의라는 바구니 안에 집어 넣되 재류외인들과 동맹자와 나라의 친구도 한데 섞어야 하며, 누가 나라에 빚을 졌더라도 이들도 섞어 넣어야 해요. 이 나라의 식민지인 도시들도 여기저기 떨어져 있긴 하지만 그대들을 위한 양털이라는 걸 알아두세요. 이들을 전부 모아가지고 여기에 한데 쌓아놓으세요. 그런 다음 큰 양털 실뭉치를 만들어 거기서 백성들을 위해 외투를 짜도록 하세요.

—아리스토파네스, 「뤼시스트라테」에서

양털 다루듯 조심스럽게 사려 깊게 천천히 그 짜임새와 섬세한 결들, 양털의 과거와 현재와 미래를 아우르는 몸짓. 한때는 양의 털이던 것이 탄탄한 털실이 되고 언젠가 외투가 되려면 정성스러운 손길과 섬세한 배려가 필요합니다. 오래전 「뤼시스트라테」를 읽었을 당시에는 아테네 여성들 모두가 남편과의 잠자리를 거부하는 사상 초

오브리 비어즐리가 그린
뤼시스트라테

아리스토파네스의 희극
주인공 뤼시스트라테의
분노는 매우 평화롭고
유머러스하여 더욱 눈길을
끕니다. 『뤼시스트라테』의
분노 해결법은 사회적으로는
절대적 약자였던 여성들이
지혜롭게 사적 분노를 공적
분노로 고양시킨다는 점에서
현대인에게도 깊은 파문을
던져줍니다.

『뤼시스트라테』는 남편과의 성관계를 거부하는 여성들의 집단 파업으로 유명하지만, 문제의 본질은 단지 잠자리를 거부하는 것 자체가 아니라 '전쟁과 경쟁과 지배에 몰두하는 남성적 권력'에 대한 여성들의 분노입니다.

남성의 분노는 사회를 통제하고 유지시키는 생산적 감정으로, 더 나아가 '남성성'을 증명하는 강력한 징표였습니다. 그런데 여성들의 분노는 '비여성적'이며, '여성답지 못한 것'이며 나아가 억제하고 제거해야 할 쓸데없는 감정으로 치부되었던 것이지요.

유의 '사랑의 파업'으로 진정 원하는 삶을 쟁취해 낸, 기상천외한 아이디어가 번득이는 작품이라고 생각했습니다. 지금 다시 읽어 보니 그녀들의 재치가 분노와 슬픔에서 비롯된 것이기에 더 아프게 다가옵니다. 함께 결정하고 만들어 가야 할 세상에서 '그건 너희들의 소관이 아니다.'라고 말하는 사람들. 정작 위기에 처했을 때 그들의 책임을 물어보면 '그건 내 소관이 아니다.'라고 말하는 사람들. 복지부동, 무사안일주의를 일삼으면서 권력의 중책만을 맡으려 하는 남편들의 행태는 마치 오늘날 국민들의 목소리는 안중에도 두지 않고 자신들의 정치적 이권만을 고집하는 권력자들을 너무도 닮았습니다.

여자들, 즉 힘없는 자들은 꺼지라고, 지금은 전시 태세라고, 전쟁은 남자들의 소관이니 여자가 감히 나설 생각하지 말라고 윽박지르는 남편들 앞에서 뤼시스트라테와 그녀의 동지들은 말합니다. 그녀들은 단지 '남편에게 입막음을 당하는 부인들'만 대변하는 것이 아니라 힘없고 핍박받는 약자들의 분노를 대변한다고. 위급할 때일수록 하고 싶은 말이 눈덩이처럼 늘어나지만, 위급할 때일수록 더욱 서슬 퍼런 남편들의 폭압에 숨죽여야 했던 여성들의 분노가 표출되는 순간, 오랫동안 삭여 왔던 분노가 세상을 바꾸는 혁명의 에너지로 전환되는 순간입니다.

전에는 전시인 만큼 남자들이 무슨 짓을 하든 우리는 꾹 참았지요. 여자들이란 원래 얌전한 법이니까요. 그대들은 우리더러 불평도 못하게 했으니까요. 그렇다고 그대들이 우리의 마음에 들었던 것은 아니에요. [······] 우리는 마음이 괴로워도 웃음을 지어 보이며 물었지요. [······] "여보, 왜 자꾸 그런 어리석은 정책을 고집하시오?" 그이는 대뜸 나를 노려보며 말하곤 했지요. "실이나 짜. 머리를 얻어맞아 크게 비명을 지르고 싶지 않거든! 전쟁은 남자들의 소관이야."

—아리스토파네스, 『뤼시스트라테』에서

분노는 폭력과 테러, 살인의 원인이 되기도 하지만 정의 실현을 위한 필수적인 감정입니다. 부당함에 대한 영혼의 분노를 느끼지 못한다면, 그것은 사회의 중추가 망가져 있다는 뜻이기도 하지요. 분노에는 이중적인 측면이 있습니다. 분노에는 사회를 파괴시키는 에너지가 있지만, 동시에 사회를 긍정적으로 변화시키는 에너지도 있지요. 인류가 행복해지기 위해서는 '사회를 파괴시키는 에너지로서의 분노'가 아니라 사회를 긍정적으로 변화시키는 분노, 그러니까 '정의로운 분노'에 대한 공감대를 어떻게 이룰 것인가를 고민해야 합니다. 분노는 통제가 어렵기에 부정적으로 평가받기 쉬운 감정이지만, 그것이 공공의 이익을 위해 발산된다면 분노는 구원의 첫 번째 발자국일 수도 있습니다. 그러니 아픔을 안으로만 삭여 왔던 사람들이여. 화를 어디에 표출할 줄 몰라 엉뚱한 곳에 화풀이했던 사람들이여. 우리 더 정확하게, 더 지혜롭게, 더 커다란 행복을 위해 날카롭게 분노합시다. 정의를 위한 분노, 공동체의 더 나은 삶을 향한 지혜로운 분노만이 더 나은 세상을 만들 수 있습니다.

분노할 권리

부당함에 대한 영혼의 분노를
느끼지 못한다면, 그것은
사회의 중추가 망가져 있다는
뜻이기도 하지요.

분노에는 사회를 파괴시키는
에너지가 있지만, 동시에 사회를
긍정적으로 변화시키는 에너지도
가지고 있지요. 인류가 행복해지기
위해서는 '사회를 파괴시키는
에너지로서의 분노'가 아니라
사회를 긍정적으로 변화시키는
분노, 그러니까 '정의로운 분노'에
대한 공감대를 어떻게 이룰
것인가를 고민해야 합니다.

콤플렉스 극복의 길은
공동체 회복에 있다

열등감 콤플렉스와의 끝없는 전투

직장 생활에서 가장 힘든 것은 업무 자체가 아니라 인간관계라는 여론 조사 결과를 보았습니다. 직장 내에서 인권 침해를 경험해 본 사람들이 80퍼센트가 넘는다는 조사 결과도 있지요. 갑을관계의 폭력성이 사회적 이슈가 되면서 사람들은 그동안 참아 왔던 '관계 속의 불평등'을 여기저기에서 쏟아내고 있습니다. 직원들에게 아무런 죄책감 없이 막말을 하고, 자신의 개인적인 심부름을 회사 바깥에서까지 시키며, 비정규직이 많은 노동환경을 빌미로 '너는 아직 완전히 고용된 것이 아니다.'라는 식으로 직원들을 협박하는 상사들. 이런 갑의 횡포들을 심리학자 아들러가 봤다면 그는 이렇게 진단하지 않았을까요? 자신의 콤플렉스를 스스로 해결하지 못하고 그 스트레스를 타인에게 복수하는 증상이라고. 자신의 권력을 이용해 남을 괴롭히는 사람들의 공통된 특징은 자기 자신에게서 신성한 만족을 찾지 못한다는 점입니다. 그들은 남을 괴롭히고 짓밟음으로써만 자기만족을 얻을 수 있습니다.

겉보기에는 폭력을 당하는 쪽이 열등해 보이지만 진짜 심각한 열등감 콤플렉스를 앓고 있는 사람은 '남을 괴롭히는 사람'입니다. 그들은 남을 괴롭히지 않고서는 자신의 힘을 느낄 수 없습니다. 정신적으로 건강한 사람들은 자신의 존재 자체로부터 만족을 느낍니다. 어딜 가나 타인의 좋은 점을 발견하며, 자신의 결점을 오히려 먼저 고백함으로써 타인의 마음을 편안하게 만들어 주기도 합니다. 인간이 자신의 고유한 힘을 느끼는 것은 결코 죄가 아닙니다. 하지만 '어떤 곳에서 어떻게' 자신의 힘을 느끼는지가 중요합니다. 친구를 때리고 괴롭히는 아이들, 친구의 돈을 빼앗고 왕따를 시키는 학생들, 여성을 억압하며 성적으로 착취하는 남성들, 도둑질이나 사기 행각을 통해 타인이 소중하게 쌓아 올린 삶을 무너뜨리는 사람들의 공통된 특징은 '진짜 내 것'이 없다는 것입니다. 진짜 내 것이 얼마나 소중한지 아는 사람들은 결코 남의 것을 빼앗지 않습니다. 진짜 내 것 중에는 물건만이 아니라 '그동안 지켜 온 삶의 소중한 가치들'까지 포함되어 있기 때문입니다.

알프레트 아들러(Alfred Adler)는 인간이 삐뚤어진 행동을 하는 대부분의 원인을 '열등감 콤플렉스'로 해석합니다. 열등감 콤플렉스는 단지 내가 모자라다고 생각해서 생기는 것이 아닙니다. 자기도 모르는 사이에 자신의 부족함을 만회하기 위한 각종 '자기 정당화'

를 지속함으로써 강화됩니다. 학교에 가기 싫어하는 아이가 '아프다'고 핑계를 대며 꾀병을 부리는 일부터 시작해서, 남편의 외도를 의심하는 아내가 남편 없이는 외출을 하지 못하고 광장공포증에 시달리는 사례에 이르기까지…… 아들러는 사람들이 각종 기상천외한 자기 정당화를 통해 자신의 열등감을 겉으로는 만회하면서도 실제로는 더욱 강화하고 있음을 밝혀 냅니다. 예컨대 사교적인 활동을 싫어하는 한 남자는 아내가 외출하자고 할 때마다 심각한 천식 증상을 보입니다. 밖으로 보이는 문제는 '천식'이지만 실은 그가 아내의 뛰어난 사교성에 대한 열등감을 가지고 있고, 자신이 천식 증세를 보이면 아내가 외출을 포기하기 때문에 천식이라는 육체적 질환을 효과적으로 활용해 온 것입니다. 천식을 일으키면 아내가 외출을 포기한다는 확실한 보상이 있기에 그의 몸과 마음은 일치단결하여 아내가 외출을 제안할 때마다 천식을 심화시키게 된 것이지요. 누구에게나 열등감은 있지만 그 열등감을 어떻게 극복하느냐에 따라 인생이 전혀 다른 방향으로 흘러갈 수 있습니다.

열등감이 반드시 나쁜 것만은 아닙니다. 열등감은 무언가를 열심히 쌓아 올리는 데 터전이 되어 주기도 합니다. '나는 몸이 약해. 그러니까 운동을 열심히 해야지.'라고 생각하는 사람들은 약한 신체 결점을 극복해 내기 위해 최선을 다해 뜻밖에 훌륭한 운동선수가 되기도 합니다. 하지만 자신의 열등감을 타인을 괴롭히는 데 이용하는 방식이야말로 최악의 결과를 초래합니다. 인간은 어떤 상황에서든 자기 나름의 '승리의 드라마'를 원하는데, 그러면서 남의 승리를

기억과 억압

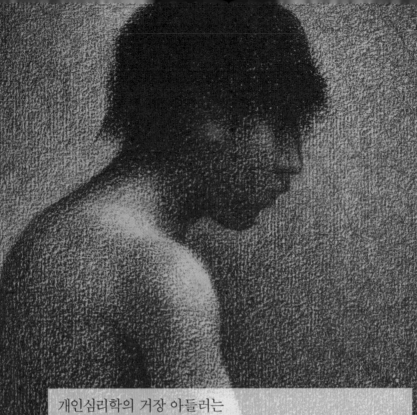

개인심리학의 거장 아들러는
인간이 삐뚤어진 행동을
하는 대부분의 원인을
'열등감콤플렉스'로 해석합니다.

열등감콤플렉스는 단지 내가
무엇보다 모자라다고 생각해서
생기는 것이 아니라, 자신도
모르는 사이에 자신의 부족함을
만회하기 위한 각종 '자기정당화'를
지속함으로써 강화됩니다.

깎아내리는 사람들도 있지요. 많은 사람들의 주목을 받는 유명인들에게 악플을 달면서 자기만족을 얻는 사람의 심리에는 타인의 승리를 깎아내림으로써 자신의 그릇된 우월감을 증명하려는 욕구가 담겨 있습니다. '부러우면 지는 거야.'라는 세간의 속설에는 누군가의 탁월함을 볼 때마다 그 자체를 긍정하지 못하고 '타인의 탁월함=나의 열등함'이라는 잘못된 공식에 빠져 버리는 인간의 나약함이 담겨 있습니다. 부럽다고 지는 게 아닙니다. 부러움의 감정을 자신에게 좋은 방향으로 이끌어가지 못하는 것이 진짜 패배인 것이지요. 나약함은 때로는 무기가 되어 타인을 공격하기도 합니다. 자신의 허약함을 이용해 타인을 지배하려는 욕구는 그릇된 방식으로 자신의 콤플렉스를 순간적으로 보완합니다. 그러나 결국 그런 시도는 실패로 끝납니다. 나약함을 무기로 한 순간적 승리는 결코 진정한 행복을 보장해 주지 못하기 때문입니다.

어느 날 그녀는 자기가 아프면 주위 사람들에게 더 많은 권력을 행사할 수 있다는 사실을 발견한 것이다. 그녀는 아픈 것이 곧 귀중한 재산이라는 것을 알게 되었다. [……] 그녀는 아프고 싶으면 언제든지 아플 수 있도록 연습을 하였다. 특히 무언가를 얻고자 할 때면 쉽게 아플 수 있었다. 이것은 일종의 '병 콤플렉스'다. 아이나 어른을 막론하고 사람들은 아픈 느낌을 통해 권력이 강화되는 것을 감지한다. 이런 식으로 가족의 관심을 끌고 무한한 지배력을 행사하는데, 어리고 약한 사람일수록 그렇게 할 가능성이

기억과 억압

높다.

— 알프레트 아들러, 『인간 이해』에서

이렇게 모든 사람들을 어떤 방식으로든 공격하는 열등감과 싸울 수 있는 방법은 무엇일까요. 아들러는 열등감 콤플렉스를 극복할 대안으로 공동체 의식을 길러야 함을 역설합니다. 현대인은 자신의 능력을 인정받으면 모든 것이 잘될 것이라는 자기계발의 공식이 각인되어 있지만, 실제 사회생활에서 능력보다 더 중요한 것은 타인과의 협력이지요. 진정한 공동체적 협력은 인간 개개인의 행복을 위해서도 분명히 기여합니다. 현악 사중주의 완벽한 하모니를 이룰 수 있는 연주자는 개인의 재능뿐 아니라 협력의 위대함을 보여 줍니다. 멤버들끼리의 신뢰와 연대감이 없다면 좋은 협연은 결코 불가능하기 때문입니다.

나 혼자만 잘 하면 된다는 생각의 밑바탕에는 협력의 소중함을 부정하려는 열등감 콤플렉스가 담겨 있기 마련입니다. 개인심리학이 결국 사회심리학과 연결될 수밖에 없는 지점이 바로 이것입니다. 개인이 훌륭하게 자신의 콤플렉스를 극복하기 위해서는 반드시 타인의 도움과 타인에 대한 자신의 믿음이 필요하지요. 누군가에게 이해받을 수 있다는 감정, 누군가를 아무런 계산 없이 사랑하고 존중할 수 있다는 감정 없이 인간은 결코 행복해질 수 없기 때문입니다. 오직 자신의 능력을 통해서만 만족을 얻는 사람은 개인적 성취감은 느낄 수 있지만 사회적 협력을 통해 느끼는 충족감은 느낄 수 없습니다.

> 야뇨증, 밤에 혼자 있는 것에 대한 공포, 그리고 자살, 이 세 가지 증세는 모두 동일한 목표를 지향하고 있다. 그것은 "나는 엄마 옆에 있어야 해." 또는 "엄마는 늘 나를 돌봐 줘야 해."라는 메시지를 전하고 있다.
>
> — 알프레트 아들러, 『인간 이해』에서

오늘날 아들러가 대중에게 각광받는 이유는 인간은 반드시 자신의 노력으로 변화할 수 있다는 낙관적 희망을 심어 주기 때문입니다. 인내심을 상실해 버린 시대, 유치원까지 경쟁의 전쟁터로 변해 버린 시대에 아들러는 타인을 짓밟고 올라가는 성공이 아니라 함께 노력해 서로의 장점을 끌어올리는 상생의 윤리학을 제시합니다. 만약 선생님이 아이의 잘못을 꾸짖기만 하고 벌주기만 한다면 그것은 유능함이 아니라 '나는 제대로 교육할 수 있는 방법이 없으며 아이를 긍정적인 방향으로 인도할 힘이 없다.'고 증명하는 것이나 마찬가지입니다. 우리가 어떻게든 서로의 콤플렉스를 비판하기만 하거나 서로를 배제하려고만 한다면 그것은 배제하는 쪽의 무능을 증명하는 것입니다. 아들러는 오직 신중한 교육과 강력한 공동체의 윤리만이 인간의 열등감을 극복할 수 있는 길이라고 믿습니다. 콤플렉스의 가장 나쁜 결과는 타인에 대한 두려움 때문에 관계 자체를 포기하는 것입니다. 진정한 관계 맺기가 어느 때보다 어려워졌지만 오직 타

기억과 억압

인과의 아름나운 관계 맺음을 통해서만 삶의 의미를 발견할 수 있다는 깨달음 또한 더 깊어지는 요즘, 저는 아들러를 통해 '너와 내가 함께 해야만 이룰 수 있는 그 무엇'을 꿈꾸고 있습니다.

삶의 동반자로서의 정신분석

저는 언제나 정신분석과 힘겨운 줄다리기를 합니다. '과연 정신분석으로 인간을 이해할 수 있겠는가.' 하는 회의감과, '그래도 문학 다음으로 내게 매력적인 것은 심리학'이라는 생각이 마음속에서 늘 갈등을 불러일으킵니다. 정신분석은 물론 그 어떤 화려한 분석의 도구로도 인간의 마음을 다 이해할 수 없으리라는 생각과 그러나 아직 정신분석만큼 인간의 무의식에 가까이 다가간 학문도 거의 없다는 생각이 서로 싸웁니다. 현대의 여러 정신분석학자들의 저서를 기웃거리다가도 언제나 융으로 다시 돌아오는 이유는 그의 겸허함 때문입니다. 융은 정신분석이 인간의 마음을 이해할 수 있는 절대적인 도구라고 생각하지 않습니다. 융은 말합니다, 정신분석을 통해서 멋진 성격을 창조해 낼 수 있다고 믿어서는 안 된다고. "정신분석은 단지 개인적인 성향들을 밝은 곳으로 드러내고, 그런 다음에 그것들을 가능한 한 완벽하게 발전시키고 조화시키는 하나의 수단일 뿐이다."

안과 치료에 비유한다면 융의 정신분석은 라식 수술보다는 훌륭한 안경을 권합니다. 눈에 메스를 들이대며 공격적인 치료를 하기

인간의 조건

아들러는 열등감콤플렉스를
극복할 대안으로서 공동체
의식을 길러야 함을 역설합니다.

현대인은 자신의 '능력'을
인정만 받으면 모든 것이
잘 될 것이라는 자기계발의
공식이 각인되어 있지만, 실제
사회생활을 해 보면 능력보다
더 중요한 것은 '타인과의
협력'이라는 것을 알게 됩니다.

보다는 환자의 눈에 꼭 맞는 안경을 주어 곧바로 일상으로 복귀하도록 하는 것입니다. 융은 환자가 자신의 상처와 고통을 세상 밖으로 드러내 '자신의 눈'으로 볼 수 있도록 돕습니다. '의사의 눈'으로 환자의 질병을 이리저리 재단하고 제거할 수 있다고 생각하는 것이 아니라, 환자 자신의 눈으로 자신의 상처를 차분하게 들여다볼 수 있도록 도와주는 사람이 의사라고 생각하지요. 그는 의사의 절대적 권위를 주장하지 않고, 환자를 무력한 치유의 대상으로 낮추지 않습니다. 그는 신경증 환자의 콤플렉스는 단지 그 환자만의 고유한 질병이 아니라 모든 인간들이 이미 지니고 있는 콤플렉스라는 점을 잊지 말아야 한다고 강조합니다. 콤플렉스는 암세포처럼 도려내야 할 대상이 아니라 우리가 함께 평생 살아가야 할 내면의 동반자인 것입니다.

융은 우리를 괴롭히는 무의식의 강박관념들, 때로는 우리의 창조적 영감을 자극하는 무의식의 영감들, 꿈의 형태로 자꾸만 인간에게 말을 거는 수많은 무의식의 기호들을 분석하고 해부하며, 마침내 그것을 인류 공통의 신화적 무의식과 연결시킵니다. 그는 끊임없이 신화와 철학, 종교와 예술의 도움을 받으며 정신분석을 고립된 학문이 아닌 창조적 통섭의 장으로 확장시킵니다. 정신분석에 대한 갖가지 편견의 색안경을 벗고 좀 더 정신분석 자체에 담담하게 접근할 수 있다면, 심리학은 우리에게 '가짜 만병통치약'이나 잠깐의 진통제가 아니라 평생을 함께할 수 있는 든든한 '마음의 돋보기'가 되어 줄 것입니다.

인간의 조건

꿈 분석을 통해 삶을 변화시키다

몇 년 전 인간의 무의식을 탐구하는 영국 과학자의 이야기를 다룬 BBC 다큐멘터리를 보다가 인상적인 장면을 발견했습니다. 그는 인간이 어떤 결정을 내릴 때 뇌의 어떤 부분이 활성화되는지를 알아보기 위해 스스로 실험 대상자를 자청했습니다. 어떤 선험적인 우열 관계가 발생하지 않도록 단순한 선택으로 실험을 시작했지요. 아무런 사전 맥락 없이 빨간 버튼을 누를 것인가, 푸른 버튼을 누를 것인가를 결정하는 실험이었습니다. 그는 두 가지 색상 중에 아무런 편견 없이 충동적으로 한 색상을 선택했는데, 실험 결과는 놀라웠습니다. 그가 의식적으로 빨간 버튼을 선택했을 때, 이미 6초 전에 그의 두뇌의 한 부분이 빨간 버튼을 누를 것을 결정했다는 실험 결과가 나온 것입니다. 그의 의식이 판단하기 전에 그의 무의식이 먼저 명령을 내린 셈입니다. 과학자는 실험 결과를 확인하고 망연자실했습니다. 눈으로 확인되는 것만을 믿어 왔던 투철한 과학자의 입장에서는 자신이 '의식하지 못한 부분', 그러니까 무의식에서 무려 6초 전에 자신의 의식에게 명령을 내린다는 사실을 받아들이기 힘들었던 것입니다. 0.6초가 아니고 무려 6초라는 사실에 과학자는 깊은 충격을 받았습니다.

무의식을 과학의 입장에서만 접근하면 이렇듯 '과학을 위협하는 무의식'이라는 공격적인 오류에 빠질 수 있습니다. 제가 좋아하는 과학자 한 분은 사석에서 이런 말씀을 하셨습니다. "과학자들이

기억과 억압

융은 끊임없이 신화와 철학,
종교와 예술의 도움을 받으며
정신분석을 고립된 학문이
아닌 창조적 통섭의 장으로
확장시킵니다.

융은 우리를 괴롭히는
무의식의 강박관념들,
때로는 우리의 창조적
영감을 자극하는 무의식의
영감들, 꿈의 형태로
자꾸만 인간에게 말을 거는
수많은 무의식의 기호들을
분석하고 해부하며, 마침내
그것을 인류 공통의 신화적
무의식과 연결시킵니다.

아주 합리적이고 과학적인 방법으로만 연구를 한다고 생각하면 오산이에요. 꿈을 꾸다가 아이디어를 얻어서 역사적인 발견을 한 사람도 있고, 엉뚱하고 비합리적인 상상 속에서 새로운 발견을 한 사람들도 많지요. 과학을 공부하다 보면 비과학적인 현상과 끝없이 맞닥뜨리게 되거든요. 과학자가 과학적일 거라고만 생각하는데, 그거야말로 과학에 대한 허상이에요." 저는 그의 말을 듣고 오히려 과학이 좋아졌습니다. 인간의 비합리적인 부분, 설명할 수 없는 부분, 분석할 수 없는 부분이야말로 과학이 탐구해야 할 영역이 아닐까요. 훌륭한 과학자들은 비과학적인 현상이라고 해서 무시하거나 배제하지 않습니다. 위대한 과학자들은 과학적이라 믿어 왔던 것들과의 투쟁을 통해 새로운 발견을 지속해 왔습니다.

　김서영의 『내 무의식의 방』을 통해 저는 정신분석이 과학과 인문학의 경계를 멋지게 뒤흔들 수 있는 흥미로운 학문임을 새삼 깨달았습니다. 저자는 프로이트의 정신분석을 연구하던 도중 융 심리학에 관심을 가지게 되었고, 서로 대척점에 있는 프로이트의 정신분석과 융의 분석심리학을 합일시킬 수 있는 방법을 고민하게 됩니다. 프로이트만으로는 치유적인 힘을 충분히 느낄 수 없었던 저자는 융의 분석심리학을 통해 자신의 상처가 치유되는 체험을 했다고 고백합니다. 저자는 몇 년 동안 꾸준히 꿈 일기를 쓰면서 꿈속에 나타난 수많은 스토리들을 융의 분석심리학으로 해석함으로써 자신의 오랜 상처들이 천천히 치유되는 과정을 고백합니다. 진주에서 서울로 전학을 와서 따돌림을 당하던 기억, 영국에서 유학 생활을 하면서 느겪던 외로움, 한국에 돌아와서 힘겹게 취직을 하기까지 느꼈던 엄청난 박탈감과 고립감을 솔직하게 고백하면서 저자는 '프로이트 심리학자가 융의 방식으로 치유되는' 역설적인 경험을 합니다.

저자는 꿈 분석을 통해 자신이 진정으로 변화할 수 있었다고 고백하지요. 오직 공부에만 매달리느라 목에서 피고름이 나오도록 무리를 하고 신체의 신호를 무시하며 부서질 듯한 허리 통증마저 무시했던 그녀는 점점 자기 몸의 아우성과 마음의 절규를 듣는 법을 배우게 됩니다. 프로이트의 정신분석이 꿈에 나오는 여러 인물이나 기호들이 '무엇'을 상징하는지 이해하는 데 도움을 주었다면, 그 꿈이 '왜, 어떻게' 나 자신의 운명과 상처를 반영하는지, 앞으로 어떻게 그 상처를 치유해야 하는지에 대해 도움을 준 것은 융의 분석심리학이었습니다. 반평생을 프로이트 정신분석에 바쳤던 저자로서는 자신의 전공이 아닌 융의 분석심리학으로 자신을 치유한 경험 자체가 반역이자 역적이 된 기분이었다고 고백합니다. 하지만 학문이란 그런 반역의 음모와 역적의 혁명을 거쳐 진정한 발전을 이룰 수 있는 것이 아닐까요. 저자가 심각한 고통의 늪에서 조금씩 빠져나오는 장면을 목격하면서 독자는 자신의 상처 또한 따라서 치유되는 듯한 따스한 감동을 느낍니다.

융은 우리 모두를 어떤 신화의 주인공으로 만들어 줍니다. 융은 꿈과 신화의 분석을 통해 우리에게 용기를 북돋워 주지요. 우리 모두가 저마다의 인생담 속에서는 세상에서 가장 특별한 영웅이 될 수 있습니다. '자기 안의 신화'에 참여하기 위해서는 끊임없이 무의식의 부름에 응답할 수 있어야 합니다. 개인의 차원에서 '꿈'을 분석하는 것이 중요하다면, 집단의 차원에서는 '신화'를 분석하는 것이 중요합니다. 개인의 무의식이 꿈을 통해 나타난다면, 집단의 무의식은 신화를 통해 나타나기 때문입니다. 세계 여러 지방의 신화들을 읽다 보면 유난히 감동적인 신화들이 있습니다. 제주 신화 바리데기 이야기도 그중 하나입니다. 버려졌고 하찮은 존재, 슬픔밖에는 남은 것이 없는 존재가 오히려 자신을 버린 부모를 구하고, 세상을 구하고 삶과 죽음의 경계를 뛰어넘는 이야기. 저는 제 꿈도 서서히 바리데기의 신화를 닮아가기를 꿈꿔 봅니다. 단순한 예지몽이나 악몽이 아니라 나의 신화를 완성해 가는 꿈이 저를 새롭게 담금질하기를.

제 마음 속에서는 심리학과 신화학이 만나 또 하나의 소중한 이야기 치유법이 만들어지고 있는 중입니다.

프로이트의 정신분석이 꿈에서
나오는 여러 인물이나 기호들이
'무엇'을 상징하는지 이해하는
데 도움을 준다면, 그 꿈이 '왜,
어떻게' 나 자신의 운명과 상처를
반영하는지, 앞으로 어떻게 그 상처를
치유해야하는지 도움을 주는 것은
융의 분석심리학입니다.

연대를 향한 의지

고결함을 지킨다는 것

'평생 책만 읽으며 살 수 있다면 얼마나 좋을까. 필요한 것은 오직 책과 책을 읽을 수 있는 소박한 공간뿐. 아무런 욕심도 내지 않고 그저 책 읽을 자유만을 추구하며 살 수 있다면 오랫동안 나를 괴롭히던 많은 문제들과 화해하지 않을까.' 이런 상상을 해 본 적이 있습니다. 그런 꿈을 이루기 위해 요모조모 온갖 궁리를 다 해 보았지만 결론은 그런 삶을 사는 것 자체가 결코 쉽지 않다는 것이었습니다. 저는 욕심을 주체하지 못합니다. 가장 포기하기 어려운 욕망은 바로 여행이지요. 저는 시간과 비용을 꽤 투자해야만 가능한 장기 배낭여행 중독자입니다. 아무리 비용을 아낀다 해도 매번 적금 통장을 허물기 일쑤입니다. 또한 내 안에서 자발적으로 솟아오르는 충동은 아니지만 평생 강박관념처럼 가지고 있었던 열망을 뿌리치기 어려웠습니다. 바로 취직을 향한 열망이었지요. 심지어 휴가지에서도 매일 글을 쓰고 각종 업무를 처리하면서 스스로에게 질문합니다. '나는 왜 직장을 향한 열망을 버리지 못하는 걸까. 매일 일하고 있는데도 불구하고 왜 안정된 직장을 동경하는 걸까.'

이런 나 자신을 향한 고민에 빠져 있을 때 존 윌리엄스(John Williams)의 『스토너』(김승욱 옮김)를 만났습니다. 저는 첫 장을 다 읽기도 전에 이 멋대가리 없는 주인공에게 반해 버렸지요. 윌리엄 스토너는 야망이 없는 대신 순정만이 불타오르는 사람, 야망조차 가질 수 없는 환경에서 자라난 아주 작고 여린 초식동물 같은 남자입니다. 그는 가난한 부모 밑에서 태어나 농사일 외에는 어떤 꿈도 가져 본 적이 없었습니다. 아버지가 '좀 더 나은 소출(所出)을 낼 수 있는 기술'을 배워 오기를 기대하며 미주리 대학 농경대에 그를 입학시켜 주면서 그의 인생은 변하기 시작했지요. 아버지가 기대하는 농사 기술이 아닌 영문학에 푹 빠져버린 겁니다. 그의 마음속에 '셰익스피어의 불꽃'을 지핀 아처 슬론 교수는 성격은 얼음처럼 차갑지만 강의는 기가 막히게 잘 하며, 다정하진 않지만 학생의 재능을 귀신같이 포착하는 명민한 스승이었습니다.

1년 전만 해도 『로미오와 줄리엣』조차 읽어 본 적 없었던 스토너에게 어느 날 갑자기 슬론 교수의 매혹적인 낭독의 목소리로 심장 깊숙이 침투해 들어온 셰익스피어의 소네트. 스토너는 늘 잿빛으로 무겁게 가라앉아 있던 세상이 총천연색으로 빛나기 시작함을 느낍니다. 사물에 깃든 온갖 비밀스러운 이야기들이 자신에게 말을 걸어

온 것처럼 느껴졌습니다. 문학에 눈뜬다는 것. 그것은 단순한 생명체에서 사회적 존재로서의 인간, 감수성을 가진 존재로서의 인간으로 도약하는 것을 의미했습니다. 그는 가난하지만 오직 근면만을 재산으로 삼아 온 아버지의 성품을 이어받아 어떤 화려한 성공도 바라지 않지만, 농사를 천직으로 생각하는 아버지와는 달리 영문학을 천직으로 생각하게 됩니다. 스토너는 처음으로 아버지의 명령을 거역하고 전공을 바꾸어 영문학 박사학위까지 받습니다. 1차 세계대전이 일어나기 전까지 그는 영문학도로서 순수한 기쁨을 누리며 수줍게 친구들을 사귀기도 하지요. 매스터스와 핀치는 스토너가 대학에서 만난 가장 따뜻한 인연이었습니다. 하지만 매스터스는 꽃다운 나이에 1차 세계대전에 참전해서 전사하고 맙니다.

거의 모든 친구들이 참전 용사로 징집되거나 자원하여 떠나고 스토너는 홀로 대학에 남습니다. 그는 '너는 애국자가 아니구나. 가엾은 시골 촌뜨기, 너는 겁쟁이구나.'라고 비난하는 듯한 사람들의 따가운 시선을 견디며 묵묵히 공부를 계속하여 마침내 영문과 조교수가 됩니다. 하지만 그의 가슴속에는 그가 사랑했던 친구 매스터스의 말이 화인(火印)처럼 남아 있습니다. "대학은 보호시설이야. 요양소. 환자, 노인, 불평분자, 그 밖의 무능력자들을 위한 곳. 우리 셋을 보게. 우리가 바로 대학이야." 이 발언은 언뜻 대학을 비하하는 것처럼 들리지만 실은 그렇지 않습니다. 매스터스는 대학이 우리가 세상의 폭풍을 피할 수 있는 유일한 곳이라고 생각한 것이지요. "대학은 우리를 위해 존재하는 걸세. 세상에서 소외된 사람들을 위해." 매스

영혼의 대화

스토너의 마음속에
'셰익스피어의 불꽃'을 지핀
아처 슬론 교수는 성격은
얼음처럼 차갑지만 강의는
기가 막히게 잘 하며,
다정하진 않지만 학생의
재능을 귀신같이 포착하는
명민한 스승이었습니다.

1년 전만 해도 『로미오와
줄리엣』조차 읽어 본 적 없었던
스토너에게 어느 날 갑자기 슬론
교수의 매혹적인 낭독의 목소리로
심장 깊숙이 침투해 들어온
셰익스피어의 소네트. 스토너는
늘 잿빛으로 무겁게 가라앉아
있던 세상이 총천연색으로 빛나기
시작함을 느낍니다.

터스는 금수저를 물고 태어나지 못한 자신과 친구들의 운명을 알고 있었습니다. 미국 사회에서 그들이 올라갈 수 있는 사회적 지위는 한정되어 있다는 것을. 하지만 대학은 그들에게 세상이라는 매서운 폭풍을 피할 수 있는 피난처였고, 무지렁이 부모 밑에서 출발선 자체가 다르게 태어난 스토너 같은 사람이 일약 영문과 교수가 될 수 있는 자유와 해방의 공간이기도 했지요. 매스터스와 핀치와 스토너. 세 사람이 지키고 싶었던 것은 바로 학문과 자유의 이름으로 허락된 아주 작지만 소중한 가치, 세속성과 속물성의 치외법권 지대로서의 대학이었습니다. 문화이론가 스튜어트 홀의 말처럼 대학은 "헛소리를 지껄일 자유"가 있는 유일한 곳, 그리하여 그 다채로운 헛소리들이 모여 세상을 바꾸는 뜨거운 희망의 목소리가 태어날 수도 있는 그런 곳입니다.

스토너는 대학의 이상을 지키기 위해 분투합니다. 그는 문학을 공부할 수 있는 자유 이외의 그 어떤 권력도 용납하지 않습니다. 그는 전형적인 권력 지향형 인간 로맥스의 끊임없는 모함과 방해 공작으로 평생 조교수 자리를 벗어나지 못하지만, 오직 문학작품을 제대로 가르칠 수 있는 권리를 지키기 위해 온갖 부조리와 싸웁니다. 저는 이 책을 읽으면서 내내 어떤 절박한 그리움에 사로잡혔습니다. '스토너는 내가 사랑한 모든 문학청년들을 닮았구나.' 그들은 한때 문학을 사랑했고, 시인이나 소설가를 꿈꾸었으며, 문학을 위해 다른 모든 것은 버릴 수도 있다고 생각했지만 지금은 뿔뿔이 흩어져 버렸습니다. 하지만 저에게 '가장 그리운 시간'을 꼽으라면, 밤새 문학작

영혼의 대화

품에 대한 수다를 떨 수 있는, 눈빛이 초롱초롱한 친구를 매일 만날 수 있었던 대학 시절입니다. 학교 앞 사회과학 서점에 '아무개 입대를 애도하는 술자리'를 갖는다는 포스트잇을 붙여 놓으면 별로 친하지 않았던 사람까지도 찾아와 밤새 술잔을 기울이던 그런 날들. 모두가 결혼이나 취직이나 육아로 바빠져 이제 서로의 가장 어여쁘던 시절마저도 희미해져 버렸지만, 그런 치기 어린 젊음이 없었다면 나는 그리움도 여백도 낭만도 서정도 없는 맥 빠진 인간이 되었을 것이라는 공포감에 문득 싸늘한 한기를 느끼곤 합니다. '문학이 끝났다.'는 이야기를 20년째 듣고 있는 저는 '오직 문학만이 나를 버리지 않았다.'는 느낌 또한 20년 동안 줄기차게 간직하고 있습니다. 때로는 절망하고 때로는 가녀린 희망을 느낍니다. 아직 우리에게는 설명할 수도 규정할 수도 통제할 수도 없는 그 무엇을 향한 간절한 그리움이 남아 있다는 것을. 그 그리움을 일깨워 주는 소설이 있어 너무도 반갑고 가슴 시린 오늘입니다.

바로 그 한 사람이 필요한 순간

오래전 한 음악 프로그램에서 자신의 어두운 과거를 회상하는 가수의 인터뷰를 본 적이 있습니다. 그녀는 미국의 빈민가에서 태어났습니다. 부모의 보살핌을 받지 못한 채 외롭게 자란 그녀를 항상 응원해 준 분은 바로 할머니였지요. 그녀는 누군가 골목길에 버리고 간 낡은 피아노가 자신의 인생을 바꾸었고, 매일 그 버려진 피아노를 연주하며 노래를 부르는 자신을 한결같은 미소로 응원해 준 할머니의 힘으로 가수가 되었다고 고백합니다. 그녀는 단호한 목소리로 말했습니다. "한 사람만 있으면 돼요. 나를 이해해주고 믿어 주는 단 한 사람. 나를 전적으로 응원해 주는 단 한 사람만 있으면 돼요." 그녀의 이름은 잊었지만 카랑카랑한 목소리는 기억에 생생합니다. 나를 전적으로 응원해 줄 단 한 사람, 바로 그 한 사람을 얻는 것이 인생의 전부가 아닐까 하는 생각에 가슴이 시려 오는 요즘입니다.

헤르만 헤세(Hermann Hesse)의 『나르치스와 골드문트』(임홍배 옮김)는 바로 그 한 사람을 찾아 평생을 방황하는 사람의 이야기입니다. 사제 서품을 받는 것이 꿈이던 골드문트는 수도원에 들어가 열심히 공부하지만, '나는 여기에 어울리지 않는다.'는 느낌을 받습니다. 그는 사상가를 꿈꾸지만 예술가의 피가 끓는 청년이며, 절대로 사랑에 빠져서는 안 될 직업을 꿈꾸지만 너무도 쉽게 사랑에 빠지는 남자입니다. 나르치스는 골드문트의 이 위험한 낭만과 열정이 바깥세상에서는 크게 쓰일 수 있다고 믿었습니다. 수도사 나르치스는 철학과 문학, 외국어에 능통할 뿐 아니라 사람의 마음을 꿰뚫어 보는 눈을 지니고 있지요. 골드문트는 아버지의 뜻에 따라 신부가 되려 하지만, 나르치스는 골드문트가 신부가 될 운명이 아님을 예감합니다. 아름다운 무희였던 어머니의 열정적인 유전자를 물려받은 골드문트는 자신의 숨은 재능이 예술에 있다는 것을 부정하지요.

사제가 되는 것이 인생의 유일한 목표였던 골드문트에게 성경 공부가 아니라 바깥세상을 체험하라고 설득하는 나르치스. 그의 조언은 골드문트에게 도움이 되기보다는 엄청난 충격으로 다가옵니다. 하지만 골드문트는 점점 수도원의 공부만으로는 채울 수 없는 영혼의 갈증을 선명하게 느끼게 됩니다. 수도원에서 금지된 모든 종류의 쾌락이 골드문트에게는 인생의 필수 요소처럼 느껴졌으니까요. 육체적 쾌락은 물론 신이 아닌 인간을 사랑함으로써 희열을 느끼는 것이야말로 골드문트의 영혼을 자극하는 체험이었습니다. 골드문트는 점점 더 바깥세계에 관심을 가지게 되었고, 나르치스는 점점 더 사제의 길에 깊이 침잠합니다. 급기야 아름다운 집시 여인 리제와 사랑에 빠진 골드문트가 수도원을 탈출하겠다고 결심하자 나르치스는 놀라기보다는 올 것이 왔음을 예감합니다. 그는 누구보다도 골드문트를 사랑하지만 그 마음을 소유욕으로 표현하지 않습니다. 그가 가고 싶은 곳이 어디든 기꺼이 그를 보내 주는 것, 그것이 나르치스의 사랑법이었습니다.

골드문트는 방랑 생활을 시작하며 온갖 다양한 삶의 형태를 맛봅니다. 어린 소녀와 사랑에 빠지기도 하고, 유부녀와 사랑을 나누기도 하며, 힘든 육체 노동으로 생계를 이어가기도 하고, 귀족 여인과 사랑에 빠졌다가 그녀의 아버지에게 살해 협박을 당하기도 합니다. 그러는 동안 골드문트는 점점 자기 안의 예술적 재능을 발견하게 됩니다. 조각에 뛰어난 재능을 지닌 골드문트는 만물의 속삭임 속에서 신의 목소리를 발견하고, 나르치스를 그리워하면서도 그의 길과 나의 길이 다름을 뼈저리게 인식합니다. 골드문트가 정처없이 방랑

어릴 적엔 왜 내게 이런 친구가 없을까 하는 열등감에 빠지게 했던 『나르치스와 골드문트』가 이제는 반대로 내가 왜 이런 친구가 되어 주지 못했을까 하는 아픈 회한으로 남습니다.

골드문트의 마지막을 지켜보며 가슴 아프게 속삭이던 나르치스의 명대사는 언제 다시 떠올려도 눈물겹습니다. "내가 만약 사랑이라는 것을 조금이라도 안다면, 그건 바로 너 때문일 거야."

하는 동안 나르치스는 수도원에서 금식기도를 올리고 끝없이 묵상하며 신에게 도달하는 길을 찾습니다. 하지만 나르치스는 두 사람이 떨어져 있다고 생각하지 않지요. 그는 모든 곳에서 골드문트의 황금빛 미소를 발견합니다. 겉으로 보기에는 나르치스가 골드문트의 멘토이지만, 나르치스 또한 골드문트의 삶을 통해 사제의 길에서는 얻을 수 없는 눈부신 영감을 얻습니다.

골드문트는 수많은 여성들과 사랑하고 싸우고 헤어지면서 열정과 관능과 회한과 모욕과 그리움을 배웁니다. 리디아는 골드문트를 진정으로 사랑하지만 그와 함께할 수 없음을, 자신은 그에게 걸맞은 상대가 될 수 없음을 직감합니다.

> 당신의 눈은 세상에서 가장 아름답고도 가장 슬퍼 보여요. 당신한테는 고향이 없기 때문일 거예요. 모든 여성들이 당신을 좋아할 테지만 그래도 당신은 여전히 고독할 거예요. 차라리 다시 수도원으로 돌아가세요. 저한테 그토록 많이 얘기했던 그 친구를 찾아가세요. 저는 당신이 언젠가 숲 속에서 고독하게 죽어가지 않도록 기도를 드릴게요.
>
> ─헤르만 헤세, 『나르치스와 골드문트』에서

골드문트는 한사코 수도원으로 돌아가지 않고 바깥세상에서 자신의 길을 찾으려 하지만 결국 오랜 방황 끝에 나르치스에게 다시 돌아옵니다. 살인까지 저지른 골드문트의 목숨을 극적으로 구해 준 것

인간의 조건

도 나르치스였지요. 골드문트는 계율을 깨고 수도원 바깥으로 탈출하여 수십 년간 찾던 바로 '그 무엇'이 머나먼 타향이 아니라 그의 정신적 고향인 수도원에, 아니 나르치스에게 있었음을 깨닫게 됩니다.

골드문트는 나르치스의 곁으로 와서 그를 모델로 성 요한 상을 조각하고, 연거푸 성모마리아 상을 조각하여 드디어 평생 꿈꾸던 걸작을 완성하게 됩니다. 골드문트가 만든 작품의 아름다움을 제일 먼저 알아본 것도, 예술과 사랑에 모든 열정을 탕진하여 죽음의 문턱을 서성이는 골드문트를 끝까지 보살핀 것도 나르치스였습니다. 어렸을 적에는 '왜 내게 이런 친구가 없을까.' 하고 열등감에 빠지게 했던 『나르치스와 골드문트』가 이제는 반대로 '내가 왜 그에게 이런 친구가 되어 주지 못했을까.' 하는 아픈 회한으로 남는 것은 왜일까요. 저는 골드문트처럼 예술적 재능이 있는 것도 아니고, 나르치스처럼 사상가 기질이 있는 것도 아니지만 그들이 나눈 뜨거운 우정만은 죽기 전에 꼭 닮고 싶습니다. 골드문트의 마지막을 지켜보며 가슴 아프게 속삭이던 나르치스의 명대사는 언제 다시 떠올려도 눈물겹습니다. "내가 만약 사랑이라는 것을 조금이라도 안다면 그건 바로 너 때문일 거야." 독한 술과 미친 노래와 두서없는 넋두리를 나누며 숱한 밤을 지새워 준 내 친구에게 제가 전하고 싶은 말이기도 합니다. 저는 제 소중한 친구에게 이렇게 편지를 쓰고 싶습니다. 내가 만약 조금이라도 누군가를 사랑할 수 있다면 그건 바로 너 때문일 거야. 내가 만일 행복이 무엇인지를 조금이라도 경험해 본 적이 있다면 그 또한 바로 네 덕분일 거야……

영혼의 대화

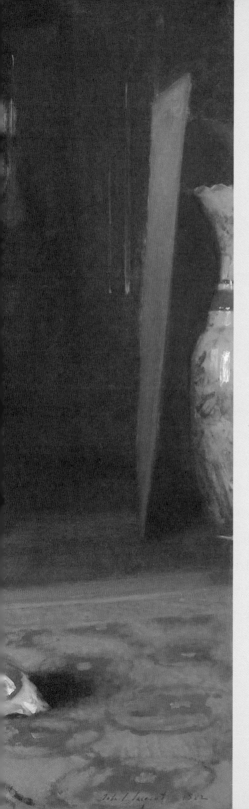

심리학자 알프레드 아들러는
『심리학이란 무엇인가』에서 인간의
인격이 가장 심각한 최초의 위기를
맞는 순간이 바로 '형제자매가
태어나는 순간'이라고 말합니다.

첫째 입장에서는 둘째가 태어나는
날이 인생 최고의 위기인 셈입니다.
아늑한 동굴 속의 황제로 살아가던
아이가 갑자기 '또 하나의 꼬마
황제'를 맞게 되면서, 첫째의 가슴
속에는 끔찍한 지진이 일어납니다.

사려 깊은 언니 vs. 에고이스트 동생

　형제자매 간의 싸움은 과연 자아 발달에 도움이 될까요. 주변에서 형제자매 간의 끝없는 싸움 때문에 육아가 더욱 힘들다는 부모님들의 하소연을 많이 듣습니다. 하나 키우기도 힘든 세상에서 둘이상 키우는 부모들은 얼마나 많은 속울음을 품고 살아야 할까요. 설령 컴퓨터처럼 정확히 이등분된 사랑을 나눠 줄 수 있다 해도 아직 어린 아이들은 '내가 빼앗긴 것', '저쪽이 가져간 것'만 기억할 것입니다. 저의 어린 시절도 돌아보면 절반은 동생과 싸우느라 정신없이 분주했던 하루하루였습니다. 부모님의 결론은 항상 '네가 언니니까 양보해라.'였으니, 욕심 많았던 제 가슴에는 질투심과 억울함이 쌓여갈 만했지요. 그런데 나중에 성인이 되어 동생의 말을 들어 보니 '나는 언니가 나보다 뭐든지 잘했던 기억밖에 안 난다.'는 것이었습니다. 제가 무언가를 잘하면 단지 그 이유만으로도 동생에겐 상처가 되었다는 것이 못내 가슴 아팠습니다. 물론 모든 것을 잘하지도 못했지만, 동생의 기억 속에는 늘 어른들에게 칭찬받는 언니만 편집되어 있었나 봅니다. 그 칭찬과 기대감 때문에 항상 살얼음판을 디디듯 조심조심 살아야 했던 부담감은 온전히 저만의 몫이었습니다. 왜 인간의 기억은 이토록 자신에게 불리한 것만을 더 커다랗게 부풀려 스스로를 괴롭히는 걸까요. 저마다 기억의 창고 속에 자기에게 불리한 감정만 잔뜩 묻어 놓은 우리 어린 시절은 그렇게 아름답지만은 않습니다.

심리학자 알프레트 아들러는 『심리학이란 무엇인가』(김문성 옮김)에서 인간의 인격이 가장 심각한 최초의 위기를 맞는 순간이 바로 형제자매가 태어나는 순간이라고 말합니다. 첫째 입장에서는 둘째가 태어나는 날이 인생 최고의 위기인 셈입니다. 모든 것이 철저히 자기중심으로 돌아가던 달콤한 세상이 어느 날 갑자기 웬 낯선 갓난애의 출현으로 위기를 맞은 것이니까요. 아늑한 동굴 속의 황제로 살아가던 아이가 갑자기 '또 하나의 꼬마 황제'를 맞게 되면서, 첫째의 가슴속에는 끔찍한 지진이 일어납니다. '부모님에게 내가 전부가 아닐 수도 있구나. 나도 부모님이 필요한 어린 아이인데, 부모님은 나보다 저 얄미운 어린 것에게 눈과 귀를 모두 빼앗겼구나.' 부모 입장에서도 이 두 개의 중심은 혼란스럽기 그지없지요. 첫째를 예뻐해 주면 둘째가 울고, 둘째를 안아 주면 첫째가 토라져 버립니다. 부모들은 갑자기 늘어난 두 개의 왕좌를 번갈아 쳐다보며 어쩔 줄 몰라 합니다. 한 개의 중심축으로 돌아가던 세상이 이제 두 개의 중심축으로 번갈아 돌아가게 되었으니, 어찌 예전처럼 안정적일 수 있겠습니까. 아이들은 형제자매를 통해 인간이 필연적으로 건너야 할 감정의 늪지대, 열등감과 질투의 본질을 배웁니다. 똑같은 부모에게서 나왔지만 가까이에서 보면 해와 달만큼이나 전혀 다른 형제자매들의 '차이'가 그 질투와 열등감을 불러일으키는 장본인이지요.

제인 오스틴의 『이성과 감성』(윤지관 옮김)에는 돌아가신 아버지의 빈자리를 스스로 채워야 한다는 책임감을 느끼는 첫째 딸 엘리노어, 언니의 고된 일상은 아랑곳없이 자기만의 꿈과 사랑과 낭만을

아이들은 형제자매를 통해
인간이 필연적으로 건너야 할
감정의 늪지대, 열등감과 질투의
본질을 배웁니다.

제인 오스틴의 『이성과
감성』에는 돌아가신 아버지의
빈자리를 채워야 한다는
책임감을 느끼는 첫째 딸
엘리노어, 그리고 언니의 고된
일상에는 아랑곳없이 자기만의
꿈과 사랑과 낭만을 좇는
철부지 매리앤의 보이지 않는
암투가 펼쳐집니다.

『이성과 감성』에서
두 자매의 차이는
'남자를 보는 눈'으로
극명하게 드러납니다.

매리앤은 자신이 좋아하는
시를 자신과 똑같은 열정으로
낭송하고, 첫눈에 불꽃이
튀지만 아무런 대책 없는 남자
월러비에게 빠집니다. "난 모든
점에서 취향이 나와 꼭 일치하지
않는 사람과는 행복해질 수 없을
거야. 내 감정 속으로 속속들이
들어와야 돼요. 둘 다 같은 책,
같은 음악에 매혹되어야 하고."

좇는 철부지 둘째 매리앤의 보이지 않는 암투가 펼쳐집니다. 멀리서 보면 더없이 평화롭고 다정한 둘 사이는 가까이에서 보면 미묘한 질투와 서로에 대한 못마땅함으로 얼룩져 있습니다. 책의 제목처럼 이성(sense)의 대명사인 앨리노어와 감성(sensibility)의 화신인 매리앤 사이에는 건널 수 없는 운명의 강이 흐르고 있습니다. 첫째 딸의 일방적인 양보와 인내, 관용과 이해 때문에 간신히 지탱되는 '자매의 평화'는 두 사람이 결혼 적령기에 이르자 삐걱거리기 시작합니다.

두 자매의 차이는 '남자 보는 눈'으로 극명하게 드러납니다. 앨리노어는 야망도 없고 출세욕도 없지만 평화로운 삶과 가족 안의 행복을 최고로 여기는 착한 남자 에드워드에게 끌립니다. 매리앤은 자신이 좋아하는 시를 자신과 똑같은 열정으로 낭송하고, 첫눈에 불꽃이 튀지만 아무런 대책이 없는 남자 윌러비에게 빠집니다. 앨리노어의 눈에 비친 윌러비는 미래를 향한 믿음을 주지 않는 남자, 당장엔 매력적이지만 언제 여자의 뒤통수를 칠지 모르는 불안한 마성의 소유자입니다. 침착하고 배려심 많으며 매력보다는 믿음으로 다가오는 남자 브랜든 대령이 동생의 남편감으로 훨씬 낫다고 생각하는 앨리노어. 철없는 매리앤은 언니의 날카로운 이성을 믿지 않고 오히려 에드워드를 비난합니다. "그이의 눈에는 미덕과 지성을 함께 보여 주는 그런 총기도 불꽃도 없어." 게다가 그에게는 취향이라고 할 만한 게 없다고 불평합니다. 취향 없는 남자는 매리앤에게 향기 없는 꽃처럼 감흥을 불러일으키지 않았던 것입니다. "난 모든 점에서 취향이 나와 꼭 일치하지 않는 사람과는 행복해질 수 없을 거야." 매리앤의 눈에 에드워드가 선량한 사람이라는 것은 장점이긴 하지만 매력은 아니었지요. "그냥 선량하기만 해서는 안 되고 매력적인 외모와 매너가 받쳐주어야 하지."

궁극적으로는 앨리노어의 이성적 판단이 사랑에 빠져 상대방의 치명적인 결점을 전혀 인식하지 못하는 매리앤에게 도움이 되고, 늘 식구들 뒤치다꺼리 하느라 정작 자기 감정을 돌볼 여유가 없는 앨리노어의 팍팍한 일상에서 매리앤의 열정적인 피아노 연주와 낭만적인 감수성은 사막의 오아시스가 됩니다. 매리앤과 엄마의 못 말리는 허영심을 잠재우는 것은 아버지를 잃고 경제적 위기에 처한 가족을 어떻게든 올바르게 이끌려는 앨리노어의 공동체적 연대 의지입니다. 아들러는 인간의 본능적인 허영심을 누르는 가장 긍정적인 에너지로 '협업과 연대를 향한 의지'를 꼽습니다. 『심리학이란 무엇인가』에서 아들러는 허영심을 극복하는 최고의 비결로 공동체적 연대를 들지요. "허영심은 인간에게 바른 방향을 제시하지 못하며 위대한 업적을 이루기 위한 능력을 주지도 않는다. 이러한 눈부신 업적은 반드시 공동체 의식을 통해서만 이루어 낼 수 있다."

이기심은 자아를 방어하기 위한 강력한 심리적 무기이지만, 때로는 자아의 확장을 가로막는 강력한 장애물이 되기도 합니다. 재능 많고 사랑스러운 둘째 딸로 자라나 늘 자기만 생각해 온 매리앤은 언니가 오랫동안 묻어 놓은 슬픔의 기원을 알게 되면서 부쩍 철이 들게 됩니다. 자신의 사랑과 재능만 생각하느라 늘 가족을 돌봐야 한다는 생각에 갇혀 있는 언니의 아픔을 살펴보지 못했음을 뒤늦게 깨달은 것입니다.

　나만 생각하다가는 남은 물론 나 자신까지도 무너지게 되어 있습니다. 우울증으로 힘들어 하는 사람에게 아들러는 이런 처방을 내립니다. "14일 만에 좋아질 수 있는 간단한 방법이 있습니다. 한 사람을 정해서 매일 그 사람을 어떻게 기쁘게 할 것인지 생각해 보십시오." 이기심은 자아를 향해 과도하게 집중된 리비도입니다. 내 주변 사람들을 살펴보고 '어떻게 하면 그 사람을 행복하게 만들까.'를 생각하는 것이 사랑의 시작이고 성장의 시작이며, 뜻하지 않게 자기 안의 우울감을 극복할 수 있는 최고의 비결이 되기도 합니다.

치유의 공동체

파괴가 아닌 성숙으로

이웃의 발견

세월호 사건이 있고 나서 석 달쯤 후에 고등학교 동창을 만났습니다. 초등학생 쌍둥이 딸들을 키우는 내 친구는 다른 때보다 더 지치고 힘이 없어 보였습니다. 우리는 조심스럽게 세월호 이야기를 하며 무거운 마음을 나누었지요. 그 친구는 오랫동안 아픈 딸을 건사하느라 자신의 꿈도 당분간 접어 둔 상태였습니다. 쌍둥이 중 한 명이 태어날 때부터 많이 아파 지금도 걸음걸이가 자유롭지 못했지요. 그녀의 딸 이야기를 들으면 눈시울이 뜨거워져 그 친구를 만나는 것이 쉽지 않았는데, 이상하게도 시간이 지나니 그 친구가 더 많이 그리워졌습니다. 말로만 듣던 그녀의 딸을 그날 처음 만났는데, 총명하고 사랑스럽게 잘 자란 아이를 보니 내 마음이 훨씬 편안해졌습니다. 그런데 그 친구가 세월호 이야기를 하면서 뜻밖의 속내를 털어놓았습니다. "그동안 애들 키우랴 살림 챙기랴, 내 생각만 하고 살았고 나만 힘들다고 생각하며 살았는데, 막상 이런 일이 일어나니 이 사회가 이렇게 된 것이 내 탓인 것 같아. 내 가족만 생각한 마음들이 모여서 이런 참사가 일어난 것이 아닐까 싶어."

친구의 고백을 들으며 마음이 아팠지만 한편으로는 커다란 위로를 받은 느낌이었습니다. 저 또한 그런 죄책감을 느끼고 있었기 때문입니다. 내가 다른 사람보다 더 힘들다고 생각하고 내 어깨에 놓인 짐 외에 다른 것은 생각할 줄 몰랐던 이기심이 날카로운 부메랑이 되어 가슴을 찌르는 듯했지요. 그 이후에도 세월호 사건과 직접적으로 연관이 없지만 멀리서, 그리고 혼자서 죄책감을 느끼는 사람들을 많이 만났습니다. 자신과 직접적인 상관이 없어도 '함께 아파하는 사람들'의 존재야말로 우리 사회의 가녀린 희망이라는 생각이 듭니다. 『천사들은 우리 옆집에 산다』(정혜신, 진은영 지음)는 바로 그렇게 멀리서 함께 아파하는 사람들의 심금을 울리는 책입니다. 거리의 의사 정혜신과 문학과 정치를 사유하는 시인 진은영이 만나 함께 대화한 대담집에는 세월호 유족들의 이야기뿐 아니라 '그들과 함께 트라우마 이후를 생각하는 사람들'의 절절한 이야기가 담겨 있습니다.

이 책은 아직도 사그라질 기미가 보이지 않는 뼈아픈 분노와 죄책감을 잠시만이라도 내려놓고, 지성과 성찰의 프리즘으로 세월호 사건을 바라보게 만듭니다. 이 책이 나에게 준 커다란 인식의 전환 중 하나는 '세월호 피로도'를 이야기하는 사람들, 세월호 인양을 반

　　　　　　　　인간의 조건

대하거나 세월호의 '세'자만 나와도 강한 반감을 보이는 사람들이 우리의 적이 아니라는 것을 깨우쳐 주었다는 점입니다. 저는 솔직히 그들이 너무도 야박하고 무정하다고 생각했지만, 이 책을 읽고 나니 세월호 피로도를 내세우며 그 이야기로부터 도피하려는 사람들 또한 일종의 집단적 트라우마를 겪고 있는 것이 아닌가 하는 생각이 듭니다. 세월호 이야기 자체를 피하려는 사람들 또한 더 이상 상처받기 싫은 마음에 방어기제를 작동하는 것 아닐까요. 정혜신 박사와 진은영 시인이 가장 우려하는 것은 가해자와 피해자 간의 싸움이 아니라 피해자 내부의 분열입니다. 사건에 직접적으로 책임이 있는 사람들은 눈도 꿈쩍 안 하는데, 사건 때문에 직간접적으로 커다란 상처를 입은 사람들이 서로에게 상처를 준다면 이 싸움은 돌이킬 수 없는 파국을 초래하게 될 것입니다.

정혜신 박사는 세월호 사건 이후 안산으로 이주하여 '이웃'이라는 치유의 공동체를 마련하고 유족들에게 마음껏 울 수 있는 공간을 제공했습니다. 사고 이후 별이 되어 저 하늘로 떠나간 자식들 생각에 밥 한 그릇 물 한 모금 제대로 못 넘기던 유족들은 이곳에 와서 바깥세상에서 받은 상처를 조금씩 치유합니다. '이웃'에는 국민들의 성금으로 지원되는 소박한 집밥의 따스함, 세월호 사고로 아이를 잃은 어머니들이 함께 뜨개질을 하며 서로의 상처를 위로하는 모습, 저 하늘의 반짝이는 별이 된 아이들을 위한 생일잔치를 열어 주는 사람들의 따뜻한 마음이 있습니다.

치유의 공동체

"그동안 애들 키우랴 살림 챙기랴, 나만 힘들다고
생각하며 살았는데, 막상 세월호 사건이 닥치니까
이 사회가 이렇게 된 것이 내 탓인 것만 같아.
나와 내 가족만 생각한 마음들이 모여서 이런
참사가 일어난 것 아닐까 싶어."

내 어깨 위에 있는 짐 말고는 다른 건
생각할 줄 몰랐던 내 이기심이 날카로운
부메랑이 되어 가슴을 찌르는 듯했습니다.
그러나 이렇게 '함께 아파하는 사람들'의
존재야말로 우리 사회의 가녀린 희망입니다.

사회적 치유가 먼저다

재난의 상처를 치유하는 데 있어 한국 사회가 보인 가장 큰 문제점은 모든 재난의 아픔을 결국 '개인의 탓'으로 돌려 버린다는 점입니다. 분명히 사회적 관심과 국가적 책임이 필요한 일들에도 보수 정치인들이나 지배 계층은 당신의 상처는 당신이 알아서 처리하라는 식으로 대처해 왔습니다. 정혜신 박사는 9·11 테러나 카트리나 참사, 일본 대지진, 스웨덴 대형 여객선 침몰 등의 사례와 비교해 볼 때 우리나라가 결정적으로 다른 것이 바로 이 '사회적 치유'가 절대적으로 부족한 것이라고 강조하지요. 제주 4·3, 광주 5·18, 쌍용차, 용산, 밀양, 강정, 씨랜드, 천안함 등 셀 수도 없이 많은 피해자들이 사회적 치유를 제대로 받지 못한 채 방치되었습니다. 재앙의 진상 규명이 선행되어야 하고, 그를 통해 사회가 모을 수 있는 모든 힘을 다 끌어모아 돕는 것이 그다음이고, 그래도 평생 씻을 수 없는 개인의 상처를 함께 치유하는 것이 맨 나중입니다. 그러나 매번 진상 규명이 이루어지지 않습니다. 진상 규명이라는 첫 단추가 끼워지지 않으니 사회적 치유도 개인적 치유도 제대로 시작할 수가 없는 것이지요.

이런 상황에서 유일한 희망이 바로 '이웃'의 공감과 연대입니다. 옆집에 살기 때문에 이웃이 아니라 아무리 멀리 떨어져 있어도, 얼굴 한 번 본 적 없어도 그날 그 충격을 함께 기억하고 아파하는 사람들이야말로 진정한 이웃이며 사회적 치유의 주체가 될 수 있습니다. 우선은 유족들이 2, 3차의 트라우마를 겪지 않도록 더 이상의 자극적인 행동을 피해야 합니다. 정혜신 박사는 프로이트와 융을 굳이 이야기할 것도 없이 내가 할 수 있는 아주 소박한 일들을 찾아서 할 수 있는 모든 사람들이 훌륭한 이웃 치유자가 될 수 있다고 전합니다. 어떤 자원봉사자는 '이웃'에 찾아와 종일 청소만 하다가 가신다고 합니다. 그녀가 치유의 공간 구석구석을 깨끗이 청소해 주는 것만으로도 사람들은 깊은 위로를 받습니다.

세월호 유족 한 분은 진도체육관의 밤이 너무 추워 새우처럼 등을 구부리고 칼잠을 자고 있을 때, 한 여학생이 자신에게 살그머니 다가와 추운 몸 구석구석에 핫팩을 끼워넣어 주는 것을 보고 인생이 바뀌었다고 고백합니다. '내가 그동안 내 아픔만 생각했구나. 저 여학생처럼 다른 이의 아픔을 보살피는 사람이 되어야지.' 그 순간 그렇게 마음을 다잡았다고 합니다. 이것이 바로 어떤 의술이나 예술작품보다도 더 훌륭한 이웃 치유자의 역할입니다. 학위가 없어도 좋습니다. 대단한 이론이나 약물치료 같은 것이 없어도 좋습니다. 그저 이웃의 아픔을 내 아픔처럼 보살피는 따스한 마음과 작은 배려만으로도 상처받은 사람들의 가슴은 '기우뚱'합니다. 진은영 시인은 하늘나라의 예은이가 불러 주는 목소리를 받아 적어 이토록 해맑은 시를 들려줍니다.

> 엄마아빠, 그날 이후에도 더 많이 사랑해줘 고마워
> 엄마 아빠, 아프게 사랑해줘 고마워
> 엄마 아빠, 나를 위해 걷고, 나를 위해 굶고, 나를 위해 외치

인간의 조건

고 싸우고

　　나는 세상에서 가장 성실하고 정직한 엄마 아빠로 살려는 두
사람의 아이 예은이야

　　나는 그날 이후에도 영원히 사랑받는 아이, 우리 모두의 예
은이

　　오늘은 나의 생일이야

— 진은영, 「그날 이후」에서

스트레스와 트라우마의 차이

　　진은영 시인은 정혜신 박사에게 매우 결정적인 질문을 던집니
다. 스트레스와 트라우마의 차이는 무엇이냐고. 정혜신 박사는 매
우 명쾌하게 대답합니다. 흔히 아픈 만큼 성숙해진다고 할 때 그 아
픔이 스트레스라고. 하지만 트라우마는 아픈 만큼 성숙해지는 것이
아니라 아픈 만큼 파괴되는 것이라고. 스트레스가 고부간의 갈등이
나 시험 직전의 긴장감처럼 삶의 부분적인 문제라면, 트라우마는 다
시는 그 이전의 삶으로 돌아갈 수 없는 총체적인 재앙이지요. 직장
상사와의 관계에서 스트레스를 느낄 때 우리는 다른 일에 몰두하거
나 그 사람을 안 보면 해소할 수 있지만, 트라우마는 그렇지 않습니
다. 창졸지간에 자식을 잃은 슬픔은 아침에 일어날 때마다, 길을 걸
을 때마다, 아이의 손을 잡고 가는 다른 엄마들을 볼 때마다 새록새

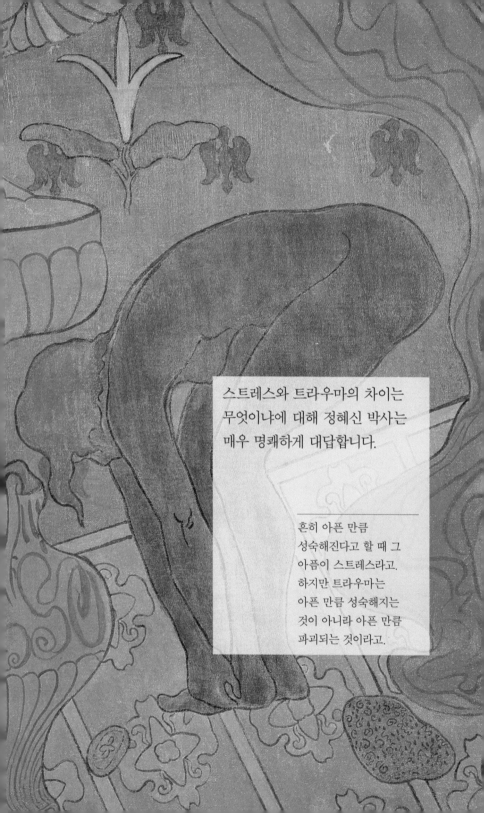

스트레스와 트라우마의 차이는
무엇이냐에 대해 정혜신 박사는
매우 명쾌하게 대답합니다.

흔히 아픈 만큼
성숙해진다고 할 때 그
아픔이 스트레스라고.
하지만 트라우마는
아픈 만큼 성숙해지는
것이 아니라 아픈 만큼
파괴되는 것이라고.

록 더 아프게 스며듭니다. 트라우마는 '그날 이전'의 삶으로 다시는 돌아갈 수 없는 깊은 상처입니다.

스무 살 때 성폭행을 당한 한 여성이 20년이 지나서 그 가해자를 살해한 사건이 있었습니다. 사람들은 왜 20년이나 지나서 그랬느냐고 수군거렸지만, 그녀에게는 그 끔찍한 성폭행의 트라우마가 마치 어제 일어난 일처럼 생생했습니다. 트라우마란 그런 것입니다. 아무리 오랜 세월이 지나도 바로 어제 일어난 것처럼 또렷하고 무섭고 아프지요. 단원고 희생자 예은이의 아빠 유경근 씨는 페이스북에 "오늘은 158번째 4월 16일입니다."라고 고백했습니다. 유족들의 달력은 그렇게 4월 16일에 멈춰져 있습니다. 365번째 4월 16일이 지났어도 여전히 꿈쩍 않는 세상에서 오직 이 상황을 조금이라도 변화시킬 수 있는 것은 그들의 아픔을 '우리의 아픔'으로 함께 보듬는 사람들의 따스한 마음입니다.

더 이상 세월호 이야기를 안 하고 싶어 하는 분들에게, 세월호 인양을 경제 논리나 진영 논리로 반대하시는 분들에게 이 책을 드리며 함께 이야기를 나누고 싶습니다. 그리고 이렇게 말문을 트고 싶습니다. '당신은 나의 적이 아닙니다. 우리도 그날 이후 돌이킬 수 없는 트라우마를 같이 경험하고 있으니까요. 당신의 거부감은 당신이 상처받았다는 증거가 아닐까요. 그런 우리가 함께 이야기를 나눌 순 없을까요.'

치유의 공동체

자원봉사자들이 뜨개질을 해서 유가족에게 선물로 주는 것이 아니라 유가족들이 직접 뜨개질을 하는 거예요. 유가족 엄마들이 이구동성으로 하는 말이, 자꾸만 아이 생각이 나서 미쳐버릴 것 같은데 뜨개질을 하다 보면 집중하느라고 아이 생각이 덜 난다는 거예요. 말하자면 진통제와 같은 거죠. 약은 효과가 있으면 그에 따르는 부작용도 있기 마련인데, 이건 부작용이 전혀 없는 완벽한 진통제인 거예요. 그러니까 엄마들이 무척 전투적으로 뜨개질을 해요. [……] 아이에게 잘해주었던 교회 선생님에게 떠주기도 하고, 아이 친구에게 떠주기도 하고요. 아이를 기억해줘서 고맙다고 유가족이 목도리를 떠주는데 세상에 그것보다 더 감동적인 선물이 어디 있어요. 그러니까 뜨개질을 매개로 해서 치유적인 관계가 자연발생적으로 이어지는 거지요.

— 정혜신, 진은영, 『천사들은 우리 옆집에 산다』에서

인간의 조건

5부

가치의
창조

정의보다 정의감이 필요한 순간들

정의가 가져다주는 최대의 열매는 마음의 평정이다.

— 에피쿠로스

정의를 면제받은 사람들

얼마 전 덴젤 워싱턴 주연의 영화 「플라이트」를 보면서 정의보다 더 지켜 내기 어려운 것은 어쩌면 정의감이 아닐까 하는 생각에 잠겼습니다. 우리가 정의라 믿었던 것들은 때로는 정의로워 보이는 결과물들이 아닐까요. 이 영화의 주인공은 겉으로는 정의로웠지만 알고 보면 불의와 거짓으로 가득 찬 삶의 일부를 숨기고 있었습니다. 언뜻 보기에는 정의로워 보이지만 알고 보면 정의롭지 않은 과정을 거친 일들도 많고, 멀리서 보면 진흙탕 싸움이지만 들여다보면 순수한 정의감 하나로 모든 불의와 맞서는 경우도 많습니다. '정의'는 결과로서 실현되지만, '정의감'은 때로 불의 속에서도 보이지 않는 올바름을 실천하려는 열정과 의지의 산물이 아닐까요. 영화 「플라이트」는 정의를 지킨 영웅의 대접을 받을 수 있었지만, 자신의 불의를 고백함으로써 역설적으로 '잃어버린 정의감'을 되찾은 한 남자의 이야기로 다가옵니다.

자타가 공인하는 유능한 파일럿인 휘태커(덴절 워싱턴 분)는 심각한 알코올중독에 상습적으로 약물 복용을 일삼지만 아무도 그에게 토를 달지 못합니다. 그의 비행 실력이 워낙 뛰어나 누구도 그를 따라갈 수 없었기 때문이지요. 승객들에게 안전한 비행에 대해 설명할 때조차 한 손으로는 몰래 오렌지에 보드카를 섞어 따라 마실 준비를 하는 그를 아무도 건드리지 못합니다. 어떤 악조건에서도 최고의 비행을 해내는 그의 출중함 앞에 모두가 '실력은 인정하기에 어쩔 수 없다.'는 반응을 보입니다. 그 묵인과 침묵 때문에 수많은 불의와 불합리가 고스란히 은폐되고 있었습니다. 그는 정의의 면책특권을 가진 사람입니다. 정의를 실행하지 않고도 그를 정의롭게 보이도록 만들고 있는 것은 바로 그의 유능함이지요. 알고 보면 그는 '완벽한 비행(飛行)' 말고는 아무것도 제대로 하지 못합니다. 심각한 알코올중독 때문에 아내와 이혼을 했고, 사랑하는 아들도 아버지를 좀처럼 만나 주지 않습니다. 그는 직업에 있어서는 승승장구하지만 어느 곳에서도 마음의 안식을 찾지 못합니다. 그런 그에게 뜻밖의 위기가 찾아옵니다. 바로 그 최고의 비행 실력이 시험대에 오른 것이지요.

그날도 술을 잔뜩 마신 채 올랜도에서 애틀란타로 가는 비행기를 운항하고 있었던 휘태커. 이륙한 지 얼마 안 되어 뜻밖의 난기류를 만난 상황에서 기체 결함까지 겹쳐 비행기는 순식간에 추락 위기에 직면합니다. 수천 미터 상공에서 비행기가 요동치자 승객들은 공포에 휩싸이고, 휘태커와 지난밤을 함께 보냈던 승무원 카트리나는 위험에 빠진 아이를 구하려다 목숨을 잃고 맙니다. 휘태커는 위기 상황에서 엄청난 기지를 발휘해 기체를 뒤집어 활공하는 배면비행을 감행하여 기적적으로 95퍼센트 이상의 승객들을 살려 냅니다. 그러나 희생은 분명 존재했습니다. 부기장이 심각한 부상을 입었고, 여섯 명이 세상을 떠났으니까요. 휘태커는 '내가 아니었다면 누구도 이만큼 희생을 줄이지 못했을 것이다.'라는 논리로 그날 밤 자신의 음주 사실을 숨기려 합니다. 회사와 변호팀도 휘태커의 기상천외한 비행 기술에 탄복하여 그의 음주 사실을 덮어 주려 합니다. 하지만 부기장과 승무원들은 휘태커의 음주 습관을 알고 있었고, 비행기 쓰레기통에는 그가 마신 술병이 증거품으로 남아 있었지요.

휘태커는 마약중독으로 고통받는 니콜(켈리 라일리 분)과 사랑을 나누며 이 사면초가의 상황에서 탈출하기를 꿈꿉니다. 니콜은 어떻게든 휘태커와 함께 중독이라는 상황에서 탈출하고 싶어 알코올중독자 모임에도 나가 보지만, 휘태커는 자신이 알코올중독이라는 사실 자체를 인정하기 싫어합니다. 니콜은 '함께 도망가서 아무도 모르는 곳에서 살자.'고 유혹하는 휘태커의 이기심을 견디지 못하고 끝내 그를 떠납니다. 급기야 술에 취해 전처와 아들에게 난동을 부린

정의(正義)의 정의(定義)

영화 「플라이트」를 보면서 나는
정의보다 더 지켜내기 어려운 것은
어쩌면 정의감이 아닐까 하는 생각에
잠겼습니다. 우리가 정의라 믿었던
것들은 때로는 '정의로워 보이는
결과물'들이 아닐까요?

휘태커는 위험천만한 상황에서 수많은 승객들을 살린 영웅으로 자신을 추앙하는 언론 보도를 보며 더욱 커다란 두려움을 느낍니다. 자신에게 남은 것은 오직 위대한 파일럿이라는 주변의 인정뿐임을 깨닫게 된 것입니다. 자신의 무고함을 입증해야 하는 마지막 공판일, 휘태커는 자기 인생의 향방이 결정되는 그 중요한 날에도 끔찍한 음주 습관을 버리지 못하고 고주망태가 되고 맙니다.

휘태커는 자기 행위의 무게를 저울질합니다. 내가 아니었으면 그 모든 탑승객은 사망했을 거라고. 아무도 그런 기상천외한 비행은 해낼 수 없을 거라고. 그는 자신의 재능이 자신의 심각한 인격적 결함을 은폐하고도 남는다고 믿습니다. 사건을 최대한 조용히 덮으려는 항공사와 휘태커의 재능에 탄복한 변호사도 '정의'가 아닌 '편의'의 손을 들어 줍니다. 하지만 재판 당일, 자신이 마신 술병을 죽은 승무원 카타리나의 것으로 뒤집어씌우려는 변호사의 만행을 지켜보면서 휘태커는 그제야 정신을 차립니다. 동료였던 카타리나가 모든 죄를 뒤집어쓰고 그녀의 정의로운 죽음마저 오명으로 더럽혀질 위기에 처하자, 휘태커는 비로소 자신의 행동이 얼마나 끔찍한 것인지 알게 되지요. 그는 모두를 충격에 빠뜨리고 스스로를 감옥에 처넣게 될 위험한 증언을 감행합니다.

"그녀는 아이를 구하려다 그렇게 되었습니다. 그 술은 그녀가 아니라 세가 마셨습니다. 저는 어제도 그제도 글피도 술에 절어 있었습니다. 오늘도요. 저는 지금도 술에 절어 있습니다. 저는 알코올중독자입니다. 저는 거짓말쟁이입니다." 그는 그렇게 최고의 비행사에

정의(正義)의 정의(定義)

서 최악의 수감자로 전락합니다. 하지만 그의 마음은 어느 때보다 평화롭습니다. 처음으로 자신의 중독과 자신의 어둠과 자신의 실수를 인정했기 때문이지요. 때로는 타인의 부정인 불의를 교정하는 대단한 실천이 아니라 자신의 죄를 고백하는 것만으로도 최고의 정의가 될 수 있습니다. 그 대가로 그는 힘겨운 감옥 생활을 하지만 세상 무엇보다도 아름다운 축복을 선물받습니다. 늘 술에 취한 아버지를 만나주지 않았던 아들이 이제는 평화로운 얼굴로 아버지를 면회하러 온 것입니다.

우리 사회에는 힘이 있다는 이유만으로, 남보다 많은 권력과 재산을 가졌다는 이유만으로 누구나 힘겹게 지키고 있는 소중한 정의를 너무도 손쉽게 짓밟은 사람들이 있습니다. 그렇게 '정의를 면제받는 사람들' 때문에 정의를 지키는 사람들의 고통은 한층 깊어져 갑니다. 자신의 기술과 재능과 재산과 인맥을 믿고 타인의 소중한 정의를 깡그리 무시하는 사람들에게 이 영화는 조용히 속삭입니다. 당신이 오늘 저버린 정의가 언젠가는 당신이 가장 소중하다고 믿는 가치를 위협할 것이라고. 휘태커의 아들은 이제야 아버지를 따뜻한 눈빛으로 바라봅니다. 휘태커는 자랑스러운 아버지는 아니지만 사랑스런 아버지로 다시 시작할 수 있게 되었습니다. 자신의 '정의롭지 못함'을 고백한 용기 때문이지요. 아들은 학교 숙제라며 아버지를 인터뷰하기 시작합니다. "당신은 누구세요?(Who are you?)" 휘태커는 이제야 평화를 찾은 얼굴로 미소 짓습니다. "그거 참 좋은 질문이구나." 그는 위대한 파일럿 휘태커가 아니라 평범한 사람 휘태커로부터 다

인간의 조건

시 시작할 수 있는 기회를 얻었습니다. '내가 누구인가.'를 처음부터 다시 정의(定意)하는 것, 그것이 정의(正義)의 시작이 아닐까요.

책 도둑의 정의감

'정의란 무엇인가.'를 이야기하는 사람들은 넘쳐나지만 정작 정의를 일상에서 실천하는 사람들, 그것이 정의인지도 모르는 채 정의감을 본능적으로 매일 느끼며 살아가는 사람들의 이야기는 찾아보기 힘듭니다. 2차 세계대전과 나치즘에 관련된 영화가 유행을 타지 않고 끊임없이 만들어지는 이유는 무엇일까요. 가장 양심을 지키기 어려웠던 시기인데도 자신의 신념을 굳게 지킨 사람들의 이야기가 변함없이 감동을 주기 때문이 아닐까요. 마커스 주삭의 『책도둑』(정영목 옮김)은 공공의 도덕이라는 잣대로 보면 불의지만 '타인의 고통을 위로하는 인간적인 삶'의 잣대로 보면 누구보다 아름다운 정의를 실천했던 한 소녀의 이야기입니다. 2차 세계대전이 한창인 독일의 작은 도시 몰힝에서 양부모인 후버만 부부와 함께 살고 있는 리젤. 공산주의자였던 아버지가 실종된 후 어머니는 리젤 남매를 후버만 부부에게 맡기려 했지만 기차를 타는 도중에 남동생은 죽고 맙니다. 리젤은 이제나저제나 엄마가 돌아오기를 기다리지만 '공산주의자 부부'로 낙인 찍힌 부모님은 나치의 희생양이 되었을 가능성이 높았습니다.

정의(正義)의 정의(定義)

『책 도둑』은 공공의 도덕이라는
잣대로 보면 불의를 저지르지만,
'타인의 고통을 위로하는
인간적인 삶'의 잣대로 보면
누구보다도 아름다운 정의를
실천했던 한 소녀의 이야기입니다.

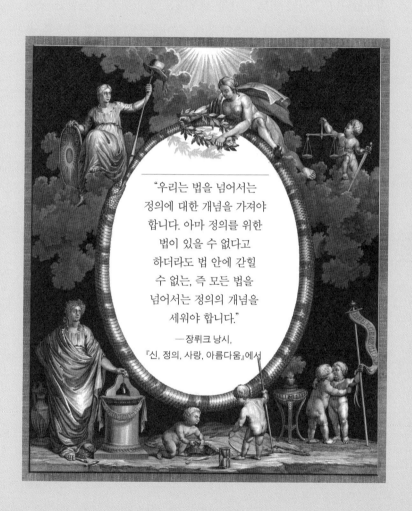

"우리는 법을 넘어서는
정의에 대한 개념을 가져야
합니다. 아마 정의를 위한
법이 있을 수 없다고
하더라도 법 안에 갇힐
수 없는, 즉 모든 법을
넘어서는 정의의 개념을
세워야 합니다."

―장뤼크 낭시,
『신, 정의, 사랑, 아름다움』에서

글씨를 쓸 줄 몰랐던 리젤은 양아버지 한스의 도움을 받아 책 읽는 법을 배우게 됩니다. 나치 치하의 어둡고 불안한 일상 속에서도 리젤은 지하실에서 책을 읽는 즐거움에 푹 빠져 고독과 슬픔을 치유합니다. 그러던 어느 날 I차 세계대전 당시 한스의 목숨을 구해 준 분의 아들인 막스가 한스의 집에 숨어들지요. 유대인 막스를 숨겨 주는 것은 나치 치하에서 자살행위나 다름없었지만, 한스는 막스 부친의 의로움을 잊지 않고 위험을 감수합니다. 바깥세상은커녕 창문조차 내다보지 못하는 힘겨운 감금 생활과 질병 때문에 고통받던 막스를 위해 리젤은 자신이 심부름을 갔던 시장 부인의 책을 '가져다가' 읽어주기 시작합니다. 나치의 악명 높은 분서(焚書) 때문에 집집마다 책이 남아나지 않았던 상황에서 시장 부인의 서재는 수많은 책들이 고스란히 남아 있는 유일한 영혼의 오아시스였지요. 리젤은 막스에게 바깥세상의 햇살과 구름과 별들의 아름다움을, 그리고 책을 통해서만 만날 수 있는 세상의 아름다움을 전해 줍니다. 삶의 희망을 잃어버렸던 유대인 막스에게 리젤의 '책도둑질'은 이 세상 무엇과도 바꿀 수 없는 아름다운 축제가 되어 그의 상처와 공포를 치유해 줍니다.

책을 훔치는 것은 물론 정의로운 행동이 아니지요. 하지만 책을 훔침으로써 리젤이 실현한 삶의 가치들은 분명 정의를 넘어서는 정의, 정의보다 더 아름다운 정의감으로 완성된 행위들이 아닐까요. 책을 훔친 행위는 정의롭지 않지만 책을 훔쳐야만 했던 한 소녀의 절박함의 밑바닥에는 누구도 빼앗아 갈 수 없는 정의감이 살아

인간의 조건

숨 쉬고 있습니다. 리젤은 학교에서는 '나치의 정의'에 대해 배우지만 실제로 아무 죄도 없는 유대인 이웃이 끌려가는 모습을 보며, 돌아오지 않는 부모님을 속절없이 그리워하며 정의의 이름으로 자행되는 국가의 불의를 이해하게 됩니다. 국가가 개인에게 요구하는 정의는 때로는 맹목적인 충성의 다른 이름일 때가 많습니다. A. G. 비어스는 『악마의 사전』에서 정의를 이렇게 풍자했지요. 정의란 "충성, 세금, 개인적인 봉사에 대한 보수"이며 "한 나라의 정부가 국민에게 파는 품질 나쁜 상품"이라고. 정의가 상호 간의 신뢰가 아닌 어느 한쪽의 일방적인 힘의 행사로 유지될 때는 이미 정의가 아니라 폭력의 다른 이름일 뿐입니다. 『책도둑』에서 혼자만의 정의를 힘겹게 창조해 내는 소녀 리젤은 세상의 불의를 깨달아 가는 과정에서 '자신만의 정의'를 눈부시게 발굴해 냅니다.

교과서에서 배우는 정의의 기준은 법이나 제도입니다. 그 정의를 세우는 기관들의 진정한 윤리나 가치는 되새기지 못한 채 우리는 정의가 처음부터 주어지는 것처럼 배웁니다. 하지만 살다 보면 정의의 기준이 흔들릴 때가 있지요. 법이나 제도나 사회 통념을 어기더라도 눈앞에서 고통받는 사람을 위해 나만의 정의를, 때로는 '순간의 정의'를 발휘해야 할 때가 있습니다. 단순히 착한 사마리아인의 윤리만으로는 부족합니다. 불의는 넘쳐나고 정의가 발 디딜 땅은 한없이 좁습니다. 프랑스의 철학자 장뤼크 낭시는 '법을 넘어서는 정의', 법의 테두리를 넘어서서 엄연히 존재하는 정의의 가치에 대해 역설합니다. 예컨대 나치의 학대 속에서도 위험을 무릅쓰고 목숨까지 걸며

정의(正義)의 정의(定義)

"정의가 가져다 주는 최대의 열매는
마음의 평정이다."

—에피쿠로스

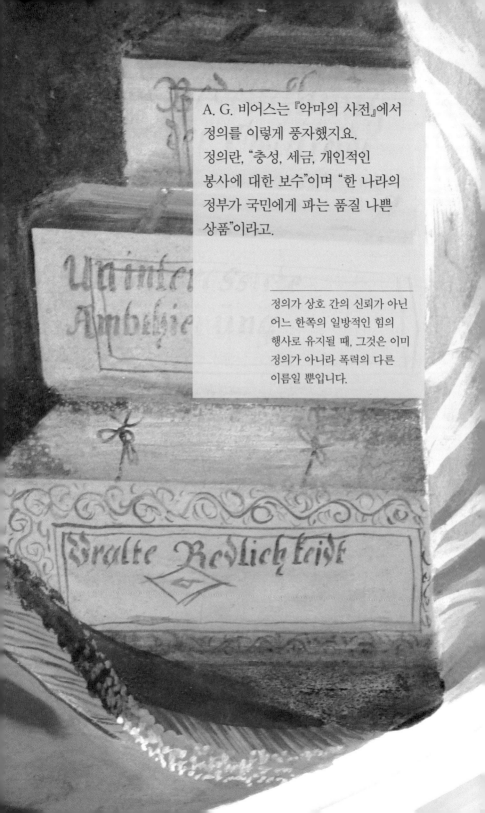

A. G. 비어스는 『악마의 사전』에서 정의를 이렇게 풍자했지요. 정의란, "충성, 세금, 개인적인 봉사에 대한 보수"이며 "한 나라의 정부가 국민에게 파는 품질 나쁜 상품"이라고.

정의가 상호 간의 신뢰가 아닌 어느 한쪽의 일방적인 힘의 행사로 유지될 때, 그것은 이미 정의가 아니라 폭력의 다른 이름일 뿐입니다.

유대인을 보호하고 숨겨 준 사람들이야말로 나치라는 당대의 법, 당대의 표면적인 정의를 넘어 진정한 정의를 실현한 사람들이지요.

"정의가 가져다주는 최대의 열매는 마음의 평정이다."라고 일갈했던 에피쿠로스의 전언처럼, 정의가 주는 최대의 축복은 바로 자기 자신의 평화입니다. 에피쿠로스의 짧고 소박한 메시지는 정의에 대한 거의 모든 것을 말해주는 것 같습니다. 정의로 다른 것을 기대해서는 안 된다는 것. 이 문장은 정의가 가져다주는 최대의 선물은 바로 내 마음의 평정 그 이상이 되어서는 안 된다는 절제의 미학으로 다가옵니다. 정의는 정의 그 자체만을 위해 복무할 뿐 그 무엇을 위한 것도 아니어야 합니다. '정의의 이름으로' 누군가를 처단하고, 세금을 걷고, 규칙을 매기는 모든 거대한 집단들은 정의라는 우아한 포장지로 그들의 사사로운 이득과 권력을 은폐하고 있습니다.

'정의란 무엇인가.'를 고민하게 만드는 이야기들을 떠올려보며, 이 단어의 딱딱한 어감과 어울리지 않게 정의와 가장 어울리는 단어는 '사랑'임을 깨닫습니다. 영화「플라이트」나 소설『책도둑』, 그리고 자신이 믿는 정의를 지키기 위해 수없는 위험을 무릅쓴 사람들의 이야기들은 정의와 가장 친한 단어가 판단이나 분석이 아니라 용기와 사랑임을 일깨워 줍니다. 정의란 누군가가 규정하고 정의하는 것이 아니라 '우리가 살아가는 매 순간 다시 창조해야 하는 열린 개념'임을 인정해야 하지 않을까요. 정의감의 밑바탕에는 항상 타인을 향한 사랑, 나 자신을 향한 믿음, 그리고 이 세상을 향한 무한한 사랑이 깔려 있어야 하지 않을까요.

무엇이 진짜 문제인가

나치 수용소에 울려 퍼진 아름다운 피아노 소리

제가 만난 아름다운 할머니, 할아버지들의 공통된 특징은 바로 타인에 대한 끊임없는 호기심과 관심이었습니다. 늘 자기 건강과 자기 안부만 걱정하는 이기적인 모습이 아니라 언제나 주변 사람의 안부와 기분을 배려하셨지요. 이런 분들은 젊은이들에게 존경받을 수밖에 없습니다. 아흔 살 가까이 살다 가신 우리 외할머니는 스무 명이 넘는 외손자, 외손녀들의 이름과 학교는 물론 학년과 반 번호까지 빠짐없이 기억하는 분이셨지요. 고등교육을 받지는 못하셨지만 늘 일곱 명이나 되는 딸들의 시시콜콜한 안부는 물론 사위들의 걱정 상담까지 노날아 해 주시던 따뜻한 분이셨습니다.

제가 오스트리아에 처음 갔을 때 만난 낯선 할아버지 또한 생면부지의 타인에게조차 따스한 친절을 베풀어 주신 분이셨지요. 빈에 도착한 후 길을 잃어 오랫동안 헤매고 있는 나를 발견한 할아버지는 자신의 승용차에 태워 주시며 목적지까지 데려다 주셨습니다. 그냥 말로만 길을 알려 주셔도 고마울 텐데, 자기 시간을 쪼개서 처음 보는 외국인에게 아무런 보답을 바라지 않고 친절을 베풀어 주셨지요. 그 할아버지 덕분에 저는 우울한 기분을 떨쳐 버릴 수 있었습니다. 빈 전체가 나를 따스하게 반겨 주는 것 같은 즐거운 착각이 들 정도로.

타인의 삶에 대한 관심은 곧 배움에 대한 호기심으로 이어지곤 합니다. 지금 내가 알고 있는 것만으로도 충분하다고 생각하면 삶은 늘 똑같은 패턴을 반복할 수밖에 없지요. 세계 최고령 피아니스트 알리스 헤르츠좀머 할머니는 110세의 나이로 눈을 감기 직전까지 변함없이 하루 네다섯 시간씩 피아노를 연주했다고 합니다. 알리스 할머니의 삶을 담은 『백년의 지혜』(캐롤라인 스토신저, 공경희 옮김)에는 그녀가 나치 수용소에서 어머니와 남편은 물론 수많은 친지들과 재산까지 다 잃고서도 건강을 유지할 뿐 아니라 존경받는 삶을 살아가는 비결이 나옵니다.

알리스는 아들과 함께 강제수용소에서 지낼 때조차도 음악의 끈을 놓지 않았지요. 알리스의 피아노 연주를 들은 나치 병사는 그녀에게 고백했다고 합니다. 당신의 연주는 너무도 아름답다고. 어떤 일이 있어도 부인과 아드님만은 지켜 드리겠다고. 알리스는 음악이 아들과 자신의 목숨을 지켜 준 비결이라고 믿습니다. 예술에 대한 끊임없는 열정, 똑같은 악보를 가지고 연주해도 매번 다른 연주를

인간의 조건

해내고자 하는 배움의 열정이 혹독한 수용소 생활을 견디게 한 소중한 원동력이었던 것이지요.

마르크스는 아직도 유효한가

스무 살, 『공산당 선언』을 처음 읽었을 때의 충격을 아직도 잊을 수가 없습니다. 이렇게 짧은 글로 이토록 순식간에 세상의 중심부를 곧바로 '푹' 쑤시는 칼날 같은 글이 있다니. 그때까지만 해도 저는 이성과 감성은 서로 완전히 다른 생각의 주머니에서 나오는 것이라 믿었습니다. 이성이 승하면 감성이 둔하거나, 감성이 끓어오르면 이성이 잦아들기 마련이라고. 그런데 이성의 극한과 감성의 극한이 동시에 한 글에서 이루어지다니. 스무 살 새내기의 눈에 마르크스는 영원히 고갈되지 않는 인간 사유의 마그마처럼 읽혔습니다. 당시는 마르크스적 글쓰기의 파괴력에 놀라 그때 그 시절 그가 '겨우 이십 대'였다는 사실에 신경 쓰지도 못했지요.

오랜 시간이 지난 후 다시 읽는 『공산당 선언』은 또 다른 감동으로 새롭게 다가옵니다. 놀랍게도, 그때 그 글을 썼던 마르크스와 엥겔스는 눈부신 이십 대였습니다. 겨우 스물아홉 살에 그런 대단한 글을 쓸 수 있다는 것도 놀랍지만, 이십 대이기에 그토록 세파에 시들지 않는 순수한 열정과 창조적 광기가 더욱 찬란하게 빛나지 않았을까 하는 생각도 듭니다. 우치다 타츠루와 이시카와 야스히로의

『청년이여, 마르크스를 읽자』가 반가웠던 이유는 바로 그 '청년이여'라는, 언제 들어도 싱그러운 호명 때문이었습니다. 이 책은 모두가 마르크스는 한물갔다고 가르치는 세상에서 '그럼에도 불구하고 마르크스를 읽어야 하는 이유'를 다정한 목소리로 귀띔해 줍니다. 이 책은 마르크스가 옳다는 윤리적 접근이 아니라 마르크스를 읽으면 머리가 좋아진다는 흥미 유발 전략으로 독자의 귀를 솔깃하게 만듭니다.

> 내가 왜 마르크스를 사랑하느냐⋯⋯. 그건 마르크스가 세상의 시스템을 쓱쓱 거침없이 설명했기 때문도, 어떻게 하면 계급 없는 사회를 만들 수 있느냐 하는 방법을 제시해주었기 때문도 아닙니다. 그것은 마르크스를 읽으면 머리가 좋아지는 것 같은 기분이 들기 때문입니다. [⋯⋯] 레비스트로스는 논문을 쓰기 전에 마르크스 책을 꺼내 들고 아무데나 펼쳐서 읽는다고 하네요. [⋯⋯] 마르크스 책을 몇 쪽 읽으면 머릿속의 안개가 싹 걷히는 기분이라는군요. [⋯⋯] 마르크스가 나를 우리 밖으로 꺼내주는 것이 아닙니다. 마르크스는 내가 우리 속에 갇혀 있다는 것을 가르쳐주는 것이죠. [⋯⋯] 마르크스는 내 문제를 해결해 주지 않습니다. 그렇지만 마르크스를 읽으면 스스로의 문제를 자기 손으로 해결해야 한다는 것을 깨닫게 됩니다. 나는 이것이 마르크스가 지닌 '교육적'인 측면이라고 생각해요.
>
> ─우치다 타츠루, 이시카와 야스히로, 『청년이여, 마르크스를 읽자』에서

모두들 '진짜 문제'라고 외치는 것에 대한 멋진 해답을 제시하는 책들은 많습니다. 하지만 주어진 문제에 대한 매끈한 해답이 아니라 '무엇이 진짜 문제인가?'를 발견해 내는 책은 흔치 않지요. 마르크스의 글쓰기가 지닌 매혹은 바로 내가 이미 겪고 있으면서도 미처 그 정체를 알지 못하는 문제가 무엇인지 사유하게 만든다는 점입니다. 해답을 제출하는 것보다 질문을 발견해 내는 능력이 진정한 창조성의 원천입니다. 마르크스는 모두들 해결되었다고 느낀 곳에서 또 다른 문제를 찾아 내고, 모두들 괜찮다고 생각하는 곳에서 결코 괜찮지 않은 문제를 찾아 냅니다.

예컨대 19세기 후반 유럽인들의 '반유대주의' 문제를 사유하면서, 마르크스는 단순히 유대인의 해방이 아니라 '누구의 해방'이며 '무엇으로부터의 해방'인지를 문제 삼습니다. 유대인이 반유대주의로부터 자유로워진다 해도 그 자유는 정치적인 해방일 뿐 인간적인 해방은 아니라고. 즉 유대인이 독일인의 억압으로부터 해방된다 해도 독일인 '또 다른 커다란 우리'에 갇혀 있기 때문에 이 해방은 완전한 것일 수 없다고 말합니다.

유대인뿐 아니라 유럽인 전체를 가두고 있었던 더 커다란 우리는 바로 "자기 이익 추구를 무엇보다도 우선시하는 이기적인 정신"입니다. 근대 시민혁명으로 인해 시민들은 자유를 얻었지만 그 자유는 오직 내 돈, 내 집, 내 가족의 이익을 추구하기 위한 이기적인 경제 활동의 자유였다는 것입니다. 마르크스는 '우아한 속물이 되어라.'가 지상명령이 되어 버린 현대 사회를 향해 변함없이 날카로운

혁명의 꿈

눈빛으로 질문합니다. 정말 다른 꿈은 아무것도 꾸지 않고 통장 잔고만 열심히 늘리면, 부동산 투기만 열심히 하면, 신상품만 열심히 구입하면 우리는 행복해질 수 있을까?

더 많은 돈과 더 큰 집과 더 멋진 스위트홈을 이루는 것이 현대인의 이상이 되었지만, 그것을 꿈꾸는 이상 자체가 '커다란 감옥'일 수 있음을 마르크스는 일찍이 간파합니다. 시민혁명은 분명 자유를 얻게 해 주었지만 그 자유의 본질은 '돈을 벌어야만 얻는 자유'였음을 말입니다. 그런 의미에서 마르크스 사상은 유효기간이 다했다는 푸념의 정체는 정말 마르크스가 쓸모없다는 뜻일까요? 오히려 마르크스를 읽고 동감하는 순간 '세상의 대세'를 따르기 힘들지도 모른다는 공포가 아닐까요? 마르크스와 제대로 만나기도 전에 느끼는 '교육된' 공포는 잠시 접어 두고, 마르크스에 대한 온갖 편견과 소문의 더께를 걷어 낸 채 마르크스 그 자체와 만나는 순수한 기쁨을 다시 느낄 때입니다.

마르크스와 엥겔스, 두 젊은이의 천재성보다 더욱 놀라운 것은 이들이 어떤 고난이 닥쳐와도 '세계는 만지고 다듬고 고칠 수 있는 것'이라 믿어 의심치 않았다는 점입니다. 지금 우리 젊은이들은 세상을 바꾸고 싶다고 꿈꾸기는커녕 이 세상은 무서운 곳이라고, 세상 자체가 온갖 적들이 가득한 전쟁터라고 배웁니다. 세상 속으로 직접 뛰어들기도 전에 세상에 대한 비관론을 주입당하고 있지요. 우리 사회가 이십 대에게 저지른 가장 끔찍한 폭력 중 하나는 바로 '88만원 세대'라는 식의 선명한 낙인을 찍은 것입니다.

인간의 조건

해답을 제출하는 것보다
질문을 발견해 내는 능력이
진정한 창조성의 원천입니다.

마르크스는 모두들
해결되었다고 느낀 곳에서
'또 다른 문제'를 찾아내고,
모두들 괜찮다고 생각하는
곳에서 '결코 괜찮지 않은'
문제를 찾아냅니다.

각종 작명의 유혹은 곧 지배의 욕망입니다. 그 무엇으로도 쉽게 규정할 수 없는 이들을 '88만원 세대'라 이름 붙이고 너희들을 지배하겠다는 욕망. 더 이상 이 세상과 싸울 생각 따위 하지 말라고 명령하는 것 아닐까요? 이 거친 생존경쟁 속에서 먹고살기도 힘드니 일단 세상에 적당히 순응하라고. 국가와 자본의 명령에 순순히 잘 따르는 나긋나긋한 소시민이 되라고, 유행과 명품에 껌뻑 죽는 우아한 속물이 되라고 가르치는 것입니다.

세상은 무섭습니다. 하지만 이 무서운 세상을 아무도 바꾸려 들지 않는다면 그것이 훨씬 더 무서운 세상 아닐까요. 그저 내 직업과 내 수입과 내 꿈만 생각하면 이 무서운 세상은 점점 더 나빠질 수밖에 없습니다. 나만 챙기는 것이 아니라 이 세상을 함께 걱정하는 사람들이 많아진다면 우리에겐 아직 희망이 남아 있습니다. 항상 걱정하고 배려하고 신경 쓸 수 있는 '우리'라 불리는 울타리 바깥을 상상하게 만드는 힘이 마르크스를 오늘 또다시 설레는 마음으로 읽게 만듭니다.

『청년이여, 마르크스를 읽자』는 마르크스주의자가 되라는 강요가 아니라 마르크스가 얼마나 매력적인 인물인지, 마르크스와 그의 벗들이 꿈꾸던 세상이 얼마나 아름다운 것인지를 체험하게 만드는 사유의 여행입니다. 마르크스와 엥겔스가 이십 대였다는 것보다 더 중요한 것은 그들이 쓴 글을 읽을 때마다 우리 자신도 나이나 처지나 환경과 상관없이, 나도 모르는 사이 푸르른 이십 대가 된 듯한 행복한 착시에 빠지기 때문입니다. 그 경이로운 마법이야말로 이 책이 내게 '마르크스를 읽으면 누구나 청년이 된다.'처럼 읽히는 이유입니다.

아름다운 노년의 비결

배움의 기쁨을 극대화하는 방법은 배운 것을 가르칠 수 있는 다른 공간을 찾는 것입니다. 그저 배워서 나만 기쁜 것이 아니라 그 배움의 즐거움을 함께 나눌 수 있는 타인을 찾는 것이야말로 삶을 더욱 윤기 있게 만들어 줍니다. 제가 중학생 때 동네 아이들에게 무료로 한문 강습을 해 주셨던 노인정의 할아버지가 바로 그런 분이셨지요. 할아버지는 『대학』이나 『중용』 같은 고전 텍스트들을 동네 아이들을 모아놓고 가르쳐 주시는 이 시대의 훈장 선생님이셨습니다. 우리는 할아버지의 우렁찬 낭독 소리에 맞춰 어려운 한문 문장을 열심히 읽어 댔고, 그때 배운 문장들은 아직도 기억에 남아 삶의 등불이 되어 줍니다. 끊임없이 배우고 끊임없이 가르칠 수 있다는 것은 인간이 경험할 수 있는 가장 아름다운 축복 중 하나입니다. 열심히 배운 지식을 현실 속에서 실천하고, 그 배움의 결과물을 타인과 나눌 수 있는 것이야말로 노년의 무력으로부터 스스로를 지킬 수 있는 축복일 것입니다.

알리사 할머니는 100세가 넘은 나이에도 대학의 공개강좌에 참가하여 철학 강의를 들었습니다. 알리사는 스피노자, 키르케고르, 니체 등 위대한 철학자의 책을 열정적으로 읽으며 철학 교수들을 당

혁명의 꿈

더 많은 돈, 더 큰 집, 더 멋진 스위트홈을 이루는 것이 현대인의 이상이 되었지만, 그것을 꿈꾸는 이상 자체가 '커다란 감옥'일 수 있다는 점을 마르크스는 일찍이 간파합니다.

시민혁명은 분명 자유를 얻게 해 주었지만, 그 자유의 본질은 '돈을 벌어야만 얻을 수 있는 자유'였음을 말입니다.

황시키는 도발적인 질문을 하기도 했지요. 그저 주어진 지식을 고분 고분 받아 적은 것이 아니라 자신의 삶을 바꿀 수 있는 철학적 문제를 진지하게 고민했던 것입니다.

제가 도서관이나 문화센터에서 인문학 강연을 할 때도 알리사 할머니처럼 멋진 분들이 찾아오십니다. 가끔은 백발이 성성한 할아버지들도 오셔서 제 강의를 열심히 들어 주십니다. 조용히 강의만 듣고 가지런히 받아쓰시는 분들도 있고, 강연이 끝난 후 꼼꼼히 코멘트를 해 주시는 분들도 있습니다.

100세쯤 된다면 이 세상 모든 것이 당연하게 느껴지지 않을까? 더 이상 궁금한 건 없어지지 않을까? 나의 무의식 속에 있는 이런 편견이 옳지 않다는 것을 어르신들은 기쁘게 깨우쳐 주십니다. 저는 이 100세 노인으로부터 배웠습니다. 우리가 죽는 날까지 삶에 대한 배움의 의지를 포기하지 않는 것이야말로 젊음의 비결임을. 배움이 꼭 책 속에 있지만은 않지요. 지금 내가 살고 있는 이 삶이 전부가 아니라는 것을 깨닫게 해 주는 모든 사건, 타인, 사물, 공간들이 우리에게 스승이 되어 줄 수 있습니다.

이제 얼마나 오래 사느냐보다는 노년을 어떻게 아름답게 보낼 것인가가 더 중요한 문제가 될 것입니다. 아무리 오래 살아도 늘 쉴 새 없이 병마에 시달리거나 삶의 의미를 찾을 수 없어 권태에 빠져 있다면 얼마나 고통스럽겠습니까. 중요한 것은 단지 오래 사는 것이 아니라, 삶의 의미를 지위나 재산 같은 외적인 가치가 아닌 나 자신의 무한한 가능성에서 찾는 지혜입니다.

혁명의 꿈

시골 빵집에서 『자본론』을 굽다

삶의 기쁨을 누렸던 시간을 되돌아보면 그 기쁨의 뿌리가 '돈'에서 비롯된 적은 거의 없었음을 깨닫습니다. 행복의 기원은 대개 뜻밖의 선물 같은 인연의 힘에서 시작됩니다. 예컨대 내 책을 읽고 강연을 들으러 와 주신 분들이 따뜻한 마음이 담긴 손편지를 수줍은 듯 전해 주고 가실 때, 주소도 연락처도 없는 그 '일방적 선물'에 어떻게 보답해야 할지 몰라 그저 더 열심히 글을 써야겠다는 다짐을 하곤 합니다. 작가야말로 축복받은 존재임을 새삼 느끼는 순간입니다. 엄마의 집밥은 또 어떤가요. 요리에 젬병인 저는 대충 끼니를 때우는 데 익숙해져 버려 엄마의 집밥, 또는 마음의 온기를 조금이라도 담은 음식을 먹으면 가슴이 찡해집니다. 이 행복은 도저히 돈으로 환산할 수 없습니다. 바로 이런 기쁨이 교환가치로 환원될 수 없는 사용가치입니다.

『시골 빵집에서 자본론을 굽다』(와타나베 이타루, 정문주 옮김)는 바로 이런 행복의 기원, 즉 자본으로 계산될 수 없는 행복의 가치를 창조하는 삶의 소중함을 일깨웁니다. 나이 서른. 오랜 백수 생활 끝에 뒤늦게 취직하여 유기농산물 도매회사에 다니던 와타나베 이타루. 그는 언젠가는 농촌에서 소박하고 정직하게 농사를 지으며 살아가겠다는 꿈을 품어 왔지만 막상 그 농산물을 취급하는 회사가 온갖 부정부패와 비리로 얼룩져 있다는 사실을 알고 크게 실망합니다.

'자본의 힘에 휘둘리지 않는 삶'을 꿈꾸던 그는 버터와 설탕과

인간의 조건

계란을 사용하지 않고 오직 천연 효모만으로 빵을 만드는 기술을 연마한 끝에 마침내 시골 빵집 '다루마루'를 차립니다. 그는 인공효소인 이스트를 전혀 사용하지 않고 시골의 오래된 고택에서 채취한 천연곰팡이를 자연 발효시켜 빵을 만드는 데 성공했지요. 그 잊을 수 없는 향기로운 빵맛에 중독된 사람들의 꾸준한 사랑으로, 그는 '이윤을 남기지 않고도 결코 망하지 않는 회사'라는 마법 같은 신화를 창조해 냈습니다. 노동자를 착취하지 않는 자본가, 이윤 창출에 목숨을 거는 자본가가 되지 않기 위하여 그는 마르크스의 『자본론』이 남긴 철학적 유산을 삶에서 직접 실천하고 있습니다.

이 책을 읽으며 학창 시절 고(故) 정운영 선생의 '마르크스주의 경제학' 수업을 21세기의 언어로 다시 듣는 느낌이었습니다. 학생들에게 '마경'이라는 약어로 불린 그 수업은 나에게 '마법의 경제학'이었습니다. 때로는 연극배우처럼 열정적인 몸짓으로, 때로는 서정시처럼 강렬한 울림으로 마법 같은 경제학 강의를 들려주신 정운영 선생님이 그리워지는 요즘입니다. 그때 저는 처음으로 이해했지요. 자본가의 노동 착취는 그들 개개인이 사악해서가 아니라 이윤 창출을 위해 인간을 구조적으로 착취하게 만드는 자본주의 구조의 문제임을. '마경'을 들은 지 벌써 10여 년이 넘었지만, 내게 마법의 경제학은 바로 엄혹한 자본주의적 시스템 내부에서도 그 한계를 뛰어넘는 삶을 게릴라적으로 실천하고, 그 실천의 비법을 조건 없이 공유하는 사람들의 목소리로 끊임없이 울려퍼지고 있습니다.

마르크스가 '자본'이라는 키워드로 세계의 경제 원리를 근원적으로 파헤치는 역작을 썼듯이, 이 신기한 시골 빵집의 주인은 '천연 효모'라는 이야기의 씨앗 하나로 자본주의적 세계 내부에서 그 바깥을 상상하는 삶을 실천하고 있습니다.

당신의 심장에 가닿기 위해 오늘도 씁니다

들을 줄 아는 귀와 쉴 줄 아는 몸

창조적인 사람들은 일에 대한 열정과 놀이의 능력을 하나로 만든다.

— 하워드 가드너, 『열정과 기질』에서

저는 사실 글쓰기나 작문 책에서 감흥을 느낀 적이 거의 없습니다. 나와 비슷한 환경에 처해 있거나 닮은 성격을 가진 저자를 찾기 어려워서인 것 같습니다. 특히 내가 꿈꾸는 글쓰기는 정해진 장르라기보다는 어떤 막연한 '정서'를 창조하는 글이었기 때문에 롤모델을 찾기가 더욱 어려웠습니다. 루이즈 디살보(Louise Desalvo)의 『최고의 작가들은 어떻게 글을 쓰는가』는 처음으로 제게 진정한 위로를 준 글쓰기 책이었습니다. 무엇보다 '어떻게 쓰는가?'에 집중하는 기교적인 측면이 아니라 쓰지 못하는 시간을 어떻게 견디는가, 쓸 수 없는 자신을 어떻게 견디는가에 대한 답을 줄 수 있는 책이기에 더욱 커다란 도움이 되었습니다. 자기만의 이야기가 아니라 수많은 작가들이 글쓰기의 고통을 어떻게 견뎠는지를 보여 주는 사례와 그에 대한 깊은 성찰이 담겨 있어 더욱 마음을 끌었지요.

이 책의 저자는 세 가지 측면에서 나와 비슷하다는 친근감을 주었습니다. 첫째, 그녀는 글쓰기를 힘든 삶의 도피처로 생각했습니다. 노동계급의 딸로 태어난 그녀는 항상 동생을 책임져야 한다는 강박관념 속에서 살았는데, 책상에 앉아 책을 읽거나 공부를 하는 시간만큼은 그 부담감에서 벗어날 수 있었다고 합니다. 저에게 글쓰기도 그런 고통의 도피처였거든요. 글쓰기 또한 노동의 일종이긴 하지만 나를 소모하는 노동만이 아니라 '나를 새롭게 창조하는 노동'이기에 그 고통을 오랫동안 견딜 수 있었습니다.

둘째, 저자는 놀 줄 모르는 사람, 심지어 노는 것을 싫어하는 사람이었습니다. 나는 "일만 하고 놀 줄 모르는 사람은 바보다.(All work and no play makes Jack a dull boy.)"라는 식의 속담을 가장 싫어했는데, 뭔가 강하게 찔리는 구석이 있기 때문이었지요. 노는 시간은 항상 불안했고, 놀고 싶은 마음은 굴뚝같지만 막상 놀이의 멍석이 깔리면 안절부절 못하며 어쩔 줄 몰랐습니다. 디살보는 놀이와 휴식의 중요성을 잘 아는 남편을 만나 여행을 통해 몸과 마음에 휴식을 취하는 방법을 힘겹게 체득하면서 글쓰기에 더욱 매진할 수 있었다고 합니다. 반가운 소식이 아닐 수 없었습니다. 저 또한 '여행하며 글쓰기'를 통해 놀이와 노동이 하나가 되는 경지를 꿈꿔 왔기 때문이지요.

셋째, 이 작가는 좀처럼 자신을 칭찬할 줄 모르는 사람이었습니다. '나는 왜 이렇게 글을 조금밖에 못 쓰지?' '내 글이 정말 출판될 수는 있는 걸까?' '사람들이 내 글을 싫어하면 어떻게 하지?' 이런 걱정 때문에 글을 쓰다가도 곧잘 우울감에 빠지곤 하는 것. 저 또한 이 세 번째 측면이 가장 가슴 아픈 나 자신의 모습이었기에 작가의 문제의식에 깊이 공감할 수 있었습니다. 글쓰기의 '기교'가 아니라 글쓰기의 '태도'가 작가의 운명을 결정짓는 것임을, 저는 오직 고통스러운 체험을 통해서만 이해할 수 있었습니다.

루이즈 디살보는 버지니아 울프와 데이비드 허버트 로렌스를 특히 좋아하는데, 그들이 글을 쓰기 위해 기울였던 각고의 노력을 통해 자신의 글쓰기가 지닌 문제점을 성찰합니다. 버지니아 울프는 맹렬하게 글을 썼지만 때로는 쓰는 것보다 지우고 고치는 양이 더 많았지요. 끊임없이 지우고 고치고 지우고 또 고치면서 그녀의 작품은 빛을 더해 갔습니다. 일필휘지로 어느 날 밤 하루 만에 글을 쓸 수도 있을지 모른다는 '뮤즈의 환상'을 버려야만 진정한 창작의 자유가 찾아옵니다. 로렌스는 주변의 소음을 차단하기 위해 사방이 코르크로 막힌 방에 스스로를 가두고 자신을 고문하듯 글을 썼습니다. 헤밍웨이는 항해일지를 쓰듯 작업 일지를 썼지요. 미래의 스케줄을 욕심스럽게 빼곡히 적어 놓는 것보다 내가 오늘 실제로 무엇을 했는가를 차분히 정리하고 겸허하게 통찰하는 것이 실제 글쓰기에 도움이 됩니다.

공감의 글쓰기

헤밍웨이는 항해일지를
쓰듯이 작업일지를 썼지요.

미래의 스케줄을 욕심스럽게
빼곡히 적어놓는 것보다는
'내가 오늘 실제로 무엇을
했는가?'를 차분히 정리하고
겸허하게 통찰하는 것이 실제
글쓰기에 도움이 됩니다.

『위대한 개츠비』의 작가
스콧 피츠제럴드가 딸에게
보낸 편지는 다정한 협박과
촌철살인의 유머로 가득 차
있습니다.

"열여덟 또는 열아홉 살에 술을
마셨던 내가 아는 소년들은 지금
모두 안전하게 무덤에 들어가
있단다. 그리고 열여섯 살에
우리가 '속도위반'이라 불렀던
소녀들은 결혼할 나이가 됐을
때 누구든 결혼만 해 준다면
아무나하고 결혼해야 하는 처지가
되어 있었단다."

내가 쓰고 있는 이 글이 무엇인지 모르는 채 마음에서 들려오는 소리를 적는 것이 '낙서'이고, 퇴고의 가능성을 생각하면서 일단 최초의 완성본을 끝까지 써 보는 것이 '초고'이며, 여기에 온갖 퇴고 과정을 거쳐 다듬고 또 다듬고 깎고 또 깎아 만들어 낸 것이 '완성된 원고'입니다. 그런데 이것이 끝이 아니지요. 원고와 책은 엄연히 다르기 때문입니다.

저도 원고는 있지만 책으로 나오지 않은 적이 많았고, 그런 과정에서 무수히 상처받았지만, 지나고 나니 남을 탓하기보다는 '나의 준비 부족'을 탓하는 것이 차라리 낫다는 것을 알게 되었습니다. 원고 자체가 거절당하거나 수정을 요구받거나, 편집자와 소통이 되지 않고 책에 대한 비전이 전혀 다른 상황을 무수히 겪으면서 '작가'가 되는 것과 '저자'가 되는 것이 전혀 다른 일임을 알게 되었습니다.

어제도 오늘도 내일도 끊임없이 글을 쓰는 사람은 누구나 작가지만, 저자가 된다는 것은 출판과 마케팅에 관련된 온갖 업무가 주는 스트레스를 견뎌야만 가능합니다. 그렇다고 저자보다 작가가 되는 것이 쉽다는 것은 결코 아닙니다. 저자이긴 하지만 작가라 하기 어려운 사람들도 많습니다. 작가의 글쓰기와 끊임없는 노력보다는 강력한 기획력이나 마케팅으로 저자를 만드는 사례도 많기 때문이지요. 저는 '저자'가 될 수 없어도 '작가'가 될 수 있는 길을 찾는 것이 내게 어울리는 길이라고 생각했습니다. 책을 내지 못해도 좋습니다. 좋은 글을 쓸 수만 있다면. 출판사와의 관계 맺음 속에서 여러 번 상처 입기도 했지만, 나를 향한 오해를 묵묵히 견디는 것이 '내가

인간의 조건

아닌 또 다른 '나'를 만들어 '내가 원하지 않는 나'로 유통되는 것보다는 나은 일이었습니다.

저는 활발하게 유통되는 상품으로서의 책을 넘어 오랜 시간이 지나도 책을 통해 작가와 독자가 직접 만난 것 같은 느낌을 주는, 사람의 온기를 담은 글을 쓰고 싶었습니다. 글쓰기는 아직도 나에게 이 세상 최고의 피난처입니다. 하지만 피난처에만 그친다면 그것은 자폐적 퍼포먼스에 지나지 않을 것입니다. 글쓰기는 내게 '깨고 싶지 않은 나', '보여 주고 싶지 않은 나'까지도 나의 진정한 일부로 만드는 자기 갱신의 몸짓입니다. 글쓰기가 결코 깨지지 않는 이 세상의 장벽을 다만 한 귀퉁이라도 깨부술 수 있는 영혼의 도끼가 되지 않는다면 무슨 소용이 있을까요. 아직 그 단단한 장벽을 깨부수기에는 너무도 물러 터진 내 글쓰기를 반성하는 일조차 제게는 찬란한 축복입니다. 저는 활발히 유통되는 저자가 아니라 간절히 소통하는 작가가 되고 싶습니다.

손편지에 담긴 은밀한 고백

『위대한 개츠비』의 작가 스콧 피츠제럴드(Scott Fitzgerald)가 딸에게 보낸 편지는 멀리서나마 딸에게 도움이 되고 싶었던 아버지의 걱정과 사랑으로 가득합니다. 그는 딸에게 이런 편지를 보냅니다. "애정을 표현하는 것은 괜찮다. 운전할 때만 아니라면." "열여덟 또는 열아버지니아 울프는 맹렬하게 글을 썼지만 때로는 쓰는 것보다 지우고 고치는 양이 더 많았지요.

끊임없이 지우고, 고치고, 지우고 또 고치면서 그녀의 작품은 빛을 더해갔습니다. 일필휘지로 어느 날 밤 하루 만에 글을 쓸 수도 있을 지도 모른다는 '뮤즈의 환상'을 버려야만 진정한 창작의 자유가 찾아옵니다.

홉 살에 술을 마셨던 내가 아는 소년들은 지금 모두 안전하게 무덤에 들어가 있단다. 그리고 열여섯 살에 우리가 '속도 위반'이라 불렀던 소녀들은 결혼할 나이가 됐을 때 누구든 결혼만 해 준다면 아무나와 결혼해야 하는 처지가 되어 있었단다." 딸의 미래를 걱정하는 아버지의 목소리는 다정한 협박과 촌철살인의 유머로 가득 차 있지요.

하지만 피츠제럴드는 걱정과 훈계만 늘어놓는 권위적인 아버지가 아니었습니다. "너는 부모에 대한 아주 나쁜 두 가지 예를 보았다. 그냥 우리가 하지 않았던 모든 것들을 하려무나. 그러면 너는 온전히 안전할 거야." "딸아, 엄마와 아빠를 본받지 말렴. 우리처럼만 살지 않으면 된단다."고 말하는 아빠, 위대한 작가였지만 부모로서는 실패했음을 스스로 인정하는 아버지. 어쩐지 짠하면서도 사랑스럽지 않은가요.

편지는 다정한 메시지만 담는 것은 아니었습니다. 원수라고 생각하는 사람들에게 가장 확실하게 자신의 의견을 표현할 수 있는 방법이기도 했지요. 흑인인 조단은 평생 노예로 살았지만 이제 아내와 아이들을 데리고 독립했습니다. 그런 그가 자신을 다시 불러들여 노예로 부려먹으려는 옛 주인에게 보내는 편지에는 비장한 각오가 서려 있지요.

"우리에게 연체된 임금을 보내 준다면 과거의 해묵은 원한은 용서하고 잊어버리며, 앞으로 주인님이 우리를 공정하게 친구로 대하리라고 믿을 수 있을 것입니다. 나는 32년을, 그리고 아내 맨디는

공감의 글쓰기

20년간 주인님을 충직하게 섬겼습니다. 거기에서 우리들의 피복비와 내가 세 번 의사의 진료를 받은 것, 맨디가 발치 치료를 받은 비용을 제하면 우리가 공정하게 받아야 할 금액이 될 것입니다."

이제 자유인이 된 조단은 노예제의 그늘 아래 자행된 모든 폭력으로부터 가족을 보호하겠다고 주인에게 결연히 선언합니다. "나는 내 딸들이 젊은 주인들의 폭력과 사악함에 치욕을 당하게 하기보다는 여기에 남아 굶는 것— 그리고 만약 상황이 그렇게 된다면 죽는 것 — 을 택하겠습니다." 당신의 노예로 살다가 자신의 딸들이 주인집 남자들에게 치욕적인 일을 당하느니 차라리 여기서 굶어 죽는 것을 택하겠다는 조단. 그는 30년 넘게 노예로 살았지만 영혼만은 결코 노예화되지 않았습니다.

인간의 숨길 수 없는 불안과 우울을 그려 내는 데 특히 천재적인 면모를 보여 주었던 에밀리 디킨슨은 편지에서 뜻밖에도 기쁨과 유머를 선사합니다. "산다는 것은 너무나 놀라운 일입니다. 그래서 다른 직업을 가질 여유가 거의 없지요." 작가 히긴스는 그녀가 타협하지 않고 출판사의 권유를 듣지 않는 것을 크게 걱정하며 출판을 반대하던 사람이었죠. 그런 히긴스가 그녀에게 사진을 보내 달라고 부탁하자, 디킨슨은 사진을 하나도 가지고 있지 않다고 주장하면서 이렇게 편지를 씁니다.

사진이 없더라도 믿어 주실 수 없나요? 지금은 초상화도 없어요. 하지만 나는 몸집이 작아요. 마치 굴뚝새처럼요. 그리고 내 머리카락은 굵지요. 마치 밤송이 가시처럼요. 또 내 눈은 손님이 남기고 간 유리잔의 셰리주처럼 생겼답니다. 이 정도면 사진 대신으로 괜찮을까요?

그녀가 친지들에게 보낸 편지에는 그녀의 기발한 상상력과 의외의 다정함이 넘쳐납니다. "창문을 열면 방안에 하얀 먼지가 가득 찬단다. 신이 먼지를 터는 중인가 봐."

당신은 가도 편지는 살아남아

죽은 사람이 산 자에게 남긴 편지도 흥미롭지만, 살아남은 사람이 이미 죽은 사람에게 보낸 편지들은 더욱 재미있습니다. 죽어서도 남편의 투정을 들어주느라 저승에서도 편히 쉬지 못할 아내에게 남편은 편지를 씁니다. "나는 이승에 살고 있는 당신의 사랑하는 남편이니 나를 대신하여 싸우고 나의 이름을 위해서 탄원하시오. 내가 이승에서 당신의 이름이 영원히 남을 수 있게 만들었을 때 나는 당신 앞에서 주문을 잘못 외우지 않았소. 내 몸에서 이 질병을 없애버리시오." 의사와 약보다는 신이나 죽은 사람이 자신을 돌본다고 생각했던 시대의 사람들은 죽은 사람에게 이런 편지를 써서 어떻게든 자신을 제대로 도와달라고 떼를 썼습니다.

공감의 글쓰기

또 다른 남자는 죽은 아내에게 이렇게 편지를 씁니다. "당신에게 무슨 나쁜 짓을 했기에 이렇게 사악하게 구는 거요? 나는 젊었을 때 당신을 아내로 맞이했습니다. 당신과 이혼하지 않았습니다. [……] 지난 3년간 다른 사람의 집에 들어가지도 않았습니다. 집에 있는 아가씨들에 대해서도, 그들 중 어느 누구에게도 들어가지 않았습니다." 얼마나 억울하고 한이 쌓였으면 세상을 떠난 아내에게 이런 기나긴 항의의 편지를 썼던 걸까요. 옛 사람에게 죽음은 어쩌면 '또 하나의 권력'이었을지도 모르겠습니다. 산 자들의 세상을 좌지우지할 수 있는 힘, 산 자들이 어찌하지 못하는 세상을 바꿀 수 있는 힘이 죽은 자들에게 있다고 믿었나 봅니다.

우리는 대중이 문맹 상태에 있으면 글쓰기와 읽기를 접할 기회가 거의 없을 거라고 예단하지만 실은 그렇지 않습니다. 고대 이집트인들은 글을 직접 읽거나 쓸 수는 없었지만 편지는 보냈다고 합니다. 전문 필경사들이 있었지요. 전문 필경사들은 돈을 받고 글을 쓰고 읽어주는 일을 했는데, 전문가를 고용할 형편이 안 된 사람들은 글을 쓸 줄 아는 친지들에게 부탁을 했습니다. 수천 년에 걸친 이집트 왕조의 거의 전 시대를 망라하는 수천 통의 편지가 지난 100여 년간 꾸준히 발견되었다고 합니다. 고대 이집트에서 편지가 얼마나 소중했는지를 보여 주는 또 하나의 사례가 있습니다. 한 전문 필경사가 어린 견습생에게 보낸 편지입니다.

이 고귀한 직업에 전념하거라. 이 일이 유용하다는 것을 알게

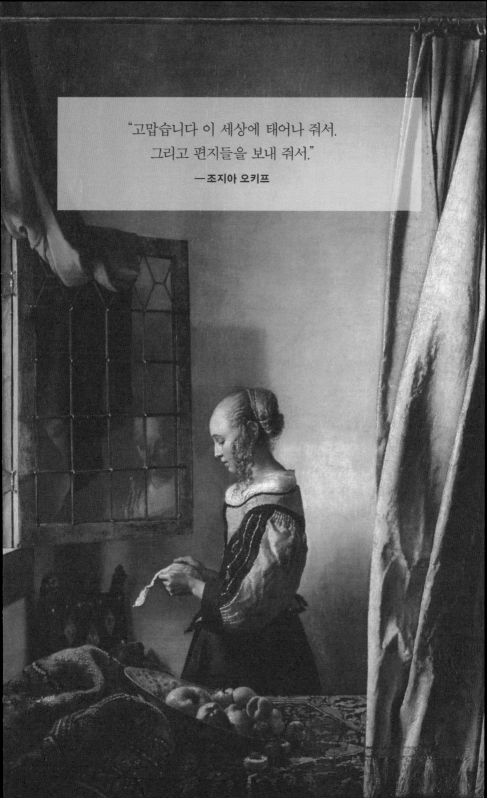

"고맙습니다 이 세상에 태어나 줘서.
그리고 편지들을 보내 줘서."

—조지아 오키프

될 것이다. 글 쓰는 것을 사랑하고 춤추는 것은 멀리해라. 그러면
훌륭한 관리가 될 것이다. 종이 두루마리와 팔레트를 친구로 삼아
라. 그것이 포도주보다도 더 큰 기쁨을 준다. 글을 아는 사람을 위
해 쓰는 것이 그 어떤 직업보다도 낫다. 그것은 빵과 맥주보다도,
옷과 연고보다도 더 큰 기쁨을 준다. 또한 그것은 이집트에서 유산
을 상속받는 것보다도, 나일 강 서안의 무덤보다도 더 가치가 있다.

글쓰기가 정말 소중하고 아름다운 일임을 이 이집트 필경사의
편지로 인해 깨닫게 됩니다. '과연 내가 이렇게 글을 쓰는 것이 이
세상에 무슨 도움이 될까?'라는 생각 때문에 자괴감에 빠질 때가
많은 요즘이기 때문입니다. 글을 쓴다는 것이 얼마나 소중한 일인지,
글 쓰는 일에 왜 전력을 다해야 하는지를 새삼 깨닫게 해 주는 옛사
람의 목소리는 나직하지만 준엄합니다. 편지를 읽으면 내가 가진 힘
을 '나는 왜 이것밖에 되지 않는 걸까?' 하는 걱정에 쏟아부을 것이
아니라 깊이 있고 더 단단한 영혼의 울림을 만들어 내는 데 쓰고 싶
어집니다. 수천 년 전 꼬맹이 견습생에게 보낸 이집트 필경사의 아름
다운 당부 편지는 지금도 저를 울립니다.

책을 살아내는 실천

부끄럽지만 한때 열심히 읽은 책의 내용을 완전히 잊어버리고

똑같은 책을 산 적이 있습니다. 게다가 이렇게 좋은 책을 왜 아직도 안 샀단 말인가, 하며 잔뜩 흥분한 채. 막상 읽어 보니 몇 년 전에 사서 형광펜으로 밑줄까지 쭉쭉 그은 책이었습니다. 왜 이런 일이 생겼을까? 심각한 건망증일까요. 생각해 보니 '책을 읽고 오직 마음속으로만 간직한 책들'은 기억 속에서 곧잘 지워져 버렸습니다. 반면 글을 쓰고 세미나를 하고 강의까지 한 책은 결코 잊히지 않습니다. 그저 조용한 '내면의 묵독'으로 그친 책들은 마음의 비상구로 은밀히 잠입한 후 어느새 마음의 뒷문으로 스르륵 빠져나가 버립니다. 책이 삶으로 깊숙이 스며들지 못한 것이지요. 이제 저는 책을 읽고 나서 반드시 주변 사람들에게 수다를 떨곤 합니다. 독서만 할 것이 아니라 책의 메시지를 함께 나누고 실천할 '북메이트'가 필요함을 깨닫기 시작한 것입니다.

정말 중요한 것은 어떤 책을 읽을 것인가보다 일상 속에서 책을 어떻게 써먹을까입니다. 『엄마와 함께한 마지막 북클럽』(윌 슈발브, 전행선 옮김)은 바로 이런 점에서 깊은 영감을 줍니다. 독서의 리스트보다 중요한 것은 독서의 습관임을 절실하게 일깨워 주기 때문입니다. 췌장암 말기 선고를 받고 고통받는 엄마에게 아들은 갑작스레 제안합니다. 병원에서 무력하게 항암 치료를 기다리는 시간에 서로가 읽은 책에 대해 이야기를 나눠 보자고. 어린 시절 엄마가 사랑한 책들, 자장가 삼아 엄마가 읽어 주시던 책, 최근에 읽은 모든 책들에 대해 미주알고주알 대화를 나누는 모자. 그들은 이 '마지막 북클럽'이 다가올 죽음을 수동적으로 준비하는 의식이 아니라 내일 죽더라도 오늘 여전히 더 멋진 삶을 꿈꾸는 작은 축제임을 깨닫습니다.

책을 읽고 황홀경에 빠져 열정적으로 대화를 나누자 어머니는 '말기암 환자'의 현실로부터 자유로워집니다. 아들은 '엄마의 죽음'이라는 끔찍한 현실로부터 홀쩍 해방되지요. 책을 읽고 수다를 떠는 사소한 몸짓만으로 그들은 죽음의 공포가 아닌 삶의 온기를 온몸으로 느낍니다. 책을 읽고 이야기를 나누는 행위만으로 그들은 질병의 고통을 이겨 내고, 내 삶이 끝난다고 해서 우리 인연이 끝나는 것은 아님을 깨닫습니다.

낯선 이들 앞에서 강의를 할 때마다 아직도 저는 엄청난 두려움을 느낍니다. 그러나 우리가 함께 읽은 책에 대해 수줍게 이야기를 시작하는 순간, 낯선 이들의 눈빛에 조금씩 온기가 스며드는 것을 느낍니다. 각자 다른 공간에서 똑같은 책을 읽었다는 사실만으로 우리는 멋진 친구가 됩니다. 가끔 책 없는 세상을 상상해 보고 몸서리를 치곤 합니다. 책 없는 세상은 곧 낯선 사람의 운명을 내 삶 속으로 초대할 기회를 영원히 잃어버리는 세상이 아닐까요. 독서는 단지 지식을 흡수하는 두뇌 운동이 아니라 삶을 바꾸는 몸의 실천이고, 새로운 인연의 네트워크를 창조하는 사랑의 실천입니다. 이제 책을 '사는(buy)' 것을 넘어 책의 내용을 '살아 내는(live)' 실천이 필요합니다. 우리에겐 엄마와 함께한 마지막 북클럽이 아니라 '누구든 함께할 수 있는 첫 번째 북클럽'이 필요하니까요.

인간의 조건

우리는 대답할 수 있는 질문만 듣는다

어떻게 나 자신이 될 수 있을까?

살다 보면 아무리 열심히 해도 내 노력으로는 열리지 않는 문이 있다는 것을 깨달을 때가 있습니다. 정말 고통스러운 순간이지만 받아들여야 할 때가 있습니다. 힘들지만 이 상황을 받아들여야만 또 다른 문을 노크할 수 있는 원기를 회복할 수 있기 때문이지요. 그럴 때마다 저는 영혼의 등대를 찾습니다. 무언가를 꼭 잘해 나가기 위해서가 아니라 다시 삶으로 떠오를 아주 여린 희망의 빛을 찾기 위해. 제게 그런 역할을 해 준 책은 『자크 아탈리, 등대』(자크 아탈리, 이효숙 옮김)입니다. 이 책이 던지는 질문은 너무 강렬해서 아픕니다. "아무것도 보이지 않고, 아무것도 알 수 없을 때 나를 지키기 위해 무엇에 의지할 것인가?" 이런 질문을 아무런 마음의 준비도 없이 갑자기 받으면 아무리 씩씩하게 살아가던 사람도 다리가 휘청하게 됩니다.

유럽 최고의 석학으로 알려진 프랑스 학자이자 재계 인사 자크 아탈리(Jacques Attali)는 공자에서 아리스토텔레스까지 인류에게 빛이 된 스물세 명을 선정하여 그들의 평전을 묶어 냈습니다. 그런데 이 책은 단정한 전기라기보다는 아름다운 단편소설집 같은 느낌을 줍니다. 토마스 아퀴나스, 카라바조, 토마스 홉스, 월트 휘트먼, 호찌민 등 하나같이 인류 역사에 뚜렷한 공적을 남긴 이들이지만, 자크 아탈리가 주목한 것은 단순히 그들의 업적이 아닙니다. 그들이 가장 힘들었던 시기에 자신만의 화두를 어떻게 붙잡았는지, 그렇게 해서 마침내 홀로 견뎌 낸 내면의 고투를 그려 냈습니다. 그들은 "나름대로 자신의 운명에 강박적으로 사로잡힌 자기중심주의의 괴물"이며, 모두 자기 인생에서 피할 수 없는 끔찍한 불운을 겪었으며, 그 불운에 설욕하려 애쓴 사람들이지요. 그리고 무엇보다도 이들은 바로 이 질문에 대답하는 삶을 살기 위해 분투했습니다. "당신이 자기 자신이 되려 하는데 모든 것이 그것을 가로막으려고 단합할 때, 어떻게 자기 자신이 될 수 있을 것인가?"

아탈리는 위대한 사람들의 성공 비결을 전수하는 것이 아니라 그들이 그 누구도 아닌 '자기 자신'이 되기 위해 어떤 운명적 결함과 싸워 왔는지, 나를 나답지 못하게 하는 장애물들과 어떻게 싸워 왔는지를 탐구합니다. 이 책에는 역사에 깊숙한 발자국을 남긴 사람들의 치적만이 아니라 그들의 실수, 그들을 향한 세상 사람들의 가혹한 비판, 그들의 트라우마와 철천지원수들까지 적나라하게 드러나 있지요. 위대한 사람들의 끔찍한 상처를 그려 낸 한 편 한 편의 글들은 이렇게 전기(biography) 형식에 담아도 아름다운 문학작품이 될 수 있음을 감동적으로 증언합니다.

관찰의 인문학

"새로운 것을 발견하고 싶으면 어제 걸었던 길을 다시 걸어 보라."는 말이 있습니다. 익숙한 길이 낯선 풍경을 펼쳐놓을 때 우리는 '새로운 시각'의 소중함을 느낍니다. 며칠 전 제게도 그런 일이 일어 났습니다. 집으로 돌아오는 길에 횡단보도를 건널 타이밍을 놓쳐 좀 더 걷다가 평소와 다른 횡단보도를 건너게 되었습니다. 늘 건너던 길 이 아닌 다른 길을 걷게 되니 처음 보는 것들이 많았지요. 가장 먼 저 눈에 띈 것은 우리 동네에서 처음 보는 정겨운 간판이었습니다. 손글씨로 적은 듯한 작은 입간판에는 봉화 꿀도 팔고 이러저러한 야 생 버섯도 파는 농장이 아주 가까이 있다는 소식이 적혀 있었습니 다. '우리 동네에 이런 게 있었어?' 깜짝 놀라 위치를 알아 두었습니 다. 무엇보다 다정하게 팔짱을 끼고 산책하는 커플들의 모습을 볼 수 있어서 더욱 기분이 좋아졌습니다. 타인의 행복을 바라보며 내 마음도 덩달아 평화로워지는 느낌이었지요.

이런 사소한 경험이 '관찰의 소중함'을 일깨워 줍니다. 알렉산드 라 호로비츠의 『관찰의 인문학』(박다솜 옮김)은 같은 길을 다른 사람들과 산책함으로써 전혀 다른 풍경을 발견하는 법을 알려 줍니다. 저자는 똑같은 동네 산책로를 어린 아들과 걷는 것부터 시작하여, 지질학자, 타이포그래퍼, 일러스트레이터, 곤충박사, 야생동물 연구가, 도시사회학자, 의사와 물리치료사, 시각장애인, 음향엔지니어, 반려견과 함께 걸으면서 '대상을 바라보는 시선'이 세계의 인식에 얼마나 커다란 영향을 끼치는지를 알려 줍니다. '뭐가 중요한지'를 판가름하는 분별지가 없기 때문에 이 세상 모든 것이 중요해 보이는 어린 아이의 시선부터, 자신이 관심 있는 것만 집중해서 보느라 눈앞에 이십 달러짜리 지폐가 떨어져 있어도 전혀 눈치 채지 못하는 박사님에 이르기까지. 저자와 산책한 수많은 사람들은 걷는 몸짓을 통해 자신의 세계관을 아낌없이 드러내지요.

저자의 말처럼, 우리는 보면서도 보지 못합니다. 존재를 보고 있지만 존재의 의미는 스쳐 지나가는 것입니다.

> 우리는 보지만 제대로 보지 못한다. 우리는 눈을 사용하지만 시선이 닿는 대상을 경박하게 판단하고 스쳐 지나간다. 우리는 기호를 보지만 그 의미는 보지 못한다. 남이 우리를 보지 못하게 하는 게 아니라 우리 스스로 보지 못하는 것이다.
>
> ─ 알렉산드라 호로비츠, 『관찰의 인문학』에서

셜록 홈즈는 말했습니다. "세상은 명백한 사실들로 가득하건만 아무도 관찰할 생각을 안 한다네." 사실 홈즈의 뛰어난 추리력도 매

사람들은 상상력의
중요성을 많이 강조하지만,
뛰어난 상상조차도 아주
평범한 관찰에서 나온다는
사실을 자꾸 잊습니다.

사람들은 집중력의 중요성을
강조하지만, 사실 '주제'와
상관없는 천차만별의 딴생각을
하다가 좋은 아이디어가
튀어나온다는 사실을
잊습니다.

우 사소한 것들에 대한 세심한 관찰력에서 나왔지요. 홈즈의 모델이 된 로버 박사는 환자를 찬찬히 바라보는 것만으로도 환자의 병명은 물론 환자의 직업까지 귀신처럼 알아맞혔다고 합니다. 아주 사소한 것들에 대한 면밀한 관찰과 자신이 알고 있는 정보의 결합을 통해 지식은 진화합니다.

사람들은 상상력의 중요성을 강조하지만 뛰어난 상상조차 아주 평범한 관찰에서 나온다는 사실을 자꾸 잊습니다. 사람들은 집중력의 중요성을 강조하지만 사실 '주제'와 상관없는 천차만별의 딴생각을 하다가 좋은 아이디어가 튀어나온다는 사실을 잊습니다. 집중도 중요하지만 '산만함'으로 보이는 각종 모색과 '다른 세상'을 향한 기웃거림 또한 우리 정신의 진화 과정에서 중요한 역할을 해 왔습니다. 인간 지성의 발달은 인간이 아닌 다른 존재들을 관찰하고 이해하는 행위에서 우러나옵니다. 집안의 반려동물이 지진이나 이상 기후를 미리 알아차리고 주인을 구한다든지, 강아지가 주인이 암에 걸렸다는 사실을 제일 먼저 알게 되는 것은 '우리와는 뭔가 다른 것을 관찰하는 존재'의 소중함을 일깨워 줍니다.

이제 내게 있어 걷기는 단지 육체를 수송하는 수단이 아니라 정신적인 고양을 가능케 하는 도구이자 몹시 매력적인 행위다. [……] 나는 우리 모두가 한때 지녔으나 느끼는 법을 잊고 있었던 것, 바로 경이감을 되찾았다.

— 알렉산드라 호로비츠, 『관찰의 인문학』에서

인간의 조건

현대인은 미디어 이미지에 매일 노출된 나머지 '놀랄 줄 아는 능력'을 잃어 갑니다. 더 오래, 더 깊이, 더 사려 깊게 사물을 관찰하는 삶은 우리에게 세상을 향한 깊은 애정을 가져다줄 것입니다. 어린 조카를 데리고 길을 걸을 때마다 이 도시의 길들이 얼마나 몸집이 작거나 불편한 사람들에게 적대적인지를 깨닫게 됩니다. 길은 울퉁불퉁해서 유모차가 매끄럽게 밀리지 않을 때가 많고, 워낙 장애물이 많아 아이가 넘어질 위험도 많았습니다.

오랜만에 아버지가 걷는 모습을 뒤에서 지켜볼 때는 가슴이 아려 왔습니다. 내 아버지가 저렇게 심하게 다리를 저셨던가. 아버지가 절룩이실 때마다 세상 전체가 기우뚱, 부서져 내리는 것 같아 억장이 무너집니다. 아무런 목적 없이 타인을 물끄러미 관찰할 때 나는 내가 그들을 얼마나 사랑하고 있는지 깨닫습니다. 타인과 사물을, 그리고 나 자신을 오래오래 더 깊이 관찰함으로써 우리는 어떻게 살 것인가를 성찰할 수 있는 혜안을 얻을 수 있습니다.

시인 파블로 네루다의 질문

"우리 청각의 한계: 인간은 대답할 수 있는 질문만을 듣는다." 니체의 『즐거운 학문』에서 이 문장을 읽고는 불에 덴 듯 뜨끔했습니다. 대답할 수 없는 질문은 짐짓 못 들은 척 슬쩍 밀어내는 것이 인간의 자기방어기제일까요? 곧바로 대답할 수 없는 질문은 우리를 당

네루다의 시집 『질문의
책』은 우리 청각의
한계를 실험하는 멋진
질문들로 그득합니다.

"말해 줄래, 장미가 발가벗고 있는
건지 아니면 그게 그냥 그녀의
옷인지?"

"나무들은 왜 그들 뿌리의
찬란함을 숨기지?"

"나였던 그 아이는 어디 있을까?
아직 내 속에 있을까, 아니면
사라졌을까?"

"내 피를 만져 본 적이 없는
사람들이 내 시에 대해 무슨 말을
할까?"

"개미집 속에서는 꿈이 의무라는 건
사실일까?"

익숙한 질문의 문법을 부숴
버리는 네루다 식 질문법은
'질문에 대한 고분고분한
대답'이 아니라 '완전히
새롭게 질문하는 비법'으로
다가옵니다.

'과연 그가 날 사랑할까,
어떻게 하면 그가 날 사랑하게
만들까?'라는 익숙한 질문
대신 어떻게 하면 그의 상처를
그가 모르게 어루만질 수
있을까를 고민하는 것은
어떨까요?

황하게 만듭니다. 대답할 수 없는 질문은 우리를 망설이게 하고 움츠러들게도 하며, 더 크고 깊은 질문으로 데려다주기도 하지요. 파블로 네루다의 시집 『질문의 책』(정현종 옮김)은 이렇듯 우리 청각의 한계를 실험하는 멋진 질문들로 그득합니다.

"말해 줄래? 장미가 발가벗고 있는 건지, 아니면 그게 그냥 그녀의 옷인지?"라는 질문을 읽으며 싱긋 미소 짓고, "나무들은 왜 그들 뿌리의 찬란함을 숨기지?"라는 질문 앞에서 가슴이 쿵 내려앉습니다. "나였던 그 아이는 어디 있을까? 아직 내 속에 있을까, 아니면 사라졌을까?" 이런 질문은 잊고 있던 어린 시절의 나, 이미 성인이 되어 만난 지인들의 얼굴 뒤에 아직 희미하게 숨어 있는 어린 시절을 상상하게 만듭니다. "내 피를 만져 본 적이 없는 사람들이 내 시에 대해 무슨 말을 할까?" 나 또한 누군가의 피를 만져 보지도 못한 채 누군가의 삶을 함부로 재단한 적은 없었나? "개미집 속에서는 꿈이 의무라는 건 사실일까?" 나는 점점 꿈꾸는 의무를 잊어버린 개미굴 속의 개미가 되어 가는 것은 아닐까?

"항상 기다리고 있는 사람은 아무도 기다리지 않는 사람에 비해 더 고통스러운가?" 이 질문을 스스로에게 해본 후 저는 세차게 도리질합니다. 내 기다림은 헛되지 않다고. 기다릴 무언가가 있는 이들은 아무도 기다리지 않는 이들보다 고통스럽지만 훨씬 축복받은 사람들이라고. 네루다의 질문은 마치 세상에서 가장 멀리 날아가는 화살처럼 역사 속 인물의 심장에까지 쾌속 질주합니다. "히틀러는 지옥에서 어떤 강제노동을 할까? 벽에 페인트질을 할까? 아니면 시체를 다룰까? [……] 거기서 그에게 수없이 태워 죽인 아이들의 재를 먹일까?"

익숙한 질문의 문법을 부숴 버리는 네루다식 질문법은 질문에 대한 고분고분한 대답이 아니라 '완전히 새롭게 질문하는 비법'으로 다가옵니다. '과연 그가 날 사랑할까, 어떻게 하면 그가 날 사랑하게 만들까?'라는 익숙한 질문 대신 어떻게 하면 그의 상처를 그가 모르게 어루만질 수 있을까를 고민하는 것은 어떨까요. 네루다식 질문법에 기분 좋게 감염되어 이런 질문도 던져 봅니다. 내가 올챙이처럼 작은 태아였을 때 나는 무슨 생각을 하고 있었을까? 꼭 아침에 일어나 뭔가 생산적인 일을 해야 하는 걸까? 나를 가로막는 건 주어진 환경이 아니라 어떤 새로운 질문도 던지지 못하는 권태와 매너리즘이 아닐까? 꼭 질문부터 먼저 해야 하나? 대답부터 먼저 하면 안 될까?

우선 용감하게 '예스'라고 대답해 놓은 후 예스가 가능한 질문이 어디까지인지 생각해 볼까? 이런 질문들을 하다 보면 마음의 혈류가 다르게 움직이기 시작합니다. 혈전처럼 꽉 막혀 있던 생각의 물꼬들이 와르르 터져 바삐 흘러가기 시작합니다. 무의식 깊숙이 잠자고 있던 수많은 질문들, 세상을 향한 질문보다도 뼈아픈, 나를 향한 질문들이 일제히 기지개를 켭니다.

지금 내 가슴을 고동치게 하는 질문은 바로 이것입니다. "가장 어두운 세기에 왜 그들은 보이지 않는 잉크로 글을 썼을까?" 저도 그런 글쟁이가 되고 싶습니다. 가장 어두운 시대, 당신의 꿈과 적들의 피와 우리의 끝나지 않는 저항과 버릴 수 없는 희망의 잉크를 가득 머금은 글을 쉼 없이 쓰고 싶습니다.

질문의 시작

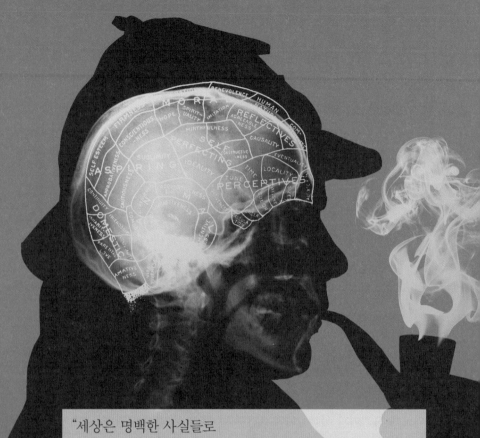

"세상은 명백한 사실들로
가득하건만 아무도
관찰할 생각을 안 한다네."

—셜록 홈즈

셜록 홈즈의 모델이 된
로버 박사는 환자를 찬찬히
바라보는 것만으로도 환자의
병명은 물론 환자의 직업까지
귀신처럼 알아맞혔다고
합니다. 아주 사소한 것들에
대한 면밀한 관찰과 자신이
알고 있는 정보의 결합을
통해 지식은 진화합니다.

가장 아픈 그림자와 춤 추다

아픈 기억의 그림자

얼마 전 영화 「러더리스(Rudderless)」를 보며 자신의 가장 아픈 그림자와 마주하는 게 얼마나 쓰라린 일인지 새삼 깨달았습니다. '러더리스'라는 단어의 뜻처럼, 주인공은 방향키를 잃은 채 완전히 표류하는 삶으로 추락합니다. 아들이 총기난사 사건에 연루돼 사망하자 아버지는 그야말로 '방향타를 잃은' 상태로 표류하지요. 아버지는 고통스럽게 죽어 간 아들을 마음껏 그리워할 자유조차 누리지 못합니다. 아들이 피해자가 아니라 가해자였기 때문입니다.

그는 이중 삼중의 죄책감에 시달리며 일자리마저 잃고, 초라한 보트에서 난민처럼 살아갑니다. 1년 넘도록 자신의 정체를 숨긴 채 원래 직업과는 전혀 상관없는 페인트공 일을 하며 술에 절어 지내지요. 아들이 죽은 후 그의 인생 시계는 완전히 멈춰 버린 것입니다.

전처가 찾아와 아들의 유품인 음악 CD와 전기기타를 전해 주고 가자, 그는 비로소 고통스럽게 자신의 '그림자'와 만나기 시작합니다. 아들과 아버지는 함께 음악을 연주하며 행복한 한때를 보냈지요. 그 아름다운 추억마저 이제는 참혹한 고통으로 다가옵니다.

그는 알코올중독에 빠지고 직장을 잃고 모든 인간관계로부터 도망치며 자신의 그림자로부터 도피하려 하지만, 아무리 도망쳐도 사랑하는 아들과의 기억을 지울 수 없습니다. 가장 사랑했던 존재가 가장 아픈 그림자를 드리울 때 그는 더 이상 도망치지 않고 대면해야만 했습니다. 자신의 쓰라린 그림자를 돌보지 않는 한 그는 결코 한걸음도 앞으로 나아갈 수가 없었기 때문입니다.

그림자와의 대면이란 이토록 어렵고 고통스러운 일입니다. 할 수만 있다면 그림자 전체를 지우고 싶지요. 그림자는 영원히 지워지지 않는 문신처럼 우리의 존재를 짙게 물들이는 슬픔입니다. 과연 이 아픈 그림자와 화해할 수 있을까요? '그림자와 대면하는 것'은 고통과 우울을 동반하기 때문에 많은 사람은 그 자체를 회피하려 합니다. 하지만 심리학자들은 입을 모아 말하지요. 진정한 치유는 그림자와 용감하게 마주하기부터 시작된다고. 『내 그림자가 나를 돕는다』(데이비드 리코)에서 저자는 이렇게 조언합니다. 그림자를 계속 부인하는 것은 동전의 뒷면을 문질러 지우는 것과 같다고. 뒷면이 없다면 동전이 가치를 잃는 것처럼 우리의 영혼도 그림자라는 '마음의 뒷면'을 통해 비로소 진가를 발휘할 수 있다고.

콤플렉스, 트라우마, 나아가 무력감과 우울증을 동반하는 모든 감정의 편린들은 그림자의 구성 성분입니다. 하지만 그림자로 인한 슬픔을 성찰의 계기로 삼는다면 그림자는 오히려 정신적 성장의 자양분이 될 수 있습니다. 심리적으로 괴로움을 느끼더라도 영적으로는 성장할 수 있지요. 속을 썩이는 아이들을 통해 어머니들이 깊은 슬픔을 느끼면서도 인격적으로는 성장하는 것과 마찬가지 원리입니다.

강인한 사람들은 고통을 제거하거나 고통으로부터 회피하려고만 하지 않고 고통을 통해 끝내 성장합니다. 고통 자체를 피할 수는 없지만 '고통과 친해지는 법' 또는 '고통을 통해 자신을 단련하는 법'은 배울 수 있지요. 그리하여 내면의 그림자야말로 성장의 동력이자 창조의 매개체가 될 수 있습니다. 욕망이라는 동전의 뒷면이 바로 '내면의 그림자'입니다. 즉 그림자는 갑자기 생겨나는 것이 아니라 우리의 욕망이 만들어 내는 그늘 때문에 생기는 어두운 그림자입니다.

자식을 통해 자신의 잃어버린 과거를 보상받으려 하는 부모는 자식의 성취에는 환호하지만 자식이 조금이라도 뒤떨어질 때는 좀처럼 참아내지 못하지요. 자식의 성취가 곧 자신의 성취라 믿는 가치관 때문에, 자식의 탁월함만이 자신을 빛내 준다는 믿음 때문에 그 부모는 자식의 인생뿐 아니라 자신의 인생에도 그림자를 드리웁니다. 공부를 잘한다는 자만심에 빠진 우등생도 마찬가지입니다. 늘 공부를 잘했던 사람은 조금이라도 남에게 뒤처지는 것을 참지 못합니다. '공부를 잘한다.'는 빛이 '자신이 잘하는 공부 말고는 다른 것

전일성의 회복

에 관심이 없거나 무능력한' 그림자를 만드는 셈이죠.

　자기 안의 그림자를 인식하려면 먼저 자신의 그림자를 인식하고 받아들이고 대화를 시작해야 합니다. 만약 학벌 콤플렉스가 있다면 단지 학벌 따위는 중요하지 않다고 스스로를 윽박지르는 것만으로는 문제가 해결되지 않습니다. 뛰어난 사람들을 질투하거나 그가 가진 지식을 폄하하는 공격적인 행동으로도 문제는 해결되지 않지요. 그런 행동은 그림자의 고통을 더욱 심화할 뿐입니다.

　자신이 단지 '남이 좋다고 하는 학교'를 나오지 못해서 괴로운 것인지, 진정한 배움의 기쁨을 느껴보지 못해서인지, 지식을 통해 자아실현을 하지 못해서 괴로운 것인지 좀 더 구체적인 방식으로 그림자의 '정체'에 접근해야 합니다. 자신과 비슷한 콤플렉스에 시달리던 사람들이 어떻게 문제를 극복했는지를 살펴보는 것도 도움이 됩니다. 대단한 학벌이 없이도 자신이 진정으로 원하는 것을 쟁취해 낸 사람들의 사례를 살펴보면 알 수 있지요. 진짜 중요한 것은 학벌이 아니라 '배움을 통해 인생을 바꾸는 능력'이라는 것을. 이렇듯 우리는 그림자와의 대면을 통해 자기 안의 더 큰 힘과 만날 수 있습니다.

그림자에 숨어 있는 미덕

　저자는 모든 내면의 그림자에 공통적인 현상으로 '자아의 비대함'을 듭니다. '나'라는 존재를 지나치게 의식하는 것, 사람들에게 인

그것을 깨닫게 하는 결정적인
기회가 바로 '위험 상황'이지요.

내 안에 눈에 보이는 내
모습보다 훨씬 커다란 나, 다른
사람들은 상상도 할 수 없는
깊이와 넓이를 지닌 진정한
'나'가 있다는 믿음이야말로
우리를 성장하게 합니다.

정받고 싶은 것, '나' 이외의 존재에는 관심이 없는 것이 모두 자아의
비대함으로 인해 생기는 문제들입니다. '나'를 너무 강하게 의식하는
것은 타인과 공존하며 살아가는 실제 삶에서 걸림돌이 되곤 하지
요. 자기를 더욱 대단하게 포장하고, 끊임없이 자신의 능력을 인정받
아야 하는 현대사회에서 '자아의 그림자'가 더욱 짙어지고 그로 인
해 각종 정신 질환이 늘어나는 것은 바로 '나'를 과도하게 강조하고
숭배하는 '자기 관리' 문화 때문이 아닐까요. 자아에 대한 심각한 집
착에서 해방될 때에만 우리는 그림자와 대면하고 대화하며 마침내
그림자와 '춤을 추는 경지'에 도달할 수 있습니다.

> 왜 자아를 놓아 버려야 할까? 억압되어 있지만 분명히 풍부
> 히 존재하는, 남에 대한 사랑을 해방시키는 최상의 방법이기 때문
> 에 우리는 자아를 놓아버린다. 우리가 위기와 협력할 때 위기는
> 자아를 수축시켜 사랑에 대한 잠재력을 해방시킨다. [······] 자아
> 를 걸치면 변화에 대항하지만 자아를 벗어버리면 변화를 향해 함
> 께 협력한다.
>
> ─데이비드 리코, 『내 그림자가 나를 돕는다』에서

'자아'를 놓는 순간, 내가 가장 중요하다는 생각을 놓아 버리는
순간에 다른 존재와 협력할 수 있는 가능성이 커집니다. 내가 아닌
다른 존재와의 교감에 커다란 의미를 부여할 때 우리는 사랑할 수
있는 능력을 회복합니다. 내 아픔과 상처와 슬픔에만 집중하는 것이

인간의 조건

아니라 그의 아픔, 당신의 상처, 그들의 슬픔에 공감할 수 있는 능력이 생깁니다.

내가 남에게 어떻게 보일까, 남들은 왜 나를 알아주지 않을까를 걱정하는 것보다, 내 안에 지금의 나를 괴롭히는 자잘한 고통보다도 훨씬 큰 그림이 있음을 깨닫는 것이 중요합니다. 이런 믿음이 바로 '전일성'에 대한 깨달음이지요.

전일성(wholeness)은 우리 안에, 우리의 긍정적 그림자 안에 모든 미덕이 잠재되어 있음을 암시한다. 예를 들면 용기는 항상 우리 정신 안에 있다. 다른 미덕과 마찬가지로 용기는 어떤 식으로든 활성화될 수 있다. 요컨대 용기는 노력으로 생길 수도 있다. 용기 있는 사람처럼 계속 행동하면 언젠가는 용기가 몸에 배게 된다. 미덕은 습관이다.

— 데이비드 리코, 『내 그림자가 나를 돕는다』에서

내 안에 눈에 보이는 내 모습보다 훨씬 커다란 나, 다른 사람들은 상상도 할 수 없는 깊이와 넓이를 지닌 진정한 '나'가 있다는 믿음이야말로 우리를 성장하게 합니다. 그것을 깨닫게 하는 결정적인 기회가 바로 '위험 상황'이지요. 위기에 처했을 때 인간은 자기보다 더 큰 자기, 그동안 일상적으로 자신을 지켜 주던 관성적인 자아가 아닌 더 큰 자아와 맞닥뜨리게 됩니다. 그 '더 큰 나'의 잠재력을 제대로 발휘할 수 있을 때 우리는 위험을 깨부수고 진정한 내적 성장

전일성의 회복

을 이룰 수 있습니다.

어떻게 하면 내 그림자를 인정하고 이를 가장 잘 이용할 수 있을까? 어떻게 하면 그림자가 나만의 가장 깊은 욕구와 가치와 소망에 도움이 되게 할 수 있을까? 어떻게 하면 그림자가 내 운명의 여행을 돕는 힘이 되게 할 수 있을까? 이 질문을 피하지 않고 '자기를 향한 기나긴 여정'에 오를 용기가 있는 사람만이 마침내 자신의 어두운 그림자조차 눈부신 파트너로 만들 수 있습니다.

공부, 나의 존엄을 지켜 주는 최고의 멘토

　제 프로필을 살펴보면 참으로 잔잔하고 평화롭게 보입니다. 열심히 공부해서 좋은 학교에 들어갔고, 열심히 글을 써서 전업작가가 된 것으로 보이니까요. 프로필만 보면 저는 굉장한 모범생 같습니다. 하지만 프로필에 이런 내용을 쓸 수는 없겠지요? 저를 이룬 팔 할의 감성은 뻐딱함과 서글픔과 왕따의 공포였다는 것을. 프로필은 어쩌면 내가 누구인지를 최대한 가리기 위한 '분장술'인 것 같습니다. 제 프로필에는 한국사회에서 여자로 살아가면서 느낀 절망감, 오랫동안 비정규직 노동자로 살아오면서 느낀 모든 좌절감이 은폐되어 있습니다. 한 번도 일을 쉰 적은 없지만, 겉으로는 '문학평론가'라는 정체성을 고수했지만, 사실은 늘 불안했지요. 늘 일은 했지만 어디에도 소속된 적이 없으니, 저는 항상 허공에 매달린 덧없는 그림자 같은 존재였습니다. 그 쓸쓸함의 밑바닥에는 '공부로는 취직을 할 수 없을 것'이라는 비관적 전망이 도사리고 있었습니다.

이제는 문학평론가보다는 '작가'라고 말하는 것을 마음 편하게 여기게 된 지금, 저는 그 오랜 정체성의 불안으로부터 조금씩 자유로워지고 있습니다. '글을 쓰는 사람', 그것이면 충분하다고 느끼게 되었습니다. 그런데 어느 순간 건강이 나빠지거나 삶의 흥미를 잃어버려 글쓰기도 할 수 없는 순간이 온다면 어떻게 할까요. 제가 지금 하고 있는 모든 일들을 다 멈춰 버린다면, 이 모든 인간관계들이 단절된다면, 작가라는 알량한 타이틀마저 빼 버린다면, 나에게 무엇이 남을까?

그런데 뜻밖에도 제 마음에는 '그저 공부하는 나 자신의 모습'이 떠올랐습니다. 그 모습은 전혀 슬프거나 못난 것이 아니었습니다. 세상 사람들의 시선을 의식하지 않는다면, 내가 나를 폄하하는 자괴감을 벗어 버린다면, '공부하는 나'는 전혀 부끄럽지 않습니다. 오히려 제가 알고 있는 가장 당당한 모습이었습니다. 누구의 눈치도 볼 것 없이, 어디에도 소속되지 않고, 어떤 대단한 목적도 없이, 그저 저절로 신명이 나서 공부하는 내 자신의 모습. 어떤 목적도 없이 공부 그 자체에 몰입해 있는 나 자신이야말로 내가 가장 사랑하는 내 모습이었습니다.

저는 딸을 결코 환영하지 않는 집안 분위기에서 태어나 오직 공부만이 살 길이라는 부모의 주입식 교육관에 철저히 순응하는 척 연기를 했지만, 대학에 들어가자마자 그동안 '공부'라고 믿었던 것들이 그저 '문제풀이의 기술'이었음을 깨닫게 되었습니다. 오지선다형 문제풀이에 익숙했던 나에게 진정으로 절실한 공부의 기술은 '맞지 않는 답을 지우는 기술'이 아니라, 오히려 수업 시간에 걸핏하면 엉뚱한 몽상에 잠겨 남몰래 '나만의 무의식'과 만나던 순간이었음을 알게 되었습니다.

학교 다닐 땐 '왜 자꾸 난 딴 생각에 빠지는 걸까?'하고 스스로 머리를 쥐어박곤 했지만, 내가 원하는 공부가 무엇인지 알게 되니 그 딴생각이야말로 나의 진짜 고민이자 인문학의 화두임을 알게 되었습니다. 그때부터 진짜 공부란 무엇인가를 20년 동안 찾아 헤맸지요. 기나긴 방황이었지만 나를 끝내 성장시키는 값진 헤맴이었습니다. '학문'이라 한다면 너무 거창합니다. 하지만 '공부'라면 할 수 있을 것 같았지요. 저에게는 공부가 가장 소중한 마음챙김의 기술이었습니다. 자격증이나 점수를 따기 위한 공부가 아니라 문학과 철학과 역사를 공부하는 것이 미치게 좋았습니다.

문학과 철학과 역사를 공부할수록 치유 불능의 열등생이 되는 기분이었습니다. 그런데 그 열등감마저 좋았습니다. 병적인 즐거움이었지요. 인문학 공부의 무서운 맨얼굴은 파고들수록 '넌 지독한 무식쟁이야!'라는 것을 기쁘게 깨닫게 해 준다는 것입니다. 내가 무지함을 깨달을수록 신이 났습니다. 내가 무엇을 아는지를 깨닫는 것이 아니라 내가 무엇을 모르면서 아는 척하며 살아왔는지를 깨닫는 순간 진짜 배움이 시작되었습니다. 신화와 예술과 정치에 관한 모든 공부가 신명났지요. 아무리 힘든 일이 있어도 집에 돌아가면 밤새 읽을 수 있는 책이 있다는 것이 가장 커다란 위로가 되었습니다. 지하철에서 책을 읽다가 정거장을 놓치는 일이 부지기수였지만, 잘못 내린 정거장에서 다음 열차를 타고도 또다시 책을 읽다가 또다시 아까 그 정거장을 놓치고 나서도, 책 읽는 것이 좋았습니다.

사람을 만난다는 것은 상처를 차곡차곡 쌓아올리는 일이었지만, 책을 읽고 글을 쓴다는 것은 내 스스로 마취약도 없이 내 상처를 꿰매는 멋진(그러나 조금은 엽기적인) 치유의 시간이었습니다. 그렇게 누구의 도움도 없이 혼자서 내 상처를 꼭 끌어안은 채 공부 삼매경에 빠져 있는 시간이 가장 행복했습니다. 이런 기쁨을 더 많은 사람과 은밀하게 공유하고 싶었습니다.

아무리 괴로운 일이 있어도 '삶은 아직 더 살아야만 풀어지는 아름다운 신비'임을 깨닫게 한 것이 나에게는 공부였습니다. 어떤 제대로 된 직함도 없기에 남들 앞에서 내 소개를 하는 것이 꺼려지는 순간에도 마음 깊은 곳에는 믿는 구석이 있었지요. '나는 매일 하루도 빠짐없이 공부하는 사람이야. 그것만으로 당당할 수 있어.'라고 생각할 줄 아는 용감한 나 자신이 있었습니다. 그것은 수많은 자아의 얼굴 중에서도 내가 가장 아끼고 지켜 주고 싶은 자아였습니다.

요사이 인문학 강의를 나갈 때마다 가장 많이 받는 질문이 있습니다. "어떻게 해야 자존감을 지킬 수 있을까요?" 이 질문은 받을 때마다 가슴 아픕니다. 사람들이 점점 더 각박해지는 세상에서 매일매일 자존감에 상처를 입고 있다는 사실을 온몸으로 실감하기 때문입니다. 저 또한 그렇습니다. 다만 저는 '내 자존감을 이루는 사회적 근거'를 매일 곱씹어 보는 것이 도움이 되었습니다. 나의 자존감이 약하다면, 그 이유는 무엇일까? 내가 여자이고, 취직을 못 했다는 사실 때문에 나는 자존감에 상처를 입는가? 그것만은 아닙니다.

자존감에 상처를 입는 이유는 매번 다른데, 그 천차만별의 이유 중에서 공통적인 근거는 '내가 나를 바라보는 시선'입니다. 내가 스스로에 대해 당당할 때는 아무리 나쁜 일이 있어도 '아무도 나를 망칠 수 없어! 날 무너뜨릴 수 있는 건 오직 나 자신이야!'라는 주문이 통합니다. 하지만 내가 나를 미워하고 스스로를 깎아내리는 순간에는 지극히 하찮은 상처조차도 결정적인 트라우마가 되어 버리지요. 사실 제가 하고 있는 모든 강의가 '우리의 자존감을 어떻게 회복할 것인가?'에 대한 기나긴 답변이 아닐까 싶습니다. 저는 그 질문에 대한 해답을 내 손이 닿을 수 있는 모든 책들과 사람들과 사건들 속에서 찾아내고 싶습니다.

존엄성의 근거는 무엇일까요? 내가 남에게 도움을 받아야 하는 존재일까? 우선 내가 나를 도울 수 있는가? 이 두 가지 질문을 뛰어넘어, 나는 남에게 도움을 줄 수 있는, 아니 도와야만 하는 존재인가? 누군가 나를 도와주었으면 하는 마음, 이 세상이 왜 이렇게 나에게 비우호적이지 하는 마음, 왜 세상이 내 능력을 알아주지 않을까 하는 의구심으로는 세상은 물론 나 자신도 바꿀 수 없습니다.

존엄의 근거를 외부에서 찾으려고 한다면 자존감은 쉽게 외부의 상황에 따라 비틀거리고 상처입을 수밖에 없지요. 우선 내가 나를 도울 수 있는가? 이렇게 스스로에게 질문하고, 스스로를 도울 수 있는 사람으로 거듭날 때 우리는 남에게 도움을 줄 수 있는 사람, 아니 나는 가진 것이 충분하니 반드시 남을 도와야만 하는 사람이라는 행복한 책임감을 느낄 수 있습니다.

언젠가 어릴 때 살던 동네를 걷다가 20년 만에 이웃 아주머니를 만났습니다. 아주머니는 내 손을 덥석 잡으시더니 "너는 우리 동네의 희망이야. 우리 아들은 그렇게 공부를 계속 하고 싶었는데 내가 형편이 안 돼서 못 시켰거든. 너는 축복받은 사람이니까 그걸 잊지 말고 더 열심히 공부해." 하셨습니다. 덕담이기도 하고 넋두리기도 한 그 말씀을 들으며 한참을 멍하니 서 있었습니다. 계속 배울 수 있다는 것만으로, 계속 배움의 길 가르침의 길 위에 있을 수 있는 것만으로도 나는 참 행복한 사람이구나. 그 아픈 깨달음으로 먹먹해지던 순간이었지요.

이 책에는 제가 지난 10여 년 동안 시간표도 선생님도 없는 나만의 작은 마음의 학교에서 스스로 배우고 익힌 배움의 기술이 담겨 있습니다. 이 길 없는 길 위에서 많은 친구들을 만났고, 많은 사람들과 이별했으며, 그 길의 끝에서 아무것도 가진 것은 없는데 용감하게 두 주먹을 꽉 쥔 아이, 마음이 단단한 작은 아이를 만났습니다. 그 작은 아이가 바로 나 자신이었지요. 여러분도 이 소박한 마음의 학교에서 자신 안의 가장 소중한 아이, 결코 잃어버려서는 안 될 천진한 내면의 아이를 꼭 찾으실 수 있을 것입니다. 내가 작은 방 안에 있음을 깨닫고 이 세상이 너무 알고 싶어 '나'라는 껍질을 스스로 깨고 온 세상을 헤매다 비로소 나만의 소중한 깨달음을 얻은 아이가 또 다른 길 위에서 외로움에 떨고 있는 친구들을 찾아 떠납니다.

당신이 '공부할 권리'를 스스로 되찾는 순간, 새로운 인생의 2막은 비로소 활짝 열릴 것입니다.

너는 아무것도 잡고 있지 않다

너는 누구도 잡거나 붙잡을 수 없다.

바로 그게 사랑하고 아는 것이다.

너에게서 빠져나가 달아나는

이를 사랑하라.

가 버리는 이를 사랑하라.

떠나고자 하는 이를 사랑하라.

— 장 뤼크 낭시,
『나를 만지지 마라』에서

무엇이든 언어로 바꾸어 놓았을 때
그것은 비로소 온전한 것이 되었다.
그 온전함이란 그것이 나를
다치게 할 힘을 잃었음을 말한다.

— 버지니아 울프,
『존재의 순간들』에서

공부할
권리 ─────── 품위 있는 삶을 위한 인문학 선언

1판 1쇄 펴냄   2016년 3월 10일
1판 14쇄 펴냄   2022년 3월 30일

지은이   정여울
발행인   박근섭, 박상준
편집인   양희정
펴낸곳   (주)민음사

출판등록   1966. 5. 19. (제16-490호)
주소   서울특별시 강남구 도산대로1길 62(신사동)
            강남출판문화센터 5층 (우편번호 06027)
대표전화   02-515-2000 팩시밀리 02-515-2007

www.minumsa.com

ⓒ 정여울, 2016. Printed in Seoul, Korea

ISBN 978-89-374-5229-3 (03800)